胡适

精选集

胡适 著 穆洛 编

中华工商联合出版社

图书在版编目（CIP）数据

胡适精选集 / 胡适著；穆洛编 . —北京：中华工
商联合出版社，2020.9
ISBN 978 - 7 - 5158 - 2840 - 4

Ⅰ.①胡… Ⅱ.①胡… ②穆… Ⅲ.①散文集 - 中国
- 现代 Ⅳ.①I266

中国版本图书馆 CIP 数据核字（2020）第 161730 号

胡适精选集

作　　者：胡　适
编　　者：穆　洛
出 品 人：李　梁
责任编辑：林　立
封面设计：子　时
版式设计：北京东方视点数据技术有限公司
责任审读：郭敬梅
责任印制：迈致红
出版发行：中华工商联合出版社有限责任公司
印　　刷：天津旭丰源印刷有限公司
版　　次：2020 年 9 月第 1 版
印　　次：2023 年 4 月第 4 次印刷
开　　本：710mm × 1020mm　1/16
字　　数：200 千字
印　　张：16.25
书　　号：ISBN 978 - 7 - 5158 - 2840 - 4
定　　价：68.00 元

服务热线：010 - 58301130 - 0（前台）
销售热线：010 - 58302977（网店部）
　　　　　010 - 58302166（门店部）
　　　　　010 - 58302837（馆配部、新媒体部）
　　　　　010 - 58302813（团购部）
地址邮编：北京市西城区西环广场 A 座
　　　　　19 - 20 层，100044
http://www.chgslcbs.cn
投稿热线：010 - 58302907（总编室）
投稿邮箱：1621239583@qq.com

序

　　为了给《传世励志经典》写几句话，我翻阅了手边几种常见的古今中外圣贤大师关于人生的书，大致统计了一下，励志类的比例，确为首屈一指。其实古往今来，所有的成功者，他们的人生和他们所激赏的人生，不外是：有志者，事竟成。

　　励志是动宾结构的词，励是磨砺，志是志向，放在一起就是磨砺志向。所以说，励志不是简单的立志，是要像把刀放在石头上磨才能锋利一样，这个磨砺，也不是轻而易举地摩擦一下，而是要下力气的，对刀来说，不仅要把自身的锈磨掉，还要把多余的部分都要毫不留情地磨掉，这简直是一场磨难。所有绚丽的人生都是用艰难磨砺成的，砥砺生命放光华。可见，励志至少有三层意思：

　　一是立志。国人都崇拜的一本书叫《易经》，那里面有一句话说：天行健，君子以自强不息。这是一种天人合一的理念，它揭示了自然界和人类发展演化的基本规律，所以一切圣贤伟人无不遵循此道。当然，这里还有一个立什么样的志的问题，孔子说：士不可以不弘毅，任重而道远。古往今来，凡志士仁人立的都是天下家国之志。李白说：大丈夫必有四方之志，白居易有诗曰：丈夫贵兼济，岂独善一身，讲的都是这个道理。

二是励志。有了志向不一定就能成事，《礼记》里说：玉不琢，不成器。因为从理想到现实还有很大的距离。志向须在现实的困境中反复历练，不断考验才能变得坚韧弘毅，才能一步一个脚印地逐步实现。所以拿破仑说：真正之才智乃刚毅之志向。孟子则把天将降大任于斯人描述得如此艰难困苦。我们看看历代圣贤，从三大宗的创始人耶稣、穆罕默德、释迦牟尼到孔夫子、司马迁、孙中山，直至各行各业的精英，哪一个不是历经磨难终成大业，哪一个不是砥砺生命放射出人生的光芒。

三是守志。无论立志还是励志都不是一朝一夕、一蹴而就的，它贯穿了人的一生，无论生命之火是绚丽还是暗淡，都将到它熄灭的最后一刻。所以真正的有志者，一方面存矢志不渝之德，另一方面有不为穷变节、不为贱易志之气。像孟子说的那样：富贵不能淫、贫贱不能移、威武不能屈。明代有位首辅大臣叫刘吉，他说过：有志者立长志，无志者常立志，这话是很有道理的。

话说回来，励志并非粘贴在生命上的标签，而是融汇于人生中一点一滴的气蕴，最后成长为人的格调和气质，成就人生的梦想。不管你做哪一行，有志不论年少，无志空活百年。

这套《传世励志经典》共收辑了100部图书，包括传记、文集、选辑。为励志者满足心灵的渴望，有的像心灵鸡汤，营养而鲜美；有的就是萝卜白菜或粗茶淡饭，却是生命之必需。无论直接或间接，先贤们的追求和感悟，一定会给我们带来生命的惊喜。

徐　潜

2014 年 5 月 16 日

前　言

本书所选胡适的精品美文，语言浅显易懂，睿智风趣，但又包含深邃的哲学思想，引人深思。内容涵盖了他对社会问题的种种思考、对亲人朋友的缅怀思念、对时代风云变幻中出现的新现象的深刻思考，展现了胡适敢于突破传统、勇于创新的大家风貌。

胡适，1891 年生于安徽绩溪，原名嗣穈，后改名适，字适之。现代著名学者、诗人、历史学家、文学家、哲学家，新文化运动的领袖之一。著有《中国古代哲学史》、《中国哲学史大纲》、《尝试集》、《胡适文存》、《白话文学史》等。1939 年曾获得诺贝尔文学奖的提名。1962 年逝世。

作为近代中国最负盛名的文化名人之一，胡适的影响力至今不衰。他是白话文运动的倡导者，是新文化运动的领袖之一。他的一生不卑不亢，一直坚持着民主、科学、自由、容忍，是人们眼中的"自由主义斗士"。他有属于自己的精神家园，那里栖息着幸福和真理，他让人懂得了所谓真正的强大，其实是兼容并包的文化，独立自主的思想。

　　胡适曾做过北大校长，有 36 顶博士帽。他的作品给人一种明白晓畅的感觉，看着不温不火，实则严密，有很强的逻辑性。

　　读胡适，请先将自己置于胡适所在的年代，了解他独立思想的养成过程，感受他的思想方式，还有他平和理性、宽容大度的人格魅力。然后回过头来，看看今天这个让人浮躁的社会，这个需要大师的时代，你便会为自己微薄的阅历和浅薄的知识增加一定的厚重感。胡适曾说："无目的的读书是散步而不是学习。"希望读者能从他的文字中有所启迪和收获。

编　者

目　录

归国杂感

我在美国动身的时候，有许多朋友对我道："密斯忒胡，你和中国别了七个足年了，这七年之中，中国已经革了三次的命，朝代也换了几个了。真个是一日千里的进步。你回去时，恐怕要不认得那七年前的老大帝国了。"我笑着对他们说道："列位不用替我担忧。我们中国正恐怕进步太快，我们留学生回去要不认得他了，所以他走上几步，又退回几步。他正在那里回头等我们回去认旧相识呢。"

这话并不是戏言，乃是真话。我每每劝人回国时莫存大希望：希望越大，失望越大。所以我自己回国时，并不曾怀什么大希望。果然船到了横滨，便听得张勋复辟的消息。如今在中国已住了四个月了，所见所闻，果然不出我所料。七年没见面的中国还是七年前的老相识！到上海的时候，有一天，有一位朋友拉我到大舞台去看戏。我走进去坐了两点钟，出来的时候，对我的朋友说道："这个大舞台真正是中国的一个绝妙的缩本模型。你看这大舞台三个字岂不很新？外面的房屋岂不是洋房？里面的座位和戏台上的布景装潢又岂不是西洋新式？但是做戏的人都不过是赵如泉，沈韵秋，万盏灯，何家声，何金寿这些人。没有一个不是二十年前的旧古董！我十三岁到上海的时候，他们已成了老角色了。如今又隔了十三年了，却还是他们在台上撑场面。这十三年造出来的新角色都到哪里去了呢？你再看那台上做的'举鼎观画'。那祖先堂上的布景，岂不很完备？只是那小薛蛟拿了那老头儿的书信，就此跨马加鞭，却忘记了台上布的景是一座祖先堂！又看那出'四进士'。台上布景，明明有了门了，那宋士杰却还要做手势去关那没有的门！上公堂时，还要跨那没有的门槛！你看这二十年前的旧古董，在二十世纪的大舞台上做戏；装上了二十世纪的新布景，却偏要做那二十年前的旧手脚！这不是一副绝妙的中国现势图吗？"

我在上海住了十二天，在内地住了一个月，在北京住了两个月，在路上走了二十天，看了两件大进步的事：第一件是"三炮台"的纸烟，居然行到我们徽州去了；第二件是"扑克"牌居然比麻雀牌还要时髦了。"三炮台"纸烟还不算希奇，只有那"扑克"牌何以会这样风行呢？有许多老先生向来学 ABCD 是很不行的，如今打起"扑克"来，也会说"恩德""累死""接客倭彭"了！这些怪不好记的名词，何以会这样容易上口呢？他们学这些名词这样容易，何以学正经的 ABCD 又那样蠢呢？我想这里面很有可以研究的道理。新思想行不到徽州，恐怕是因为新思想没有"三炮台"那样中吃罢？ABCD 不容易教，恐怕是因为教的人不得其法罢？

我第一次走过四马路，就看见了三部教"扑克"的书。我心想"扑克"的书已有这许多了，那别种有用的书，自然更不少了，所以我就花了一天的工夫，专去调查上海的出版界。我是学哲学的，自然先寻哲学的书。不料这几年来，中国竟可以算得没有出过一部哲学书。找来找去，找到一部《中国哲学史》，内中王阳明占了四大页，"洪范"倒占了八页！还说了些"孔子既受天之命""与天地合德"的话。又看见一部《韩非子精华》，删去了"五蠹"和"显学"两篇，竟成了一部"韩非子糟粕"了。文学书内，只有一部王国维的《宋元戏曲史》是很好的。又看见一家书目上有翻译的莎士比亚剧本，找来一看，原来把会话体的戏剧，都改作了《聊斋志异》体的叙事古文！又看见一部《妇女文学史》，内中苏蕙的回文诗足足占了六十页！又看见《饮冰室丛著》内有《墨学微》一书，我是喜欢看看墨家的书的人，自然心中很高兴。不料抽出来一看，原来是任公先生十四年前的旧作，不曾改了一个字！此外只有一部《中国外交史》，可算是一部好书，如今居然到了三版了。这件事还可以使人乐观。此外那些新出版的小说，看来看去，实在找不出一部可看的小说。有人对我说，如今最风行的是一部《新华春梦记》，这也可想见中国小说界的程度了。

总而言之，上海的出版界，——中国的出版界——这七年来简直没有两三部以上可看的书！不但高等学问的书一部都没有，就是要找一部轮船上火车上消遣的书，也找不出！（后来我寻来寻去，只寻得一部吴稚晖先生的《上下古今谈》，带到芜湖路上去看。）我看了这个怪现状，真可以放声大哭。如今的中国人，肚子饿了，还有些施粥的厂把粥给他们吃。只是那些脑子叫饿的人可真没有东西吃了。难道可以把些《九尾龟》《十尾龟》来充饥吗？

中文书籍既是如此，我又去调查现在市上最通行的英文书籍。看来看去，都是些什么莎士比亚的《威匿思商》《麦克自传》，阿狄生的《文报选录》，戈司密的《威克斐牧师》，欧文的

《见闻杂记》……大概都是些十七世纪十八世纪的书。内中有几部十九世纪的书，也不过是欧文，迭更司，司各脱，麦考来几个人的书，都是和现在欧美的新思潮毫无关系的。怪不得我后来问起一位有名的英文教习，竟连 Bernard Shaw 的名字也不曾听见过，不要说 Tchekoff 和 Andreyev 了。我想这都是现在一班教会学堂出身的英文教习的罪过。这些英文教习，只会用他们先生教过的课本。他们的先生又只会用他们先生的先生教过的课本。所以现在中国学堂所用的英文书籍，大概都是教会先生的太老师或太太老师们教过的课本！怪不得和现在的思想潮流绝无关系了。

有人说，思想是一件事，文学又是一件事，学英文的人何必要读与现代新思潮有关系的书呢？这话似乎有理，其实不然。我们中国人学英文，和英国美国的小孩子学英文，是两样的。我们学西洋文字，不单是要认得几个洋字，会说几句洋话，我们的目的在于输入西洋的学术思想。所以我以为中国学校教授西洋文字，应该用一种"一箭射双雕"的方法，把"思想"和"文字"同时并教。例如教散文，与其用欧文的《见闻杂记》，或阿狄生的《文报选录》，不如用赫胥黎的《进化杂论》。又如教戏曲，与其教莎士比亚的《威匿思商》，不如用 Bernard Shaw 的 Andro-cles and the Lion，或是 Galsworthy 的 Strife 或 Justice。又如教长篇的文字，与其教麦考来的《约翰生行述》，不如教弥尔的《群己权界论》。……我写到这里，忽然想起日本东京丸善书店的英文书目。那书目上，凡是英美两国一年前出版的新书，大概都有。我把这书目和商务书馆与伊文思书馆的书目一比较，我几乎要羞死了。

我回中国所见的怪现状，最普通的是"时间不值钱"。中国人吃了饭没有事做，不是打麻将，便是打"扑克"。有的人走上茶馆，泡了一碗茶，便是一天了。有的人拿一只鸟儿到处逛逛，也是一天了。更可笑的是朋友去看朋友，一坐下便生了根了，再也不肯走。有事商议，或是有话谈论，倒也罢了。其实并没有可议的事，可说的话。我有一天在一位朋友处有事，忽然来了两位客，是××馆的人员。我的朋友走出去会客，我因为事没有完，便在他房里等他。我以为这两位客一定是来商议这××馆中什么要事的。不料我听得他们开口道："××先生，今回是打津浦火车来的，还是坐轮船来的?"我的朋友说是坐轮船来的。这两位客接着便说轮船怎样不便，怎样迟缓。又从轮船上谈到铁路上，从铁路上又谈到现在中交两银行的钞洋跌价。因此又谈到梁任公的财政本领，又谈到梁士诒的行踪去迹……谈了一点多钟，没有谈上一句要紧的话。后来我等的没法了，只好叫听差去请我的朋友。那两位客还不知趣，不肯就走。我不得已，只好跑了，让我的朋友去领教他们的"二梁优劣论"罢!

美国有一位大贤名弗兰克令（Benjamin Franklin）的，曾说道："时间乃是造成生命的东西。"时间不值钱，生命自然也不值钱了。上海那些拣茶叶的女工，一天拣到黑，至多不过得二百个钱，少的不过得五六十钱!茶叶店的伙计，一天做十六七点钟的工，一个月平均只拿得两三块钱!还有那些工厂的工人，更不用说了。还有那些更下等，更苦痛的工作，更不用说了。人力那样不值钱，所以卫生也不讲究，医药也不讲究。我在北京上海看那些小店铺里和穷人家里的种种不卫生，真是一种黑暗世界。至于道路的不洁净，瘟疫的流行，更不消说了。最可怪的是无论阿猫阿狗都可挂牌医病，医死了人，也没有人怨恨，也没有人干涉。人命的不值钱，真可算得到了极端了。

现今的人都说教育可以救种种的弊病。但是依我看来，中国的教育，不但不能救亡，简直可以亡国。我有十几年没到内地去了，这回回去，自然去看看那些学堂。学堂的课程表，看来何尝不完备？体操也有，图画也有，英文也有，那些国文，修身之类，更不用说了。但是学堂的弊病，却正在这课程完备上。例如我们家乡的小学堂，经费自然不充足了，却也要每年花六十块钱去请一个中学堂学生兼教英文唱歌。又花二十块钱买一架风琴。我心想，这六十块一年的英文教习，能教什么英文？教的英文，在我们山里的小地方，又有什么用处？至于那音乐一科，更无道理了。请问那种学堂的音乐，还是可以增进"美感"呢？还是可以增进音乐知识呢？若果然要教音乐，为什么不去村乡里找一个会吹笛子的唱昆腔的人来教？为什么一定要用那实在不中听的二十块钱的风琴呢？那些穷人的子弟学了音乐回家，能买得起一架风琴来练习他所学的音乐知识吗？我真是莫名其妙了。所以我在内地常说："列位办学堂，尽不必问教育部规程是什么，须先问这块地方上最需要的是什么。譬如我们这里最需要的是农家常识，蚕桑常识，商业常识，卫生常识，列位却把修身教科书去教他们做圣贤！又把二十块钱的风琴去教他们学音乐！又请一位六十块钱一年的教习教他们的英文！列位且自己想想看，这样的教育，造得出怎样的人才？所以我奉劝列位办学堂，切莫注重课程的完备，须要注意课程的实用。尽不必去巴结视学员，且去巴结那些小百姓。视学员说这个学堂好，是没有用的，须要小百姓都肯把他们的子弟送来上学，那才是教育有成效了。"

　　以上说的是小学堂。至于那些中学校的成绩，更可怕了。我遇见一位省立法政学堂的本科学生，谈了一会，他忽然问道："听说东文是和英文差不多的，这话可真吗？"我已经大诧异了。后来他听我说日本人总有些岛国的习气，忽然问道："原来日本也在海岛上吗?"……这个固然是一个极端的例。但是如今中学堂毕业的人才,高又高不得,低又低不得,竟成了一种无能的游民。这都由于学校里所教的功课,和社会上的需要毫无关涉。所以学校只管多,教育只管兴,社会上的工人,伙计,账房,警察,兵士,农夫……还只是用没有受过教育的人。社会所需要的是做事的人才,学堂所造成的是不会做事又不肯做事的人才,这种教育不是亡国的教育吗?

我说我的"归国杂感",提起笔来,便写了三四千字。说的都是些很可以悲观的话。但是我却并不是悲观的人。我以为这二十年来中国并不是完全没有进步,不过惰性太大,向前三步又退回两步,所以到如今还是这个样子。我这回回家寻出了一部叶德辉的《异教丛编》,读了一遍,才知道这二十年的中国实在已经有了许多大进步。不到二十年前,那些老先生们,如叶德辉、王益吾之流,出了死力去驳康有为,所以这书叫做《异教丛编》。我们今日也痛骂康有为。但二十年前的中国,骂康有为太新;二十年后的中国,却骂康有为太旧。如今康有为没有皇帝可保了,很可以做一部"异教续编"来骂陈独秀了。这两部"异教"的书的不同之处,便是中国二十年来的进步了。

民国七年一月

(原载 1918 年 1 月 15 日《新青年》4 卷 1 号)

不　朽

——我 的 宗 教

不朽有种种说法，但是总括看来，只有两种说法是真有区别的。一种是把"不朽"解作灵魂不灭的意思。一种就是《春秋左传》上说的"三不朽"。

（一）神不灭论。宗教家往往说灵魂不灭，死后须受末日的裁判：做好事的享受天国天堂的快乐，做恶事的要受地狱的苦痛。这种说法，几千年来不但受了无数愚夫愚妇的迷信，居然还受了许多学者的信仰。但是古今来也有许多学者对于灵魂是否可离形体而存在的问题，不能不发生疑问。最重要的如南北朝人范缜的《神灭论》说："形者神之质，神者形之用。……神之于质，犹利之于刀；形之于用，犹刀之于利。……舍利无刀，舍刀无利。未闻刀没而利存，岂容形亡而神在？"宋朝的司马光也说："形既朽灭，神亦飘散，虽有剉烧舂磨，亦无所施。"但是司马光说的"形既朽灭，神亦飘散"，还不免把形与神看作两件事，不如范缜说的更透切。范缜说人的神灵即是形体的作用，形体便是神灵的形质。正如刀子是形质，刀子的利钝是作用；有刀子方才有利钝，没有刀子便没有利钝。人有形体方才有作用：这个作用，我们叫做"灵魂"。若没有形体，便没有作用了，便没有灵魂了。范缜这篇《神灭论》出来的时候，惹起了无数人的反对。梁武帝叫了七十几个名士作论驳他，都没有什么真有价值的议论。其中只有沈约的《难神灭论》说："利若遍施四方，则利体无处复立；利之为用正存一边毫毛处耳。神之与形，举体若合，又安得同乎？若以此譬为尽耶，则不尽；若谓本不尽耶，则不可以为譬也。"这一段是说刀是无机体，人是有机体，故不能彼此相比。这话固然有理，但终不能推翻"神者形之用"的议论。近世唯物派的学者也说人的灵魂并不是什么无形体，独立存在的物事，不过是神经作用的总名；灵魂的种种作用都即是脑部各部分的机能作用；若有某部被损伤，某种作用即时废止；人年幼时脑部不曾完全发达，神灵作用也不能完全，老年人脑部渐渐衰耗，神灵作用也渐渐衰耗。这种议论的大旨，与范缜所说"神者形之用"正相同。但是有许多人总舍不得把灵魂打消了，所以咬住说灵魂另是一种神秘玄妙的物事，并不是神经的作用。这个"神秘玄妙"的物事究竟是什么，他们也说不出来，只觉得总应该有这么一件物事。既是"神秘玄妙"，自然不能用科学试验来证明他，也不能用科学试验来驳倒他。既然如此，我们只好用实验主义（Pragmatism）的方法，看这种学说的实际效果如何，以为评判的标准。依此标准看来，信神不灭论的固然也有好人，信神灭论的也未必全是坏人。即如司马光、范缜、赫胥黎一类的人，说不信灵魂不灭的话，何尝没有高尚的道德？更进一层说，有些人因为迷信天堂、天国、地狱、末日裁判，方才修德行善，这种修行全是自私自利的，也算不得真正道德。总而言之，灵魂灭不灭的问题，于人生行为上实在没有什么重大影响；既没有实际的影响，简直可说是不成问题了。

（二）三不朽说。《左传》说的三种不朽是：（一）立德的不朽；（二）立功的不朽；（三）立言的不朽。"德"便是个人人格的价值，像墨翟、耶稣一类的人，一生刻意孤行，精诚勇猛，使当时的人敬爱信仰，使千百年后的人想念崇拜。这便是立德的不朽。"功"便是业，像哥仑布发现美洲，像华盛顿造成美洲共和国，替当时的人开一新天地，替历史开一新纪元，替天下后世的人种下无量幸福的种子。这便是立功的不朽。"言"便是语言著作，像那《诗经》三百篇的许多无名诗人，又像陶潜、杜甫、萧士比亚、易卜生一类的文学家，又像柏拉图、卢骚、弥儿一类的哲学家，又像牛敦、达尔文一类的科学家，或是做了几首好诗使千百年后的人欢喜感叹；或是做了几本好戏使当时的人鼓舞感动，使后世的人发愤兴起；或是创出一种新哲学，或是发明了一种新学说，或在当时发生思想的革命，或在后世影响无穷。这便是立言的不朽。总而言之，这种不朽说，不问人死后灵魂能不能存在，只问他的人格、他的事业、他的著作有没有永远存在的价值。即如基督教徒说耶稣是上帝的儿子，他的神灵永远存在，我们正不用驳这种无凭据的神话，只说耶稣的人格、事业和教训都可以不朽，又何必说那些无谓的神话呢？又如孔教会的人每到了孔丘的生日，一定要举行祭孔的典礼，还有些人学那"朝山进香"的法子，要赶到曲阜孔林去对孔丘的神灵表示敬意！其实孔丘的不朽全在他的人格与教训，不在他那"在天之灵"。大总统多行两次丁祭，孔教会多行两次"朝山进香"，就可以使孔丘格外不朽了吗？更进一步说，像那《三百篇》里的诗人，也没有姓名，也没有事实，但是他们都可说是立言的不朽。为什么呢？因为不朽全靠一个人的真价值，并不靠姓名事实的流传，也不靠灵魂的存在。试看古今来的多少大发明家，那发明火的，发明养蚕的，发明缫丝的，发明织布的，发明水车的，发明舂米的水碓的，发明规矩的，发明秤的……虽然姓名不传，事实湮没，但他们的功业永远存在，他们也就都不朽了。这种不朽比那个人的小小灵魂的存在，可不是更可宝贵，更可羡慕吗？况且那灵魂的有无还在不可知之中，这三种不朽——德，功，言，可是实在的。这三种不朽可不是比那灵魂的不灭更靠得住吗？

以上两种不朽论，依我个人看来，不消说得，那"三不朽说"是比那"神不灭说"好得多了。但是那"三不朽说"还有三层缺点，不可不知。第一，照平常的解说看来，那些真能不朽的人只不过那极少数有道德、有功业、有著述的人。还有那无量平常人难道就没有不朽的希望吗？世界上能有几个墨翟、耶稣，几个哥仑布、华盛顿，几个杜甫、陶潜，几个牛敦、达尔文呢？这岂不成了一种"寡头"的不朽论吗？第二，这种不朽论单从积极一方面着想，但没有消极的裁制。那种灵魂的不朽论既说有天国的快乐，又说有地狱的苦楚，是积极消极两方面都顾着的。如今单说立德可以不朽，不立德又怎样呢？立功可以不朽，有罪恶又怎样呢？第三，这种不朽论所说的"德，功，言"三件，范围都很含糊。究竟怎样的人格方才可算是"德"呢？怎样的事业方才可算是"功"呢？怎样的著作方才可算是"言"呢？我且举一个例。哥仑布发见美洲固然可算得立了不朽之功，但是他船上的水手、火头又怎样呢？他那只船的造船工人又怎样呢？他船上用的罗盘器械的制造工人又怎样呢？他所读的书的著作者又怎样呢？……举这一条例，已可见"三不朽"的界限含糊不清了。

因为要补足这三层缺点，所以我想提出第三种不朽论来请大家讨论。我一时想不起别的好名字，姑且称他做"社会的不朽论"。

（三）社会的不朽论。社会的生命，无论是看纵剖面，是看横截面，都像一种有机的组织。从纵剖面看来，社会的历史是不断的；前人影响后人，后人又影响更后人；没有我们的祖宗和那无数的古人，又哪里有今日的我和你？没有今日的我和你，又那里有将来的后人？没有那无量数的个人，便没有历史，但是没有历史，那无数的个人也决不是那个样子的个人。总而言之，个人造成历史，历史造成个人。从横截面看来，社会的生活是交互影响的：个人造成社会，社会造成个人；社会的生活全靠个人分工合作的生活，但个人的生活，无论如何不同，都脱不了社会的影响；若没有那样这样的社会，决不会有这样那样的我和你；若没有无数的我和你，社会也决不是这个样子。来勃尼慈（Leibnitz）说得好：

> 这个世界乃是一片大充实（Plenum，为真空 vacuum 之对），其中一切物质都是接连着的。一个大充实里面有一点变动，全部的物质都要受影响，影响的程度与物体距离的远近成正比例。世界也是如此。每一个人不但直接受他身边亲近的人的影响，并且间接又间接的受距离很远的人的影响。所以世间的交互影响，无论距离远近，都受得着的。所以世界上的人，每人受着全世界一切动作的影响。如果他有周知万物的智慧，他可以在每人的身上看出世间一切施为，无论过去未来都可看得出，在这一个现在里面便有无穷时间空间的影子。（见 Monadology 第六十一节）

从这个交互影响的社会观和世界观上面，便生出我所说的"社会的不朽论"来。我这"社会的不朽论"的大旨是：

　　我这个"小我"不是独立存在的，是和无量数小我有直接或间接的交互关系的；是和社会的全体和世界的全体都有互为影响的关系的；是和社会世界的过去和未来都有因果关系的。种种从前的因，种种现在无数"小我"和无数他种势力所造成的因，都成了我这个"小我"的一部分。我这个"小我"，加上了种种从前的因，又加上了种种现在的因，传递下去，又要造成无数将来的"小我"。这种种过去的"小我"，和种种现在的"小我"，和种种将来无穷的"小我"，一代传一代，一点加一滴；一线相传，连绵不断；一水奔流，滔滔不绝——这便是一个"大我"。"小我"是会消灭的，"大我"是永远不灭的。"小我"是有死的，"大我"是永远不死，永远不朽的。"小我"虽然会死，但是每一个"小我"的一切作为，一切功德罪恶，一切语言行事，无论大小，无论是非，无论善恶，一一都永远留存在那个"大我"之中。那个"大我"，便是古往今来一切"小我"的纪功碑，彰善祠，罪状判决书，孝子慈孙百世不能改的恶谥法。这个"大我"是永远不朽的，故一切"小我"的事业，人格，一举一动，一言一笑，一个念头，一场功劳，一桩罪过，也都永远不朽。这便是社会的不朽，"大我"的不朽。

　　那边"一座低低的土墙，遮着一个弹三弦的人"。那三弦的声浪，在空间起了无数波澜；那被冲动的空气质点，直接间接冲动无数旁的空气质点；这种波澜，由近而远，至于无穷空间；由现在而将来，由此刹那以至于无量刹那，至于无穷时间——这已是不灭不朽了。那时间，那"低低的土墙"外边来了一位诗人，听见那三弦的声音，忽然起了一个念头；由这一个念头，就成了一首好诗；这首好诗传诵了许多人；人读了这诗，各起种种念头；由这种种念头，更发生无量数的念头，更发生无数的动作，以至于无穷。然而那"低低的土墙"里面那个弹三弦的人又如何知道他所发生的影响呢？

一个生肺病的人在路上偶然吐了一口痰。那口痰被太阳晒干了，化为微尘，被风吹起空中，东西飘散，渐吹渐远，至于无穷时间，至于无穷空间。偶然一部分的病菌被体弱的人呼吸进去，便发生肺病，由他一身传染一家，更由一家传染无数人家。如此展转传染，至于无穷空间，至于无穷时间。然而那先前吐痰的人的骨头早已腐烂了，他又如何知道他所种的恶果呢？

一千五六百年前有一个人叫做范缜说了几句话道："神之于形，犹利之于刀；未闻刀没而利存，岂容形亡而神在？"这几句话在当时受了无数人的攻击。到了宋朝有个司马光把这几句话记在他的《资治通鉴》里。一千五六百年之后，有一个十一岁的小孩子——就是我，看《通鉴》到这几句话，心里受了一大感动，后来便影响了他半生的思想行事。然而那说话的范缜早已死了一千五百年了！

二千六七百年前，在印度地方有一个穷人病死了，没人收尸，尸首暴露在路上，已腐烂了。那边来了一辆车，车上坐着一个王太子，看见了这个腐烂发臭的死人，心中起了一念，由这一念，展转发生无数念。后来那位王太子把王位也抛了，富贵也抛了，父母妻子也抛了，独自去寻思一个解脱生老病死的方法。后来这位王子便成了一个教主，创了一种哲学的宗教，感化了无数人。他的影响势力至今还在，将来即使他的宗教全灭了，他的影响势力终久还存在，以至于无穷。这可是那腐烂发臭的路毙所曾梦想到的吗？

以上不过是略举几件事，说明上文说的"社会的不朽"、"大我的不朽"。这种不朽论，总而言之，只是说个人的一切功德罪恶，一切言语行事，无论大小好坏，一一都留下一些影响在那个"大我"之中，一一都与这永远不朽的"大我"一同永远不朽。

上文我批评那"三不朽论"的三层缺点：（一）只限于极少数的人；（二）没有消极的裁制；（三）所说"功，德，言"的范围太含糊了。如今所说"社会的不朽"，其实只是把那"三不朽论"的范围更推广了。既然不论事业功德的大小，一切都可不朽，那第一第三两层短处都没有了。冠绝古今的道德功业固可以不朽，那极平常的"庸言庸行"，油盐柴米的琐屑，愚夫愚妇的细事，一言一笑的微细，也都永远不朽。那发现美洲的哥仑布固可以不朽，那些和他同行的水手、火头，造船的工人，造罗盘器械的工人，供给他粮食衣服银钱的人，他所读的书的著作家，生他的父母，生他父母的父母祖宗，以及生育训练那些工人商人的父母祖宗，以及他以前和同时的社会……都永远不朽。社会是有机的组织，那英雄伟人可以不朽，那挑水的、烧饭的，甚至于浴堂里替你擦背的，甚至于每天替你家掏粪倒马桶的，也都永远不朽。至于那第二层缺点，也可免去。如今说立德不朽，行恶也不朽；立功不朽，犯罪也不朽；"流芳百世"不朽，"遗臭万年"也不朽；功德盖世固是不朽的善因，吐一口痰也有不朽的恶果。我的朋友李守常先生说得好："稍一失脚，必致遗留层层罪恶种子于未来无量的人——即未来无量的我，永不能消除，永不能忏悔。"这就是消极的裁制了。

中国儒家的宗教提出一个父母的观念，和一个祖先的观念，来做人生一切行为的裁制力。所以说："一出言而不敢忘父母，一举足而不敢忘父母"。父母死后，又用丧礼祭礼等等见神见鬼的方法，时刻提醒这种人生行为的裁制力。所以又说："斋明盛服，以承祭祀，洋洋乎如在其上，如在其左右"。又说："斋三日，则见其所为斋者；祭之日，入室，偯然必有见乎其位；周还出户，肃然必有闻乎其容声；出户而听，忾然必有闻乎其叹息之声"。这都是"神道设教"，见神见鬼的手段。这种宗教的手段在今日是不中用了。还有那种"默示"的宗教，神权的宗教，崇拜偶像的宗教，在我们心里也不能发生效力，不能裁制我们一生的行为。以我个人看来，这种"社会的不朽"观念很可以做我的宗教了。我的宗教的教旨是：

> 我这个现在的"小我"，对于那永远不朽的"大我"的无穷过去，须负重大的责任；对于那永远不朽的"大我"的无穷未来，也须负重大的责任。我须要时时想着，我应该如何努力利用现在的"小我"，方才可以不辜负了那"大我"的无穷过去，方才可以不遗害那"大我"的无穷未来？

（跋）这篇文章的主意是民国七年年底当我的母亲丧事里想到的。那时只写成一部分，到八年二月十九日方才写定付印。后来俞颂华先生在报纸上指出我论社会是有机体一段很有语病，我觉得他的批评很有理，故九年二月间我用英文发表这篇文章时，我就把那一段完全改过了。十年五月，又改定中文原稿，并记作文与修改的缘起于此。

论贞操问题

——答蓝志先

先生对于这个问题共分五层。第一层的大意是说：

> 夫妇关系，爱情虽是极重要的分子，却不是唯一的条件。……贞操虽是对待的要求，却并不是以爱情有无为标准，也不能仅看做当事者两个人的自由态度。……因为爱情是盲目而极易变化的。这中间须有一种强迫的制裁力。……爱情之外，尚当有一种道德的制裁。简单说来，就是两方应当尊崇对手的人格。……爱情必须经过道德的洗炼，使感情的爱变为人格的爱，方能算的真爱。……夫妇关系一旦成立以后，非一方破弃道德的制裁，或是生活上有不得已的缘故，这关系断断不能因一时感情的好恶随便可以动摇。贞操即是道德的制裁人格的义务中应当强迫遵守之一。破弃贞操是道德上一种极大罪恶，并且还毁损对手的人格，绝不可以轻恕的。

这一层的大旨，我是赞成的。我所讲的爱情，并不是先生所说盲目又极易变化的感情的爱。人格的爱虽不是人人都懂得的

（这话先生也曾说过），但平常人所谓爱情，也未必全是肉欲的爱；这里面大概总含有一些"超于情欲的分子"，如共同生活的感情，名分的观念，儿女的牵系等等。但是这种种分子，总还要把异性的恋爱做一个中心点。夫妇的关系所以和别的关系（如兄弟姊妹朋友）不同，正为有这一点异性的恋爱在内。若没有一种真挚专一的异性恋爱，那么共同生活便成了不可终日的痛苦，名分观念便成了虚伪的招牌，儿女的牵系便也和猪狗的母子关系没有大分别了。我们现在且不要悬空高谈理想的夫妇关系，且仔细观察最大多数人的实际夫妇关系究竟是什么样子。我以为我们若从事实上的观察作根据，一定可以得到这个断语：夫妇之间的正当关系应该以异性的恋爱为主要元素；异性的恋爱专注在一个目的，情愿自己制裁性欲的自由，情愿永久和他所专注的目的共同生活，这便是正当的夫妇关系。人格的爱，不是别的，就是这种正当的异性恋爱加上一种自觉心。

我和先生不同的论点，在于先生把"道德的制裁"和"感情的爱"分为两件事，所以说"爱情之外尚当有一种道德的制裁"。我却把"道德的制裁"看作即是那正当的，真挚专一的异性恋爱。若在"爱情之外"别寻夫妇间的"道德"，别寻"人格的义务"，我觉得是不可能的了。所以我赞成先生说的"夫妇关系一旦成立以后，非一方破弃道德的制裁（即是我所谓'真一的异性恋爱'），或是生活上有不得已的缘故（如寡妇不能生活，或鳏夫不能抚养幼小儿女），这关系断断不能因一时感情的好恶随便可以动摇"。我虽然赞成这个结论，却不赞成先生说的"贞操并不是以爱情有无为标准"。因为我所说的"贞操"即是异性恋爱的真挚专一。没有爱情的夫妇关系，都不是正当的夫妇关系，只可说是异性的强迫同居！既不是正当的夫妇，更有什么贞操可说？

先生所说的"尊重人格",固然是我所极赞成的。但是夫妇之间的"人格问题",依我看来只不过是真一的异性恋爱加上一种自觉心。中国古代所说"夫妇相敬如宾"的"敬"字便含有尊重人格的意味。人格的爱情,自然应该格外尊重贞操。但是人格的观念,根本上研究起来,实在是超于平常人心里的"贞操"观念的范围以外。平常人所谓"贞操",大概指周作人先生所说的"信实",我所说的"真一",和先生所说的"一夫一妇"。但是人格的观念有时不限于此。先生屡用易卜生的《娜拉》为例。即以此戏看来,郝尔茂对于娜拉并不曾违背"贞操"的道德。娜拉弃家出门,并不是为了贞操问题,乃是为了人格问题。这就可见人格问题是超于贞操问题了。

先生又极力攻击自由恋爱和容易的离婚。其实高尚的自由恋爱,并不是现在那班轻薄少年所谓自由恋爱,只是根据于"尊重人格"一个观念。我在美洲也曾见过这种自由恋爱的男女,觉得他们真能尊重彼此的人格。这一层周作人先生已说过了,我且不多说。至于容易的离婚,先生也不免有点误解。我从前在《美国的妇人》一篇里曾有一节论美国多离婚案之故道:

> ……自由结婚的根本观念就是要夫妇相敬相爱,先有精神上的契合,然后可以有形体上的结婚。不料结婚之后,方才发现从前的错误,方才知道他们两人决不能有精神上的爱情;既不能有精神上的爱情,若还依旧同居,不但违背自由结婚的原理,并且必至于堕落各人的人格。……所以离婚案之多,未必全由于风俗的败坏,也未必不由于个人人格的尊贵。

所以离婚的容易,并不是一定就可以表示不尊重人格。这又可见人格的问题超于平常的贞操观念以外了。

先生第二层的意思，已有周作人先生的答书了，我本可以不加入讨论，但是我觉得这一段里面有一个重要观念，是哲学上的一个根本问题，故不得不提出讨论。先生不赞成与谢野夫人把贞操看作一种趣味、信仰、洁癖，不当他是道德。先生是个研究哲学的人，大概知道"道德"本可当作一种信仰，一种趣味，一种洁癖。中国的孔丘也曾两次说"吾未见好德如好色者也"。他又说"知之者不如好之者，好之者不如乐之者"。这种议论很有道理，远胜于康德那种"绝对命令"的道德论。道德教育的最高目的是要人人都能自然行善去恶，"如恶恶臭，如好好色"一般。西洋哲学史上也有许多人把道德观念当作一种美感的。要是人人都能把道德当作一种趣味，一种美感，岂不很好吗？

先生第三层的大意是说我不应该"把外部的制裁一概抹杀"。先生所指的乃是法律上消极的制裁，如有夫有妇奸罪等等①。这都是刑事法律的问题，自然不在我所抹杀的"外部干涉"之内，我不消申明了。

先生第四层论续娶和离婚的限制，我也可以不辩。

先生第五层论共妻和自由恋爱。我的原文里并没有提到这两个问题，《新青年》的同人也不曾有提倡这两种问题，本可以不辩。况且周作人先生已有答书提起这一层，我在上文也略提到自由恋爱。我觉得先生对于这两个问题未免有点"笼统"的攻击，不曾仔细分析主张这种制度的人心理和品格。因此我且把先生反对这种人的理由略加讨论。

（一）先生说"夫妇的平等关系，是人格的平等，待遇的平

---

① 此处"有夫有妇奸罪"含义似不明。原文如此。——编者注。

等，不是男女做同样的事才算平等。"这话固然不错。男女不能做完全同样的事，这是人所共知的。但是有许多事是男女都能做的。古来相传的家庭制度，把许多极繁琐的事看作妇人的天职：有钱的人家固然可以雇人代做，但是中人以下的人家，这是做不到的；因此往往有可造就的女子人才竟被家庭事务埋没了，不能有机会发展他的个性的才能。欧美提倡废家庭制度的人，大多数是自食其力的美术家和文人。这一派人所以反对家庭，正因为家庭的负担有碍于他们才性的自由发展。还有那避姙的行为，也是为此。先生说他们的流弊可以"把一切文明事业尽行推翻"，未免太过了。

（二）先生说"妇女解放是解放人格，不是解放性欲。"学者的提倡共妻制度（如柏拉图所说），难道是解放性欲吗？还有那种有意识的自由恋爱，据我所见，都是尊重性欲的制裁的。无制裁的性欲，不配称恋爱，更不配称自由恋爱。

（三）先生论儿童归公家教养一段，理由很不充足。这种主张从柏拉图以来，大概有三种理由：（甲）公家教养儿童，可用专门好手，功效可以胜过平常私家的教养，因为有无量数的父母都是不配教养子女的；（乙）儿女乃是社会的分子，并不是你我的私产，所以教养儿童并不全是先生所说"自己应尽的义务"；（丙）依分工互助的道理，有些愿意教养儿童的人便去替公家教养儿童，有些不愿意或不配教养儿童的人便去做旁的事业。先生说，"既说平等，为什么又要一种人来替你尽那不愿意教养儿童的义务呢？"他们并不说人人能力才性都平等（这种平等说是绝对不能成立的），他们也不要勉强别人做不愿意的事；他们只要各人分工互助，各人做自己愿意做的事。

（四）先生又说共妻主义的大罪恶在于"拿极少数人的偏见

来破坏人类精神生活上万不可缺的家庭制度"。这话固然有理，但是我们革新家不应该一笔抹杀"极少数人的偏见"；我们应该承认这些极少数人有自由实验他所主张的权利。

（五）先生说"共妻主义实际上是把妇女当作机械牛马"。这话未免冤枉共妻主义的人了。我手头没有近代主张共妻的书，我且引柏拉图的《共和国》中论公妻的一节为证（Republic, 458—459）：

假定你做了（这个理想国的）立法官，既然选出了那些最好的男子，就该选出一些最好的女子，要拣那些最配得上这些男子的，使他们男女同居公共的房子，同在一块用餐。他们都不许有自己的东西；他们同作健身的运动，同在一处养育长大。他们自然会被一种天性的必要（Necessity）牵引起来互相结合。我用"必要"一个字，不太强吗？

（答）不太强。你所谓"必要"自然不是几何学上的必要，这种必要只有有情的男女才知道的。

这种必要对于一般人类的效能比几何学上的必要还大的多咧。

是的。但是这种事的进行须要有秩序。在这个乐国里面，淫乱是该禁止的。

（答）应该如此。

你的主张是要使配偶成为最高洁神圣的，要使这种最有益的配偶成为最高洁神圣的吗？

（答）正是。

这就可见古代的共妻论已不曾把妇女当作机械牛马一样看待。近世个性发展，女权伸张，远胜古代，要是共妻主义把妇女看作机械牛马,还能自成一说吗?至于先生把自由恋爱解作"两方同意性欲关系即随便可以结合,不受何等制限",这也不很公平。世间固然有一种"放纵的异性生活"装上自由恋爱的美名,但是有主义的自由恋爱也不能一笔抹杀。古今正式主张自由恋爱的人,大概总有一种个性的人生观,决不是主张性欲自由的。最著名的先例是 William Godwin 和 Mary Wollstoncraft 的关系。Godwin 最有名的著作 Political Justice 是主张自由恋爱最早的一部书。他后来遇见那位女界的怪杰 Mary Wollstoncraft,居然实行他们理想中的恋爱生活。Godwin 书中曾说自由恋爱未必就有"淫乱"的危险,因为人类的通性总会趋向一个伴侣,不爱杂交;再加上朋友的交情,自然会把粗鄙的情欲变高尚了。即使让一步,承认自由恋爱容易解散,这也未必一定是最坏的事。论者只该问这一桩离散是有理无理,不该问离散是难是易。最近北京有一家夫妇不和睦,丈夫对他妻子常用野蛮无理的行为,后来他妻子跑回母家去了,不料母家的人说他是弃妇,瞧不起他,他受不过这种嘲笑,只好含羞忍辱回他夫家去受他丈夫的虐待!这种婚姻可算得不容易离散了,难道比容易离散的自由恋爱更好吗?自由恋爱的离散未必全由于性欲的厌倦,也许是因为人格上有不能再同居的理由。他们既然是人格的结合——有主张的自由恋爱应该是人格的结合!如今觉得继续同居有妨碍于彼此的人格,自然可以由两方自由解散了。

以上答先生的第五层,完全是学理的讨论;因为先生提到共妻和自由恋爱两种主张,故我也略说几句。我要正式声明,我并不是主张这两种制度的,不过我是一个研究思想史的人,所以对于无论那一种学说,总想寻出他的根据理由,我决不肯"笼统"排斥他。

民国八年四月

不 老

——跋梁漱溟先生致陈独秀书

一 梁先生原信节录

仲甫先生：

方才收到《新青年》六卷一号，看见你同陶孟和先生论我父亲自杀的事各一篇，我很感谢。为什么呢？因为凡是一件惹人注目的事，社会上对于他一定有许多思量感慨。当这用思兴感的时候，必不可无一种明确的议论来指导他们到一条正确的路上去，免得流于错误而不自觉。所以我很感谢你们作这种明确的议论。我今天写这信有两个意思：一个是我读孟和的论断似乎还欠明晰，要有所申论；一个是凡人的精神状况差不多都与他的思想有关系，要众人留意。

诸君在今日被一般人指而目之为新思想家，哪里知道二十年前我父亲也是受人指而目之为新思想家的呀。那时候人都毁骂郭筠仙（高焘）信洋人讲洋务，我父亲同他不相识，独排众论，极以他为然。又常亲近那最老的外交家许静山先生（珏），去访问世界大势，讨论什么亲俄亲英的问题。自己在日记上说："倘我本身不能出洋留学，一定节省出钱来叫我儿子出洋。万事可省，此事不可不办。"大家总该晓得向来小孩子开蒙念书照规矩是《百家姓》、《千字文》、《四书五经》。我父亲竟不如此，叫那先生拿《地球韵言》来教我。我八岁时候有一位陈先生开了一个"中西小学堂"，便叫我去那里学起 abcd 来。到现在二十岁了，那人人都会背的《论语》、《孟子》，我不但不会背，还是没有念呢！请看二十年后的今日还在那里压派着小学生读经，稍为革废之论，即为大家所不容。没有过人的精神，能行之于二十年前么？我父亲有兄弟交彭翼仲先生是北京城报界开天辟地的人，创办《启蒙画报》、《京话日报》、《中华报》等等。[《启蒙画报》上边拿些浅近科学知识讲给人听，排斥迷信，恐怕是北京人与赛先生（Science）相遇的第一次呢！]北京人都叫他"洋报"，没人过问，赔累不堪，几次绝望。我父亲典当了钱接济他，前后千余金。在那借钱折子上自己批道："我们为开化社会，就是把这钱赔干净了也甘心。"我父亲又拿鲁国漆室女倚门而叹的故事编了一出新戏叫作"女子爱国"。其事距今有十四五年了，算是北京新戏的开创头一回。戏里边便是把当时认为新思想的种种改革的主张夹七夹八的去灌输给听戏的人。平日言谈举动，在一般亲戚朋友看去，都有一种生硬新异的感觉，抱一种老大不赞成的意思。当时的事且不再叙，去占《新青年》的篇幅了。然而到了晚年，就是这五六年，除了合于从前自己主张的外，自己常很激烈的表示反对新人物新主张（于政治为尤然）。甚至把从前所主张的，如申张民权排斥迷信之类，有返回去的倾向。不但我父亲如此，我的父执彭先生本是勇往不过的革新家，那一种破釜沉舟的气概，恐怕现在的革新家未必能及，到现在他的思想也是陈旧的很。甚至也有那返回去的倾向。当年我们两家虽都是南方籍贯，因为一连几代作官不曾回南，已经成了北京人。空气是异常腐败的。何以竟能发扬蹈厉去作革新的先锋？到现在的机会，要比起从前，那便利何止百倍，反而不能助成他们的新思想，却墨守条规起来，又何故呢？这便是我说的精神状况的关系了。当四十岁时，人的精神充裕，那一副过人的精神便显起效用来，于甚少的机会中追求出机会，摄取了知识，构成了思想，发动了志气，所以有那一番积极的作为。在那时代便是维新家了。到六十岁时，精神安能如昔？知识的摄取力先减了，思想的构成力也退了，所有的思想都是以前的遗留，没有那方兴未艾的创造，而外界的变迁却一日千里起来，于是乎就落后为旧人物了。因为所差的不过是精神的活泼，不过是创造的智慧，所以虽不是现在的新思想家，却还是从前的新思想家；虽没有今人的思想，却不像寻常人的没思想。况且我父亲虽然到了老年，因为有一种旧式道德家的训练，那颜色还是很好，目光极其有神，肌肉不瘠，步履甚健，样样都比我们年轻人还强。精神纵不如昔，还是过人。那神志的清明，志气的刚强，情感的真挚，真所谓老当益壮的了。对于外界政治上社会上种种不好的现象，他如何肯糊涂过去！便本着那所有的思想终日早起晏息的去作事，并且成了这自杀的举动。其间知识上的错误自是有的。然而不算事。假使拿他早年本有的精神遇着现在新学家同等的机会，那思想举动正未知如何呢！因此我又联想到何以这么大的中国，却只有一个《新青年》杂志？可以验国人的精神状况了！诸君所反复说之不已的，不过是很简单的一点意思，何以一般人就大惊小怪起来，又有一般人就觉得趣味无穷起来？想来这般人的思想构成力太缺了！然则这国民的"精神的养成"恐怕是第一大事了。我说精神状况与思想关系是要留意的一桩事，就是这个。

梁漱溟

二　跋

漱溟先生这封信，讨论他父亲巨川先生自杀的事，使人读了都很感动。他前面说的一段，因陶先生已去欧洲，我们且不讨论。后面一段论"精神状况与思想有关系"一个问题，使我们知道巨川先生精神生活的变迁，使我们对于他老先生不能不发生一种诚恳的敬爱心。这段文章，乃是近来传记中有数的文字。若是将来的孝子贤孙替父母祖宗做传时，都能有这种诚恳的态度，写实的文体，解释的见地，中国文学也许发生一些很有文学价值的传记。

我读这一段时，觉得内中有一节很可给我们少年人和壮年人做一种永久的教训，所以我把他提出来抄在下面：

> 当四十岁时，人的精神充裕，那一副过人的精神便显起效用来，于甚少的机会中追求出机会，摄取了知识，构成了思想，发动了志气，所以有那一番积极的作为。在那时代便是维新家了。到六十岁时，精神安能如昔？知识的摄取力先减了，思想的构成力也退了，所有的思想都是以前的遗留，没有那方兴未艾的创造，而外界的变迁却一日千里起来，于是乎就落后成为旧人物了。

我们少年人读了这一段，应该问自己道："我们到了六七十岁时，还能保存那创造的精神，做那时代的新人物吗？"这个问题还不是根本问题。我们应该进一步，问自己道："我们该用什么法子方才可使我们的精神到老还是进取创造的呢？我们应该怎么预备做一个白头的新人物呢？"

从这个问题上着想，我觉得漱溟先生对于他父亲平生事实的解释还不免有一点"倒果为因"的地方。他说："到了六十岁时，精神安能如昔？知识的摄取力先减了，思想的构成力也退了。"这似乎是说因为精神先衰了，所以不能摄取新知识，不能构成新思想。但他下文又说巨川先生老年的精神还是过人，"真所谓老当益壮。"这可见巨川先生致死的原因不在精神先衰，乃在知识思想不能调剂补助他的精神。二十年前的知识思想决不够培养他那二十年后"老当益壮"的旧精神，所以有一种内部的冲突，所以竟致自杀。

我们从这个上面可得一个教训：我们应该早点预备下一些"精神不老丹"方才可望做一个白头的新人物。这个"精神不老丹"是什么呢？我说是永远可求得新知识新思想的门径。这种门径不外两条：（一）养成一种欢迎新思想的习惯，使新知识新思潮可以源源进来；（二）极力提倡思想自由和言论自由，养成一种自由的空气，布下新思潮的种子，预备我们到了七八十岁时，也还有许多簇新的知识思想可以收获来做我们的精神培养品。

今日的新青年！请看看二十年前的革命家！

民国八年四月

问题与主义

本报（《每周评论》）第二十八号里，我曾说过：

> 现在舆论界大危险，就是偏向纸上的学说，不去实地考察中国今日的社会需要究竟是什么东西。那些提倡尊孔祭天的人，固然是不懂得现时社会的需要。那些迷信军国民主义或无政府主义的人，就可算是懂得现时社会的需要么？
>
> 要知道舆论家的第一天职，就是细心考察社会的实在情形。一切学理，一切"主义"，都是这种考察的工具。有了学理作参考材料，便可使我们容易懂得所考察的情形，容易明白某种情形有什么意义，应该用什么救济的方法。

我这种议论，有许多人一定不愿意听。但是前几天北京《公言报》、《新民国报》、《新民报》（皆安福部的报），和日本文的

《新支那报》，都极力恭维安福部首领王揖唐主张民生主义的演说①，并且恭维安福部设立"民生主义的研究会"的办法。有许多人自然嘲笑这种假充时髦的行为。但是我看了这种消息，发生一种感想。这种感想是："安福部也来高谈民生主义了，这不够给我们这班新舆论家一个教训吗？"什么教训呢？这可分三层说：

第一，空谈好听的"主义"，是极容易的事，是阿猫阿狗都能做的事，是鹦鹉和留声机器都能做的事。

第二，空谈外来进口的"主义"，是没有什么用处的。一切主义都是某时某地的有心人，对于那时那地的社会需要的救济方法。我们不去实地研究我们现在的社会需要，单会高谈某某主义，好比医生单记得许多汤头歌诀，不去研究病人的症侯，如何能有用呢？

第三，偏向纸上的"主义"，是很危险的。这种口头禅很容易被无耻政客利用来做种种害人的事。欧洲政客和资本家利用国家主义的流毒，都是人所共知的。现在中国的政客，又要利用某种主义来欺人了。罗兰夫人说②，"自由自由，天下多少罪恶，都是借你的名做出的！"一切好听的主义，都有这种危险。

这三条合起来看，可以看出"主义"的性质。凡"主义"都是应时势而起的。某种社会，到了某时代，受了某种的影响，呈

① 王揖唐（1877—1948）：旧名志洋，后更名庚，号揖唐。安福部主脑之一，曾任袁世凯秘书、参议、顾问。后历任内务总长、国会议长等职。

② 罗兰夫人（1754—1793）：法国大革命时期政治家，吉伦特党领导人。其丈夫罗兰也是吉伦特党的领导人之一。

现某种不满意的现状。于是有一些有心人，观察这种现象，想出某种救济的法子。这是"主义"的原起。主义初起时，大都是一种救时的具体主张。后来这种主张传播出去，传播的人要图简便，使用一两个字来代表这种具体的主张，所以叫他做"某某主义"。主张成了主义，便由具体的计划，变成一个抽象的名词。"主义"的弱点和危险，就在这里。因为世间没有一个抽象名词能把某人某派的具体主张都包括在里面。比如"社会主义"一个名词，马克思的社会主义，和王揖唐的社会主义不同；你的社会主义，和我的社会主义不同：决不是这一个抽象名词所能包括。你谈你的社会主义，我谈我的社会主义，王揖唐又谈他的社会主义，同用一个名词，中间也许隔开七八个世纪，也许隔开两三万里路，然而你和我和王揖唐都可自称社会主义家，都可用这一个抽象名词来骗人。这不是"主义"的大缺点和大危险吗？

我再举现在人人嘴里挂着的"过激主义"做一个例：现在中国有几个人知道这一个名词做何意义？但是大家都痛恨痛骂"过激主义"，内务部下令严防"过激主义"，曹锟①也行文严禁"过激主义"，卢永祥也出示查禁"过激主义"。前两个月，北京有几个老官僚在酒席上叹气，说，"不好了，过激派到了中国了。"前两天有一个小官僚，看见我写的一把扇子，大诧异道："这不是过激党胡适吗？"哈哈，这就是"主义"的用处！

我因为深觉得高谈主义的危险，所以我现在奉劝新舆论界的同志道："请你们多提出一些问题，少谈一些纸上的主义。"

更进一步说："请你们多多研究这个问题如何解决，那个问

---

① 曹锟（1862—1938）：北洋直系军阀首领。卢永祥（1867—1933）：北洋皖系军阀。

题如何解决，不要高谈这种主义如何新奇，那种主义如何奥妙。"

现在中国应该赶紧解决的问题，真多得很。从人力车夫的生计问题，到大总统的权限问题；从卖淫问题到卖官卖国问题；从解散安福部问题到加入国际联盟问题；从女子解放问题到男子解放问题……哪一个不是火烧眉毛的紧急问题？

我们不去研究人力车夫的生计，却去高谈社会主义；不去研究女子如何解放，家庭制度如何救正，却去高谈公妻主义和自由恋爱；不去研究安福部如何解散，不去研究南北问题如何解决，却去高谈无政府主义；我们还要得意扬扬夸口道："我们所谈的是根本解决"。老实说罢，这是自欺欺人的梦话，这是中国思想界破产的铁证，这是中国社会改良的死刑宣告！

为什么谈主义的人那么多，为什么研究问题的人那么少呢？这都由于一个懒字。懒的定义是避难就易。研究问题是极困难的事，高谈主义是极容易的事。比如研究安福部如何解散，研究南北和议如何解决，这都是要费工夫，挖心血，收集材料，征求意见，考察情形，还要冒险吃苦，方才可以得一种解决的意见。又没有成例可援，又没有黄梨洲、柏拉图的话可引[①]，又没有《大英百科全书》可查，全凭研究考察的工夫：这岂不是难事吗？高谈"无政府主义"便不同了。买一两本实社《自由录》，看一两本西文无政府主义的小册子，再翻一翻《大英百科全书》，便可以高谈无忌了：这岂不是极容易的事吗？

高谈主义，不研究问题的人，只是畏难求易，只是懒。

凡是有价值的思想，都是从这个那个具体的问题下手的。先研究了问题的种种方面的种种的事实，看看究竟病在何处，这是

---

① 黄梨洲：黄宗羲（1610—1695），清初学者，人称梨洲先生。

思想的第一步工夫。然后根据于一生经验学问，提出种种解决的方法，提出种种医病的丹方，这是思想的第二步工夫。然后用一生的经验学问，加上想象的能力，推想每一种假定的解决法，该有什么样的效果，推想这种效果是否真能解决眼前这个困难问题。推想的结果，拣定一种假定的解决，认为我的主张，这是思想的第三步工夫。凡是有价值的主张，都是先经过这三步工夫来的。不如此，不算舆论家，只可算是抄书手。

读者不要误会我的意思。我并不是劝人不研究一切学说和一切"主义"。学理是我们研究问题的一种工具。没有学理做工具，就如同王阳明对着竹子痴坐，妄想"格物"，那是做不到的事。种种学说和主义，我们都应该研究。有了许多学理做材料，见了具体的问题，方才能寻出一个解决的方法。但是我希望中国的舆论家，把一切"主义"摆在脑背后，做参考资料，不要挂在嘴上做招牌，一不要叫一知半解的人拾了这些半生不熟的主义，去做口头禅。

"主义"的大危险，就是能使人心满意足，自以为寻着包医百病的"根本解决"，从此用不着费心力去研究这个那个具体问题的解决法了。

民国八年七月

（初刊 1919 年 7 月 20 日《每周评论》第 31 期）

新生活

——为《新生活》杂志第一期做的

哪样的生活可以叫做新生活呢？

我想来想去，只有一句话。新生活就是有意思的生活。

你听了，必定要问我，有意思的生活又是什么样子的生活呢？

我且先说一两件实在的事情做个样子，你就明白我的意思了。

前天你没有事做，闲的不耐烦了，你跑到街上一个小酒店里，打了四两白干，喝完了，又要四两，再添上四两。喝的大醉了，同张大哥吵了一回嘴，几乎打起架来。后来李四哥来把你拉开，你气忿忿的又要了四两白干，喝的人事不知，幸亏李四哥把你扶回去睡了。昨儿早上，你酒醒了，大嫂子把前天的事告诉你，你懊悔的很，自己埋怨自己："昨儿为什么要喝那么多酒呢？可不是糊涂吗？"

你赶上张大哥家去，作了许多揖，赔了许多不是，自己怪自己糊涂，请张大哥大量包涵。正说时，李四哥也来了，王三哥也来了。他们三缺一，要你陪他们打牌。你坐下来，打了十二圈牌，输了一百多吊钱。你回得家来，大嫂子怪你不该赌博，你又懊悔的很，自己怪自己道："是呵，我为什么要陪他们打牌呢？可不是糊涂吗？"

诸位，像这样子的生活，叫做糊涂生活，糊涂生活便是没有意思的生活。你做完了这种生活，回头一想"我为什么要这样干呢？"你自己也回不出究竟为什么。

诸位，凡是自己说不出"为什么这样做"的事，都是没有意思的生活。

反过来说，凡是自己说得出"为什么这样做"的事，都可以说是有意思的生活。

生活的"为什么"，就是生活的意思。

人同畜生的分别，就在这个"为什么"上。你到万牲园里去看那白熊一天到晚摆来摆去不肯歇，那就是没有意思的生活。我们做了人，应该不要学那些畜生的生活。畜生的生活只是糊涂，只是胡混，只是不晓得自己为什么如此做。一个人做的事应该件件事回得出一个"为什么"。

我为什么要干这个？为什么不干那个？回答得出，方才可算是一个人的生活。

我们希望中国人都能做这种有意思的新生活。其实这种新生活并不十分难，只消时时刻刻问自己为什么这样做，为什么不那样做，就可以渐渐的做到我们所说的新生活了。

诸位，千万不要说"为什么"这三个字是很容易的小事。你打今天起，每做一件事，便问一个为什么——为什么不把辫子剪了？为什么不把大姑娘的小脚放了？为什么大嫂子脸上搽那么多的脂粉？为什么出棺材要用那么多叫化子？为什么娶媳妇也要用那么多叫化子？为什么骂人要骂他的爹妈？为什么这个？为什么那个？你试办一两天，你就会晓得这三个字的趣味真是无穷无尽，这三个字的功用也无穷无尽。

诸位，我们恭恭敬敬的请你们来试试这种新生活。

民国八年八月

我对于丧礼的改革

去年北京通俗讲演所请我讲演"丧礼改良",讲演日期定在十一月二十七日。不料到了十一月二十四日,我接到家里的电报,说我的母亲死了。我的讲演还没有开讲,就轮着我自己实行"丧礼改良"了!

我们于二十五日赶回南。将动身的时候,有两个学生来见我,他们说:"我们今天过来,一则是送先生起身;二则呢,适之先生向来提倡改良礼俗,现在不幸遭大丧,我们很盼望先生能把旧礼大大的改革一番。"

我谢了他们的好意,就上车走了。

我出京之先,想到家乡印刷不便,故先把讣帖付印。讣帖如下式:

先母冯太夫人于中华民国七年十一月二十三日病殁于安徽绩溪上川本宅。敬此讣闻。

胡 觉
适 谨告

这个讣帖革除了三种陋俗：一是"不孝□□等罪孽深重，不自殒灭，祸延显妣"一派的鬼话。这种鬼话含有儿子有罪连带父母的报应观念，在今日已不能成立；况且现在的人心里本不信这种野蛮的功罪见解，不过因为习惯如此，不能不用，那就是无意识的行为。二是"孤哀子□□等泣血稽颡"的套语。我们在民国礼制之下，已不"稽颡"，更不"泣血"，又何必自欺欺人呢？三是"孤哀子"后面排着那一大群的"降服子"、"齐衰期服孙"、"期"、"大功"、"小功"……等等亲族，和"扳泪稽首"，"拭泪稽首"……等等有"谱"的虚文。这一大群人为什么要在讣闻上占一个位置呢？因为这是古代宗法社会遗传下来的风俗如此。现在我们既然不承认大家族的恶风俗，自然用不着列入这许多名字了。还有那从"泣血稽颡"到"拭泪顿首"一大串的阶级，又是因为什么呢？这是儒家"亲亲之杀"的流毒。因为亲疏有等级，故在纸上写一个"哭"字也要依着分等级的"谱"。我们绝对不承认哭丧是有"谱"的，故把这些有谱的虚文一概删去了。

我在京时，家里电报问"应否先殓"，我复电说"先殓"。我们到家时，已殓了七日了，衣衾棺材都已办好，不能有什么更动。我们徽州的风俗，人家有丧事，家族亲眷都要送锡箔，白纸，香烛；讲究的人家还要送"盘缎"，纸衣帽，纸箱担等件。锡箔和白纸是家家送的，太多了，烧也烧不完，往往等丧事完了，由丧家打折扣卖给店家。这种糜费，真是无道理。我到家之后，先发一个通告给各处有往来交谊的人家。通告上说：

> 本宅丧事拟于旧日陋俗略有所改良。倘蒙赐吊，只领香一炷或挽联之类。此外如锡箔，素纸，冥器，盘缎等物，概不敢领，请勿见赐。伏乞鉴原。

这个通告随着讣帖送去，果然发生效力，竟没有一家送那些东西来的。

和尚，道士，自然是不用的了。他们怨我，自不必说。还有几个投机的人，预算我家亲眷很多，定做冥器盘缎的一定不少，故他们在我们村上新开一个纸扎铺，专做我家的生意。不料我把这东西都废除了，这个新纸扎铺只好关门。

我到家之后，从各位长辈亲戚处访问事实——因为我去国日久，事实很模糊了——做了一篇《先母行述》。我们既不"寝苦"，又不"枕块"，自然不用"苫块昏迷，语无伦次"等等诳语了。"棘人"两字，本来不通，（《诗·桧风·素冠》一篇本不是指三年之丧的，乃是怀人的诗，故有"聊与子同归"，"聊与子如一"的话，素冠素衣也不过是与《曹风》"麻衣如雪"同类的话，未必专指丧服；"棘人"两字，棘训急，训瘠，也不过是"劳人"的意思；这一首很好的相思诗，被几个腐儒解作一篇丧礼论，真是可恨！）故也不用了。我做这篇《行述》，抱定一个说老实话的宗旨，故不免得罪了许多人。但是得罪了许多人，便是我说老实话的证据。文人做死人的传记，既怕得罪死人，又怕得罪活人，故不能不说谎，说谎便是大不敬。

讣闻出去之后，便是受吊。吊时平常的规矩是：外面击鼓，里面启灵帏，主人男妇举哀，吊客去了，哀便止了。这是作伪的丑态。古人"哀至则哭"，哭岂是为吊客哭的吗？因为人家要用哭来假装"孝"，故有大户人家吊客多了，不能不出钱雇人来代哭，我是一个穷书生，那有钱来雇人代我们哭？所以我受吊的时候，灵帏是开着的，主人在帏里答谢吊客，外面有子侄辈招待客人；哀至即哭，哭不必做出种种假声音，不能哭时，便不哭了，决不为吊客做出举哀的假样子。

再说祭礼。我们徽州是朱子、江慎修、戴东原、胡培翚的故乡，代代有礼学专家，故祭礼最讲究。我做小孩的时候，也不知看了多少次的大祭小祭。祭礼很繁，每一个祭，总得要两三个钟头；祠堂里春分冬至的大祭，要四五点钟。我少时听见秀才先生们说，他们半夜祭春分冬至，跪着读祖宗谱，一个人一本，读"某某府君，某某孺人"，烛光又不明，天气又冷，石板的地又冰又硬，足足要跪两点钟！他们为了祭包和胙肉，不能不来鬼混念一遍。这还算是宗法社会上一种很有意味的仪节。最怪的，是人家死了人，一定要请一班秀才先生来做"礼生"，代主人做祭。祭完了，每个礼生可得几尺白布，一条白腰带，还可吃一桌"九碗"或"八大八小"。大户人家，停灵日子长，天天总要热闹，故天天须有一个祭。或是自己家祭，或是亲戚家"送祭"。家祭是今天长子祭明天少子祭，后天长孙祭……送祭是那些有钱的亲眷，远道不能来，故送钱来托主人代办祭菜，代请礼生。总而言之，哪里是祭？不过是做热闹，装面子，摆架子！那里是祭！

我起初想把祭礼一概废了，全改为"奠"。我的外婆七十多岁了，他眼见一个儿子两个女儿死在他生前，心里实在悲恸，所以他听见我要把祭全废了，便叫人来说："什么事都可依你，两三个祭是不可少的。"我仔细一想，只好依他，但是祭礼是不能不改的。我改的祭礼有两种：

（1）本族公祭仪节（族人亲自做礼生）：序立。就位。参灵，三鞠躬。三献。读祭文（祭文中列来祭的人名，故不可少）。辞灵。礼成。

（2）亲戚公祭。我不要亲戚"送祭"。我把要来祭的亲戚邀在一块，公推主祭者一人，赞礼二人，余人陪祭，一概不请外人作礼生。同时一奠，不用"三献礼"。向来可分七八天的祭，改了新礼，十五分钟就完了。仪节如下：序立。主祭者就位。陪祭者分列就位。参灵，三鞠躬。读祭文。辞灵。礼成。谢奠。

我以为我这第二种祭礼，很可以供一般人的采用。祭礼的根据在于深信死人的"灵"还能受享。我们既不信死者能受享，便应该把古代供献死者饮食的祭礼，改为生人对死者表示敬意的祭礼。死者有知无知，另是一个问题。但生人对死者表示敬意，是在情理之中的行为，正不必问死者能不能领会我们的敬意。有人说："古礼供献酒食，也是表示敬意，也不必问死者能不能饮食。"这却有个区别。古人深信死者之灵真能享用饮食，故先有"降神"，后有"三献"，后有"侑食"，还有"望燎"，还有"举哀"，都是见神见鬼的做作，便带者古宗教的迷信，不单是表示生人的敬意了。

再论出殡。出殡的时候，"铭旌"先行，表示谁家的丧；次是灵柩，次是主人随柩行，次是送殡者。送殡者之外，没有别样排场执事。主人不必举哀，哀至则哭，哭不必出声。主人穿麻衣，不戴帽，不执哭丧杖，不用草索束腰，但用白布腰带。为什么要穿麻衣呢？我本来想用民国服制，用乙种礼服，袖上蒙黑纱。后来因为来送殡的男人女人都穿白衣，主人不能独穿黑，只好用麻衣，束白腰带。为什么不戴帽呢？因为既不用那种俗礼的高粱孝子冠，一时寻不出相当的帽子，故不如用表示敬意的脱帽法。为什么不用杖呢？因为古人居父母的丧要自己哀毁，要做到"扶而后能起，杖而后能行"的半死样子，故不能不用杖。我们既不能做到那种半死样子，又何必拿那棍杖来装门面呢？

我们是聚族而居的，人死了，该送神主入祠。俗礼先有"题主"或"点主"之法，把"神主牌"先请人写好，留着"主"字上的一点，再去请一位阔人来，求他用朱笔蘸了鸡冠血，把

"主"字上一点点上。这就是"点主"。点主是丧事里一件最重要的事，因为他是一件最可装面子摆架子的事。你们回想当年袁世凯死后，他的儿子孙子们请徐世昌点主的故事，就可晓得这事的重要了。

那时家里人来问我要请谁点主。我说，用不着点主了。为什么呢？因为古礼但有"请善书者书主"（《朱子家礼》与《温公书仪》同）。这是恐怕自己不会写好字，故请一位写好字的写牌，是郑重其事的意思。后来的人，要借死人来摆架子，故请顶阔的人来题主。但是阔人未必会写字。也许请的是一位督军，连字都不认得。所以主人家先把牌子上的字写好，单留"主"字上的一点，请"大宾"的大笔一点。如此办法，就是不识字的大帅，也会题主了！我不配借我母亲来替我摆架子，不如行古礼罢。所以我请我的老友近仁把牌位连那"主"字上的一点一齐写好。出殡之后把神主送进宗祠，就完了事。

未出殡之前，有人来说，他有一穴好地，葬下去可以包我做到总长。我说，我也看过一些堪舆书，但不曾见那部书上有"总长"二字，还是请他留上那块好地自己用罢。我自己出去，寻了一块坟地，就是在先父铁花先生的坟的附近。乡下的人以为我这个"外国翰林"看的风水，一定是极好的地，所以我的母亲葬下之后，不到十天，就有人抬了一口棺材，摆在我母亲坟下的田里。人来对我说，前面的棺材挡住了后面的"气"。我说，气是四方八面都可进来的，没有东西可挡得住，由他挡去罢。

以上记丧事完了。

再论我的丧服。我在北京接到凶电的时候，那有仔细思想的心情？故糊糊涂涂的依着习惯做去，把缎子的皮袍脱了，换上布棉袍，布帽，帽上还换了白结子，又买了一双白鞋。时表上的链子是金的——镀金的——故留在北京。眼镜脚也是金的，但是来不及换了，我又不能离开眼镜，只好戴了走。里面的棉袄是绸的，但是来不及改做布的，只好穿了走，好在穿在里面，人看不见！我的马褂袖上还加了一条黑纱。这都是我临走的一天，糊糊涂涂的时候，依着习惯做的事。到了路上，我自己回想，很觉惭愧。何以惭愧呢？因为我这时候用的丧服制度，乃是一种没有道理的大杂凑。白帽结，布袍，布帽，白鞋，是中国从前的旧礼。袖上蒙黑纱是民国元年定的新制。既蒙了黑纱，何必又穿白呢？我为什么不穿皮袍呢？为什么不敢穿绸缎呢？为什么不敢戴金色的东西呢？绸缎的衣服上蒙上黑纱，不仍旧是民国的丧服吗？金的不用了，难道用了银的就更"孝"了吗？

我问了几个"为什么"，自己竟不能回答。我心里自然想着孔子"食夫稻，衣夫锦，于汝安乎"的话，但是我又问：我为什么要听孔子的话？为什么我们现在"食稻"（吃饭）心已安了？为什么"衣锦"便不安呢？仔细想来，我还是脱不了旧风俗的无形的势力——我还是怕人说话！

但是那时我在路上，赶路要紧，也没有心思去想这些"细事小节"。到家之后，更忙了，便也不曾想到服制上去。丧事里的丧服，上文已说过了。丧事完了之后，我仍旧是布袍，布帽，白帽结，白棉鞋，袖上蒙了一块黑纱。穿惯了，我更不觉得这种不中不西半新半旧的丧服有什么可怪的了。习惯的势力真可怕！

今年四月底，我到上海欢迎杜威先生，过了几天，便是五月七日的上海国民大会。那一天的天气非常的热，诸位大概总还有人记得。我到公共体育场去时，身上穿着布的夹袍，布的夹裤还是绒布里子的，上面套着线缎的马褂。我要听听上海一班演说家，故挤到台前，身上已是汗流遍体。我脱下马褂，听完演说，跟着大队去游街，从西门一直走到大东门，走得我一身衣服从里衣湿透到夹袍子。我回到一家同乡店家，邀了一位同乡带我去买衣服更换，因为我从北京来，不预备久住，故不曾带得单衣服。习惯的势力还在，我自然到石路上小衣店里去寻布衫子，羽纱马褂，布套裤之类。我们寻来寻去，寻不出合用的衣裤，因为我一身湿汗，急于要换衣服，但是布衣服不曾下水是不能穿的。我们走完一条石路，仍旧是空手。我忽然问我自己道："我为什么一定要买布的衣服？因为我有服在身，穿了绸衣，人家要说话。我为什么怕人家说我的闲话？"我问到这里，自己不能回答。我打定主意，去买绸衣服，买了一件原当的府绸长衫，一件实地纱马褂，一双纱套裤，再借了一身衬衣裤，方才把衣服换了。初换的时候，我心里还想在袖上蒙上一条黑纱。后来我又想：我为什么一定要蒙黑纱呢？因为我丧期没有完。我又想：我为什么一定要守这三年的服制呢？我既不是孔教徒，又向来不赞成儒家的丧制，为什么不敢实行短丧呢？我问到这里，又不能回答了，所以决定主意，实行短丧，袖上就不蒙黑纱了。

我从五月七日起，已不穿丧服了。前后共穿了五个月零十几天的丧服。人家问我行的是什么礼？我说是古礼。人家又问，那一代的古礼？我说是《易传》说的太古时代"丧期无数"的古礼。我以为"丧期无数"最为有理。人情各不相同，父母的善恶各不相同，儿子的哀情和敬意也不相同。《檀弓》上说：

> 子夏既除丧而见，予之琴，和之不和，弹之而不成声，作而曰："哀未忘也，先王制礼而弗敢过也。"子张既除丧而见，予之琴，和之而和，弹之而成声，作而曰："先王制礼，

不敢不至焉。”

这可见人对父母的哀情各不相同，子张、宰我嫌三年之丧太长了，子夏、闵子骞又嫌三年太短了。最好的办法是"丧期无数"，长的可以几年，短的可以三月，或三日，或竟无服。不但时期无定，还应该打破古代一定等差的丧服制度。我以为服制不必限于自己的亲属：亲属值得纪念的，不妨为他纪念成服；朋友可以纪念的，也不妨为他穿服；不值得纪念的，无论在几服之内，尽可不必为他穿服。

我的母亲是我生平最敬爱的一个人，我对他的纪念，自然不止五六个月，何以我一定要实行短丧的制度呢？我的理由不止一端：

第一，我觉得三年的丧服在今日没有保存的理由。顾亭林说："三代圣王教化之事，其仅存于今日者，惟服制而已。"（《日知录》卷十五）这话说得真正可怜！现在居丧的人，可以饮酒食肉，可以干政筹边，可以嫖赌纳妾，可以作种种"不孝"的事，却偏要苦苦保存这三年穿素的"服制"！不能实行三年之"丧"，却偏要保存三年的"丧服"！这真是孟子说的"放饭流歠而问无齿决，是之谓不知务"了！

第二，真正的纪念父母，方法很多，何必单单保存这三年服制？现行的服制，乃是古丧礼的皮毛，乃是今人装门面自欺欺人的形式。我因为不愿意用这种自欺欺人的服制来做纪念我母亲的方法，所以我决意实行短丧。我因为不承认"穿孝"就算"孝"，不承认"孝"是拿来穿在身上的，所以我决意实行短丧。

第三，现在的人居父母之丧，自称为"守制"，写自己的名字要加上一个小"制"字，请问这种制是谁人定的制？是古人遗传下来的制呢？还是现在国家法律规定的制呢？民国法律并不曾规定丧期。若说是古代遗制，则从斩衰三年到小功，缌，都是"制"，何以三年之丧单称为"制"呢？况且古代的遗制到了今日，应该经过一番评判的研究，看那种遗制是否可以存在，不应该因为他是古制就糊糊涂涂的服从他。我因为尊重良心的自由，不愿意盲从无意识的古制，故决意实行短丧。

第四，现在的服制实际上有许多行不通的地方。若说素色是丧服，现在的风尚喜欢素色衣裳，素色久已不成为丧服的记号了。若说布衣是丧服，绸缎不是丧服，那么，除了丝织的材料之外，许多外国的有光的织料是否算是布衣？有光的洋货织料可以穿得，何以本国的丝织物独不可穿？蚕丝织的绸缎既不能穿，何以羊毛织的呢货又可以穿得？还有羊皮既可以穿得，何以狐皮便穿不得？银器既可以戴得，金器和镀金器何以又戴不得？诸如此类，可以证明现在的服制全凭社会的习惯随意乱定，没有理由可说，没有标准可寻；颠倒杂乱，一无是处。经济上的困难且丢开不说，就说这心理上的麻烦不安，也很够受了。我也曾想采用一种近人情，有道理，有一贯标准的丧服，竟寻不出来，空弄得精神上受无数困难惭愧。因此，我索性主张把服丧的期限缩短，在这短丧期内，无论穿何种织料的衣服——无论布的，绸缎的，呢的，绒的，纱的，只要蒙上黑纱，依民国的新礼制，便算是丧服了。

以上记我实行短丧的原委和理由。

我把我自己经过的丧礼改革，详细记了下来，并不是说我所改的都是不错的，也并不敢劝国内的人都依着我这样做。我的意思，不过是想表示我个人从一次生平最痛苦的经验里面得来的一些见解，一些感想；不过想指点出现在丧礼的种种应改革的地方和将来改革的大概趋势。我现在且把我对于丧礼的一点普通见解总括写出来，做一个结论。

结　论

人类社会的进化，大概分两条路子：一边是由简单的变为复杂的，如文字的增添之类；一边是由繁复的变为简易的，如礼仪的变简之类。近来的人，听得一个"由简而繁，由浑而画"的公式，以为进化的秘诀全在于此了。却不知由简而繁固然是进化的一种，由繁而简也是进化的一条大路。即如文字固是逐渐增多，但文法却逐渐变简。拿英文和希腊、拉丁文比较，便是文法变简的进化。汉文也有逐渐变简的痕迹。古代的代名词，"吾"、"我"有别，"尔"、"汝"有别，"彼"、"之"有别。现代变为"我"、"你"、"他"，"我们"、"你们"、"他们"，使主次宾次变为一律，使多数单数的变化也归一律。这不是一大进化吗？古代的字如马两岁叫做"驹"，三岁叫做"骒"，八岁叫做"驮"；又马高六尺为"骄"，七尺为"騋"。这都是很不规则的变化；现在都变简易了。

我举这几个例，来证明由繁而简也是进化。再举礼仪的变迁，更可以证明这个道理。我们试请一位孔教会的信徒，叫他把一部《仪礼》来实行，他做得到吗？何以做不到呢？因为古人生活简单，那些一半祭司一半贵族的士大夫，很可以玩那"一献之礼宾主百拜"的把戏儿。后来生活复杂了，谁也没有工夫来干这揖让周旋的无谓繁文。因此，自古以来，礼仪一天简单一天，虽有极顽固的复古家，势不能恢复那"礼仪三百，威仪三千"的盛世规模。故社会生活变复杂了，是一进化。同时礼仪变简单了，也是一进化。由我们现在的生活，要想回到茹毛饮血、穴居野处的生活，固是不可能；但是由我们现在简单礼节，要想回到那揖让周旋宾主百拜的礼节，也是不可能。

懂得这个道理，方才可以谈礼俗改良，方才可以谈丧礼改良。

简单说来，我对于丧礼问题的意见是：

（1）现在的丧礼比古礼简单多了，这是自然的趋势，不能说是退化。将来社会的生活更复杂，丧礼应该变得更简单。

（2）现在丧礼的坏处，并不在不行古礼，乃在不曾把古代遗留下来的许多虚伪仪式删除干净。例如不行"寝苦枕块"的礼，并不是坏处；但自称"苫块昏迷"，便是虚伪的坏处。又如古礼，儿子居丧，用种种自己刻苦的仪式，"水浆不入于口者三日，杖而后能起"，所以必须用杖。现在的人不行这种野蛮的风俗，本是一大进步，并不是一种坏处；但做"孝子"的仍旧拿着哭丧棒，这便是作伪了。

（3）现在的丧礼还有一种大坏处，就是一方面虽然废去古代的繁重礼节，一方面又添上了许多迷信的、虚伪的野蛮风俗。例如地狱天堂、轮回果报等等迷信，在丧礼上便发生了和尚念经超度亡人，棺材头点"随身灯"，做法事"破地狱"，"破血盆湖"等等迷信的风俗。

（4）现在我们讲改良丧礼，当从两方面下手。一方面应该把古丧礼遗下的种种虚伪仪式删除干净，一方面应该把后世加入的种种野蛮迷信的仪式删除干净。这两方面破坏工夫做到了，方才可以有一种近于人情，适合于现代生活状况的丧礼。

（5）我们若要实行这两层破坏的工夫，应该用什么做去取的标准呢？我仔细想来，没有绝对的标准，只有一个活动的标准，就是"为什么"三个字。我们每做一件事，每行一种礼，总得问自己：我为什么要做这件事？为什么要行那种礼？（例如我上面所举"点主"一件事）能够每事要寻一个"为什么"，自然不肯行那些说不出为什么要行的种种陋俗了。凡事不问为什么要这样做，便是无意识的习惯行为。那是下等动物的行为，是可耻的行为！

"我的儿子"

一　汪长禄先生来信

昨天上午我同太虚和尚访问先生，谈起许多佛教历史和宗派的话，耽搁了一点多钟的工夫，几乎超过先生平日见客时间的规则五倍以上，实在抱歉的很。后来我和太虚匆匆出门，各自分途去了。晚边回寓，我在桌子上偶然翻到最近《每周评论》的文艺那一栏，上面题目是《我的儿子》四个字，下面署了一个"适"字，大约是先生做的。这种议论我从前在《新潮》、《新青年》各报上面已经领教多次，不过昨日因为见了先生，加上"叔度汪汪"的印像，应该格外注意一番。我就不免有些意见，提起笔来写成一封白话信，送给先生，还求指教指教。

大作说，"树本无心结子，我也无恩于你。"这和孔融所说的"父之于子当有何亲……"、"子之于母亦复奚为……"差不多同一样的口气。我且不去管他。下文说的，"但是你既来了，我不能不养你教你，那是我对人道的义务，并不是待你的恩谊。"这就是做父母一方面的说法。换一方面说，做儿子的也可模仿同样口气说道："但是我既来了，你不能不养我教我，那是你对人道的义务，并不是待我的恩谊。"那么两方面凑泊起来，简直是亲子的关系，一方面变成了跛形的义务者，他一方面变成了跛形的权利者，实在未免太不平等了。平心而论，旧时代的见解，好端端生在社会一个人，前途何等遥远，责任何等重大，为父母的单希望他做他俩的儿子，固然不对。但是照先生的主张，竟把一般做儿子的抬举起来，看做一个"白吃不回账"的主顾，那又未免太"矫枉过正"罢。

现在我且丢却亲子的关系不谈，先设一个譬喻来说。假如有位朋友留我在他家里住上若干年，并且供给我的衣食，后来又帮助我的学费，一直到我能够独立生活，他才放手。虽然这位朋友发了一个大愿，立心做个大施主，并不希望我些须报答，难道我自问良心能够就是这么拱拱手同他离开便算了吗？我以为亲子的关系，无论怎样改革，总比朋友较深一层。就是同朋友一样平等看待，果然有个鲍叔再世，把我看做管仲一般，也不能够说"不是待我的恩谊"罢。

大作结尾说道："我要你做一个堂堂的人，不要你做我的孝顺儿子。"这话我倒并不十分反对。但是我以为应该加上一个字，可以这么说："我要你做一个堂堂的人，不单要你做我的孝顺儿子。"为什么要加上这一个字呢？因为儿子孝顺父母，也是做人的一种信条，和那"悌弟"、"信友"、"爱群"等等是同样重要的。旧时代学说把一切善行都归纳在"孝"字里面，诚然流弊百出。但一定要把"孝"字"驱逐出境"，划在做人事业范围以外，好像人做了孝子，便不能够做一个堂堂的人。换一句话，就是人若要做一个堂堂的人，便非打定主意做一个不孝之子不可。总而言之，先生把"孝"字看得与做人的信条立在相反的地位。我以为"孝"字虽然没有"万能"的本领，但总还够得上和那做人的信条凑在一起，何必如此"雷厉风行"，硬要把他"驱逐出境"呢？

前月我在一个地方谈起北京的新思潮，便联想到先生个人身上。有一位是先生的贵同乡，当时插嘴说道："现在一般人都把胡适之看做洪水猛兽一样，其实适之这个人旧道德并不坏。"说罢，并且引起事实为证。我自然是很相信的。照这位贵同乡的说话推测起来，先生平日对于父母当然不肯做那"孝"字反面的行为，是决无疑义了。我怕的是一般根底浅薄的青年，动辄抄袭名人一两句话，敢于扯起幌子，便"肆无忌惮"起来。打个比方，有人昨天看见《每周评论》上先生的大作，也便可以说道："胡先生教我做一个堂堂的人，万不可做父母的孝顺儿子。"久而久之，社会上布满了这种议论，那么任凭父母老病冻饿以至于死，都可以不去管他了。我也知道先生的本意无非看见旧式家庭过于"束缚驰骤"，急急地要替他调换空气，不知不觉言之太过，那也难怪。从前朱晦庵说得好，"教学者如扶醉人"，现在的中国人真算是大多数醉倒了。先生可怜他们，当下告奋勇，使一股大劲，把他从东边扶起。我怕是用力太猛，保不住又要跌向西边去。那不是和没有扶起一样吗？万一不幸，连性命都要送掉，那又向谁叫冤呢？

我很盼望先生有空闲的时候，再把那"我的父母"四个字做个题目，细细的想一番。把做儿子的对于父母应该怎样报答的话（我以为一方面做父母的儿子，同时在他方面仍不妨做社会上一个人），也得咏叹几句，"恰如分际""彼此兼顾"，那才免得发生许多流弊。

二 我答汪先生的信

前天同太虚和尚谈论，我得益不少。别后又承先生给我这封很诚恳的信，感谢之至。

"父母于子无恩"的话，从王充、孔融以来，也很久了。从前有人说我曾提倡这话，我实在不能承认。直到今年我自己生了一个儿子，我才想到这个问题上去。我想这个孩子自己并不曾自由主张要生在我家，我们做父母的不曾得他的同意，就糊里糊涂的给了他一条生命。况且我们也并不曾有意送给他这条生命。我们既无意，如何能居功？如何能自以为有恩于他？他既无意求生，我们生了他，我们对他只有抱歉，更不能"市恩"了。我们糊里糊涂的替社会上添了一个人，这个人将来一生的苦乐祸福，这个人将来在社会上的功罪，我们应该负一部分的责任。说得偏激一点，我们生一个儿子，就好比替他种下了祸根，又替社会种下了祸根。他也许养成坏习惯，做一个短命浪子；他也许更堕落下去，做一个军阀派的走狗。所以我们"教他养他"，只是我们自己减轻罪过的法子，只是我们种下祸根之后自己补过弥缝的法子。这可以说是恩典吗？

我所说的，是从做父母的一方面设想的，是从我个人对于我自己的儿子设想的，所以我的题目是"我的儿子"。我的意思是要我这个儿子晓得我对他只有抱歉，决不居功，决不市恩。至于我的儿子将来怎样待我，那是他自己的事。我决不期望他报答我的恩，因为我已宣言无恩于他。

先生说我把一般做儿子的抬举起来，看做一个"白吃不还账"的主顾。这是先生误会我的地方。我的意思恰同这个相反。

我想把一般做父母的抬高起来，叫他们不要把自己看做一种"放高利债"的债主。

先生又怪我把"孝"字驱逐出境。我要问先生，现在"孝子"两个字究竟还有什么意义？现在的人死了父母都称"孝子"。孝子就是居父母丧的儿子（古书称为"主人"），无论怎样忤逆不孝的人，一穿上麻衣，带上高粱冠，拿着哭丧棒，人家就称他做"孝子"。

我的意思以为古人把一切做人的道理都包在孝字里，故战阵无勇，莅官不敬等等都是不孝。这种学说，先生也承认他流弊百出。所以我要我的儿子做一个堂堂的人，不要他做我的孝顺儿子。我的意想以为"一个堂堂的人"决不致于做打爹骂娘的事，决不致于对他的父母毫无感情。

但是我不赞成把"儿子孝顺父母"列为一种"信条"。易卜生的《群鬼》里有一段话很可研究（《新潮》第五号页八五一）：

（孟代牧师）你忘了没有，一个孩子应该爱敬他的父母？

（阿尔文夫人）我们不要讲得这样宽泛。应该说："欧士华应该爱敬阿尔文先生（欧士华之父）吗？"

这是说"一个孩子应该爱敬他的父母"是耶教一种信条，但是有时未必适用。即如阿尔文一生纵淫，死于花柳毒，还把遗毒传给他的儿子欧士华，后来欧士华毒发而死。请问欧士华应该孝顺阿尔文吗？若照中国古代的伦理观念自然不成问题。但是在今日可不能不成问题了。假如我染着花柳毒，生下儿子又聋又瞎，终身残废，他应该爱敬我吗？又假如我把我的儿子应得的遗产都拿去赌输了，使他衣食不能完全，教育不能得着，他应该爱敬我吗？又假如我卖国卖主义，做了一国一世的大罪人，他应该爱敬我吗？

至于先生说的，恐怕有人扯起幌子说："胡先生教我做一个堂堂的人，万不可做父母的孝顺儿子。"这是他自己错了。我的诗是发表我生平第一次做老子的感想。我并不曾教训人家的儿子！

总之，我只说了我自己承认对儿子无恩，至于儿子将来对我作何感想，那是他自己的事，我不管了。

先生又要我做"我的父母"的诗。我对于这个题目，也曾有诗，载在《每周评论》第一期和《新潮》第二期里。

新思潮的意义

研究问题
　　输入学理
　　　整理国故
　　　　再造文明

一

　　近来报纸上发表过几篇解释"新思潮"的文章。我读了这几篇文章，觉得他们所举出的新思潮的性质，或太琐碎，或太笼统，不能算作新思潮运动的真确解释，也不能指出新思潮的将来趋势。即如包世杰先生的《新思潮是什么》一篇长文，列举新思潮的内容，何尝不详细？但是他究竟不曾使我们明白那种种新思潮的共同意义是什么。比较最简单的解释要算我的朋友陈独秀先生所举出的《新青年》两大罪案——其实就是新思潮的两大罪案——一是拥护德莫克拉西先生（民治主义），一是拥护赛因斯先生（科学）。陈先生说：

要拥护那德先生，便不得不反对孔教，礼法，贞节，旧伦理，旧政治。要拥护那赛先生，便不得不反对旧艺术，旧宗教。要拥护德先生，又要拥护赛先生，便不得不反对国粹和旧文学。（《新青年》六卷一号页一〇）

这话虽然很简明，但是还嫌太笼统了一点。假使有人问："何以要拥护德先生和赛先生便不能不反对国粹和旧文学呢？"答案自然是："因为国粹和旧文学是同德、赛两位先生反对的。"又问："何以凡同德、赛两位先生反对的东西都该反对呢？"这个问题可就不是几句笼统简单的话所能回答的了。

据我个人的观察，新思潮的根本意义只是一种新态度。这种新态度可叫做"评判的态度"。

评判的态度，简单说来，只是凡事要重新分别一个好与不好。仔细说来，评判的态度含有几种特别的要求：

（1）对于习俗相传下来的制度风俗，要问："这种制度现在还有存在的价值吗？"

（2）对于古代遗传下来的圣贤教训，要问："这句话在今日还是不错吗？"

（3）对于社会上糊涂公认的行为与信仰，都要问："大家公认的，就不会错了吗？人家这样做，我也该这样做吗？难道没有别样做法比这个更好，更有理，更有益的吗？"

尼采说现今时代是一个"重新估定一切价值"（Transvaluation of all Values）的时代。"重新估定一切价值"八个字便是评判的态度的最好解释。从前的人说妇女的脚越小越美。现在我们不但不认小脚为"美"，简直说这是"惨无人道"了。十年前，人家和店家都用鸦片烟敬客。现在鸦片烟变成犯禁品了。二十年前，康有为是洪水猛兽一般的维新党。现在康有为变成老古董了。康有为并不曾变换，估价的人变了，故他的价值也跟着变了。这叫做"重新估定一切价值"。

我以为现在所谓"新思潮"，无论怎样不一致，根本上同有这公共的一点——评判的态度。孔教的讨论只是要重新估定孔教的价值。文学的评论只是要重新估定旧文学的价值。贞操的讨论只是要重新估定贞操的道德在现代社会的价值。旧戏的评论只是要重新估定旧戏在今日文学上的价值。礼教的讨论只是要重新估定古代的纲常礼教在今日还有什么价值。女子的问题只是要重新估定女子在社会上的价值。政府与无政府的讨论，财产私有与公有的讨论，也只是要重新估定政府与财产等等制度在今日社会的价值。……我也不必往下数了，这些例很够证明这种评判的态度是新思潮运动的共同精神。

二

这种评判的态度，在实际上表现时，有两种趋势。一方面是讨论社会上、政治上、宗教上、文学上种种问题。一方面是介绍西洋的新思想、新学术、新文学、新信仰。前者是"研究问题"，后者是"输入学理"。这两项是新思潮的手段。

我们随便翻开这两三年以来的新杂志与报纸，便可以看出这两种的趋势。在研究问题一方面，我们可以指出（1）孔教问题，（2）文学改革问题，（3）国语统一问题，（4）女子解放问题，（5）贞操问题，（6）礼教问题，（7）教育改良问题，（8）婚姻问题，（9）父子问题，（10）戏剧改良问题等等。在输入学理一方面，我们可以指出《新青年》的"易卜生号"、"马克思号"，《民铎》的"现代思潮号"，《新教育》的"杜威号"，《建设》的"全民政治"的学理，和北京《晨报》、《国民公报》、《每周评论》、上海《星期评论》、《时事新报》、《解放与改造》、广州《民风周刊》等等杂志报纸所介绍的种种西洋新学说。

为什么要研究问题呢？因为我们的社会现在正当根本动摇的时候，有许多风俗制度，向来不发生问题的，现在因为不能适应时势的需要，不能使人满意，都渐渐的变成困难的问题，不能不彻底研究，不能不考问旧日的解决法是否错误；如果错了，错在什么地方；错误寻出了，可有什么更好的解决方法；有什么方法可以适应现时的要求。例如孔教的问题，向来不成什么问题，后来东方文化与西方文化接近，孔教的势力渐渐衰微，于是有一班信仰孔教的人妄想要用政府法令的势力来恢复孔教的尊严，却不知道这种高压的手段恰好挑起一种怀疑的反动。因此，民国四五年的时候，孔教会的活动最大，反对孔教的人也最多。孔教成为问题就在这个时候。现在大多数明白事理的人，已打破了孔教的迷梦，这个问题又渐渐的不成问题了，故安福部的议员通过孔教为修身大本的议案时，国内竟没有人睬他们了！

又如文学革命的问题。向来教育是少数"读书人"的特别权利，于大多数人是无关系的，故文字的艰深不成问题。近来教育成为全国人的公共权利，人人知道普及教育不是可少的，故渐渐的有人知道文言在教育上实在不适用，于是文言白话就成为问题了。后来有人觉得单用白话做教科书是不中用的，因为世间决没有人情愿学一种除了教科书以外便没有用处的文字。这些人主张：古文不但不配做教育的工具，并且不配做文学的利器；若要提倡国语的教育，先须提倡国语的文学。文学革命的问题就是这样发生的。现在全国教育联合会已全体一致通过小学教科书改用国语的议案，况且用国语做文章的人也渐渐的多了，这个问题又渐渐的不成问题了。

为什么要输入学理呢？这个大概有几层解释。一来呢，有些人深信中国不但缺乏炮弹兵船电报铁路，还缺乏新思想与新学术，故他们尽量的输入西洋近世的学说。二来呢，有些人自己深信某种学说，要想他传播发展，故尽力提倡。三来呢，有些人自己不能做具体的研究工夫，觉得翻译现成的学说比较容易些，故乐得做这种稗贩事业。四来呢，研究具体的社会问题或政治问题，一方面做那破坏事业，一方面做对症下药的工夫，不但不容易，并且很遭犯忌讳，很容易惹祸，故不如做介绍学说的事业，借"学理研究"的美名，既可以避"过激派"的罪名，又还可以种下一点革命的种子。五来呢，研究问题的人，势不能专就问题本身讨论，不能不从那问题的意义上着想；但是问题引申到意义上去，便不能不靠许多学理做参考比较的材料，故学理的输入往往可以帮助问题的研究。

这五种动机虽然不同，但是多少总含有一种"评判的态度"，总表示对于旧有学术思想的一种不满意，和对于西方的精神文明的一种新觉悟。

但是这两三年新思潮运动的历史应该给我们一种很有益的教训。什么教训呢？就是：这两三年来新思潮运动的最大成绩差不多全是研究问题的结果。新文学的运动便是一个最明白的例。这个道理很容易解释。凡社会上成为问题的问题，一定是与许多人有密切关系的。这许多人虽然不能提出什么新解决，但是他们平时对于这个问题自然不能不注意。若有人能把这个问题的各方面都细细分析出来，加上评判的研究，指出不满意的所在，提出新鲜的救济方法，自然容易引起许多人的注意。起初自然有许多人反对。但是反对便是注意的证据，便是兴趣的表示。试看近日报纸上登的马克思的《赢余价值论》，可有反对的吗？可有讨论的吗？没有人讨论，没有人反对，便是不能引起人注意的证据。研究问题的文章所以能发生效果，正为所研究的问题一定是社会人生最切要的问题，最能使人注意，也最能使人觉悟。悬空介绍一种专家学说，如《赢余价值论》之类，除了少数专门学者之外，决不会发生什么影响。但是我们可以在研究问题里面做点输入学理的事业，或用学理来解释问题的意义，或从学理上寻求解决问题的方法。用这种方法来输入学理，能使人于不知不觉之中感受学理的影响。不但如此，研究问题最能使读者渐渐的养成一种批评的态度，研究的兴趣，独立思想的习惯。十部"纯粹理性的评判"，不如一点评判的态度；十篇"赢余价值论"，不如一点研究的兴趣；十种"全民政治论"，不如一点独立思想的习惯。

总起来说，研究问题所以能于短时期中发生很大的效力，正因为研究问题有这几种好处：（1）研究社会人生切要的问题最容易引起大家的注意；（2）因为问题关切人生，故最容易引起反对，但反对是该欢迎的，因为反对便是兴趣的表示，况且反对的讨论不但给我们许多不要钱的广告，还可使我们得讨论的益处，使真理格外分明；（3）因为问题是逼人的活问题，故容易使人觉悟，容易得人信从；（4）因为从研究问题里面输入的学理，最容易消除平常人对于学理的抗拒力，最容易使人于不知不觉之中受学理的影响；（5）因为研究问题可以不知不觉的养成一班研究的，评判的，独立思想的革新人才。

这是这几年新思潮运动的大教训！我希望新思潮的领袖人物以后能了解这个教训，能把全副精力贯注到研究问题上去；能把一切学理不看作天经地义，但看作研究问题的参考材料；能把一切学理应用到我们自己的种种切要问题上去；能在研究问题上面做输入学理的工夫；能用研究问题的工夫来提倡研究问题的态度，来养成研究问题的人才。

这是我对于新思潮运动的解释。这也是我对于新思潮将来的趋向的希望。

（注）参看：

(1)《多研究些问题，少谈些主义》。(2)《问题与主义》。(3)《再论问题与主义》。(4)《三论问题与主义》。

三

以上说新思潮的"评判的精神"在实际上的两种表现。现在要问："新思潮的运动对于中国旧有的学术思想，持什么态度呢？"

我的答案是："也是评判的态度。"

分开来说，我们对于旧有的学术思想有三种态度。第一，反对盲从；第二，反对调和；第三，主张整理国故。

盲从是评判的反面，我们既主张"重新估定一切价值"，自然要反对盲从。这是不消说的了。

为什么要反对调和呢？因为评判的态度只认得一个是与不是，一个好与不好，一个适与不适——不认得什么古今中外的调和。调和是社会的一种天然趋势。人类社会有一种守旧的惰性，少数人只管趋向极端的革新，大多数人至多只能跟你走半程路。这就是调和。调和是人类懒病的天然趋势，用不着我们来提倡。我们走了一百里路，大多数人也许勉强走三四十里。我们若先讲调和，只走五十里，他们就一步都不走了。所以革新家的责任只是认定"是"的一个方向走去,不要回头讲调和。社会上自然有无数懒人懦夫出来调和。

我们对于旧有的学术思想,积极的只有一个主张——就是"整理国故"。整理就是从乱七八糟里面寻出一个条理脉络来,从无头无脑里面寻出一个前因后果来,从胡说谬解里面寻出一个真意义来,从武断迷信里面寻出一个真价值来。为什么要整理呢?因为古代的学术思想向来没有条理,没有头绪,没有系统,故第一步是条理系统的整理。因为前人研究古书,很少有历史进化的眼光的,故从来不讲究一种学术的渊源,一种思想的前因后果,所以第二步是要寻出每种学术思想怎样发生,发生之后有什么影响效果。因为前人读古书,除极少数学者以外,大都是以讹传讹的谬说——如太极图,爻辰,先天图,卦气……之类——故第三步是要用科学的方法,作精确的考证,把古人的意义弄得明白清楚。因为前人对于古代的学术思想,有种种武断的成见,有种种可笑的迷信——如骂杨朱、墨翟为禽兽,却尊孔丘为德配天地,道冠古今!故第四步是综合前三步的研究,各家都还他一个本来真面目,各家都还他一个真价值。

这叫做"整理国故"。现在有许多人自己不懂得国粹是什么东西,却偏要高谈"保存国粹"。林琴南先生做文章论古文之不当废,他说:"吾知其理而不能言其所以然!"现在许多国粹党,有几个不是这样糊涂懵懂的?这种人如何配谈国粹?若要知道什么是国粹,什么是国渣,先须要用评判的态度,科学的精神,去做一番整理国故的工夫。

四

新思潮的精神是一种评判的态度。

新思潮的手段是研究问题与输入学理。

新思潮的将来趋势，依我个人的私见看来，应该是注重研究人生社会的切要问题，应该于研究问题之中做介绍学理的事业。

新思潮对于旧文化的态度，在消极一方面是反对盲从，是反对调和；在积极一方面，是用科学的方法来做整理的工夫。

新思潮的唯一目的是什么呢？是再造文明。

文明不是笼统造成的，是一点一滴的造成的。进化不是一晚上笼统进化的，是一点一滴的进化的。现今的人爱谈"解放与改造"，须知解放不是笼统解放，改造也不是笼统改造。解放是这个那个制度的解放，这种那种思想的解放，这个那个人的解放，是一点一滴的解放。改造是这个那个制度的改造，这种那种思想的改造，这个那个人的改造，是一点一滴的改造。

再造文明的下手工夫，是这个那个问题的研究。再造文明的进行，是这个那个问题的解决。

中华民国八年十一月一日晨三时

非个人主义的新生活

本篇有两层意思：一是表示我不赞成现在一般有志青年所提倡，我所认为"个人主义的"新生活；一是提出我所主张的"非个人主义的"新生活，就是"社会的"新生活。

先说什么叫做"个人主义"（Individualism）。一月二日夜（就是我在天津讲演前一晚），杜威博士在天津青年会讲演"真的与假的个人主义"①，他说个人主义有两种：

一、假的个人主义——就是为我主义（Egoism）。他的性质是自私自利。只顾自己的利益，不管群众的利益。

二、真的个人主义——就是个性主义（Individuality）。他的特性有两种：一是独立思想，不肯把别人的耳朵当耳朵，不肯把别人的眼睛当眼睛，不肯把别人的脑力当自己的脑力；二是个人对于自己思想信仰的结果要负完全责任，不

---

① 杜威（1859—1952）：美国哲学家、教育学家，实用主义哲学创始人之一。1919—1934 年间数度来华讲学。

怕权威，不怕监禁杀身，只认得真理，不认得个人的利害。

　　杜威先生极力反对前一种假的个人主义，主张后一种真的个人主义。这是我们都赞成的。但是他反对的那种自私窃利的个人主义的害处，是大家都明白的。因为人多明白这种主义的害处，故他的危险究竟不很大。例如东方现在实行这种极端为我主义的"财主督军"，无论他们眼前怎样横行，究竟逃不了公论的怨恨，究竟不会受多数有志青年的崇拜。所以我们可以说这种主义的危险是很有限的。但是我觉得"个人主义"还有第三派，是很受人崇敬的，是格外危险的。这一派是：

　　　　独善的个人主义，他的共同性质是：不满意于现社会，却又无可如何，只想跳出这个社会去寻一种超出现社会的理想生活。

　　这个定义含有两部分：一、承认这个现社会是没有法子挽救的了，二、要想在现社会之外另寻一种独善的理想生活。自有人类以来，这种个人主义的表现也不知有多少次了。简括说来，共有四种：

　　一、宗教家的极乐园。如佛家的净土，犹太人的伊甸园，别种宗教的天堂，天国，都属于这一派。这种理想的原起，都由于对现社会不满意。因为厌恶现社会，故悬想那些无量寿，无量光的净土；不识不知，完全天趣的伊甸园；只有快乐，毫无痛苦的天国。这种极乐国里所没有的，都是他们所厌恨的；有的，都是他们所梦想而不能得到的。

　　二、神仙生活。神仙的生活也是一种思想的超出现社会的生活。人世有疾病痛苦，神仙无病长生；人世愚昧无知，神仙能知过去未来，人生不自由，神仙乘云遨游，来去自由。

三、山林隐逸的生活。前两种是完全出世的，他们的理想生活是悬想的，渺茫的出世生活，山林隐逸的生活虽然不是完全出世的，也是不满意于现社会的表示。他们不满意于当时的社会政治，却又无能为力，只得隐姓埋名，逃出这个恶浊社会去做他们自己理想中的生活。他们不能"得君行道"，故对于功名利禄，表示藐视的态度。他们痛恨富贵的人骄奢淫逸，故说富贵如同天上的浮云，如同脚下的破草鞋。他们痛恨社会上，有许多不耕而食；不劳而得的"吃白阶级"，故自己耕田锄地，自食其力。他们厌恶这污浊的社会，故实行他们理想中梅妻鹤子，渔蓑钓艇的洁净生活。

四、近代的新村生活。近代的新村运动，如十九世纪法国美国的理想农村，如现在日本日向的新村，照我的见解看起来，实在同山林隐逸的生活是根本相同的。那不同的地方，自然也有。山林隐逸是没有组织的，新村是有组织的，这是一种不同，隐逸的生活是同世事完全隔绝的，故有"不知有汉，遑论魏晋"的理想。现在的新村的人能有赏玩 Rodin 同 Cezanne 的幸福，还能在村外著书出报，这又是一种不同。但是这两种不同都是时代造成的，是偶然的，不是根本的区别。从根本性质上看来，新村的运动都是对于现社会不满意的表示。即如日向的新村，他们对于现在"少数人在多数人的不幸上，筑起自己的幸福"的社会制度，表示不满意，自然是公认的事实。周作人先生说日向新村里有人把中国看作"最自然，最自在的国"（《新潮》二，页七五），这是他们对于日本政治极不满意的一种牢骚话，很可玩味的。武者小路实笃先生一班人虽然极不满意于现社会①，却又不赞成用"暴力"的改革。他们都是"真心仰慕着平和"的人；他们于无可如何之中，想出这个新村的计划来。周作人先生说，"新村的理想，要将历来非暴力不能做到的事，用和平方法得来。"（《新青年》七，二，一三四。）这个和平方法就是离开现社会，去做一种模范的生活。"只要万人真希望这种的世界，这世界便能实现。"（《新青年》同上）这句话不但是独善主义的精义，简直全是净土宗的口气了！所以我把新村来比山林隐逸，不算冤枉他，就是把他来比求净土天国的宗教运动，也不算玷辱他。不过他们的"净土"是在日向，不在西天罢了。

我这篇文章要批评的"个人主义的新生活"，就是指这一种跳出现社会的新村生活。这种生活，我认为是"独善的个人主义"的一种。"独善"两个字是从孟轲"穷则独善其身"一句话上来的。有人说：新村的根本主张是要人人"尽了对于人类的义务，却又完全发展自己个性"。如此看来，他们既承认"对于人类的义务"，如何还是独善的个人主义呢？我说：这正是个人主义的证据。试看古今来主张个人主义的思想家，从希腊的"狗派"（Cynic）以至十八九世纪的个人主义②，哪一个不是一方面崇拜个人，一方面崇拜那广漠的"人类"的？主张个人主义的人，只是否认那些切近的伦谊，——或是家族，或是"社会"，或是国家，——但是因为要推翻这些比较狭小逼人的伦谊，不得不捧出那广漠不逼人的"人类"。所以凡是个人主义的思想家，

① 武者小路实笃（1885—1976）：日本思想家、作家。著作有《天真的人》、《美术论集》等。

② 狗派（Cynic）：通译犬儒派。古希腊哲学流派，主张清心寡欲，力倡回归自然。

没有一个不承认这个双重关系的。

新村的人主张"完全发展自己个性",故是一种个人主义,他们要想跳出现社会去发展自己个性,故是一种独善的个人主义。

这种新村的运动,因为恰合现在青年不满意于现社会的心理,故近来中国也有许多人欢迎、赞叹、崇拜。我也是敬仰武者先生一班人的,故也曾仔细考究这个问题。我考究的结果是不赞成这种运动,我以为中国的有志青年不应该仿行这种个人主义的新生活。

这种新村的运动有什么可以反对的地方呢?

第一,因为这种生活是避世的,是避开现社会的。这就是让步,这便不是奋斗。我们自然不应该提倡"暴力",但是非暴力的奋斗是不可少的。我并不是说武者先生一班人没有奋斗的精神。他们在日本能提倡反对暴力的论调,——如"一个青年的梦"——自然是有奋斗精神的。但是他们的新村计划想避开现社会里"奋斗的生活",去寻那现社会外"生活的奋斗",这便是一大让步。武者先生的《一个青年的梦》里的主人翁最后有几句话,很可玩味。他说:

> ……请宽恕我的无力。——宽恕我的话的无力。但我心里所有的对于美丽的国的仰慕,却要请诸君体察的。……"
> (《新青年》七,二,一〇二)

我们对于日向的新村应该作如此观察。

第二,在古代这种独善主义还有存在的理由。在现代,我们就不该崇拜他了。古代的人不知道个人有多大的势力,故孟轲说："穷则独善其身，达则兼善天下。"古人总想，改良社会是"达"了以后的事业，是得君行道以后的事业；故承认个人穷的个人，只能做独善的事业，不配做兼善的事业。古人错了，现在我们承认个人有许多事业可做。人人都是一个无冠的帝王，人人都可以做一些改良社会的事。去年的五四运动和六三运动，何尝是"得君行道"的人做出来的？知道个人可以做事，知道有组织的个人更可以做事，便可以知道这种个人主义的独善生活是不值得模仿的了。

第三，他们所信仰的"泛劳动主义"是很不经济的。他们主张"一个人生存上必要的衣食住，论理应该用自己的力去得来，不该要别人代负这责任。"这话从消极一方面看，从反对那"游民贵族"的方面看，自然是有理的。但是从他们的积极实行方面看，他们要"人人尽劳动的义务，制造这生活的资料"——就是衣食住的资料，这便是"矫枉过正"了。人人要尽制造衣食住的资料的义务，就是人人要加入这生活的奋斗。（周作人先生再三说新村里平和幸福的空气，也许不承认"生活的奋斗"的话；但是我说的，并不是人同人争面包米饭的奋斗，乃是人在自然界谋生存的奋斗；周先生说新村的农作物至今还不够自用，便是一证。）现在文化进步的趋势，是要使人类渐渐减轻生活的奋斗至最低度，使人类能多分一些精力出来，做增加生活意味的事业。新村的生活使人人都要尽"制造衣食住的资料"的义务，根本上否认分工进化的道理，增加生活的奋斗，是很不经济的。

第四，这种独善的个人主义的根本观念就是周先生说的"改造社会，还要从改造个人做起"。我对于这个观念，根本上不能承认。这个观念的根本错误在于把"改造个人"与"改造社会"分作两截，在于把个人看作一个可以提到社会外去改造的东西。

要知道个人是社会上种种势力的结果。我们吃的饭，穿的衣服，说的话，呼吸的空气，写的字，有的思想……没有一件不是社会的。我曾有几句诗说："……此身非吾有：一半属父母，一半属朋友。"当时我以为把一半的我归功社会，总算很慷慨了。后来我才知道这点算学做错了：父母给我真是极少的一部分。其余各种极重要的部分，如思想、信仰、知识、技术、习惯等等，大都是社会给我的。我穿线袜的法子是一个徽州同乡教我的；我穿皮鞋打的结能不散开，是一个美国女朋友教我的。这两件极细碎的例，很可以说明这个"我"是社会上无数势力所造成的。社会上的"良好分子并不是生成的，也不是个人修炼成的，都是因为造成他们的种种势力里面，良好的势力比不良的势力多些。反过来，不良的势力比良好的势力多，结果便是"恶劣分子"了。古代的社会哲学和政治哲学只为要妄想凭空改造个人，故主张正心，诚意，独善其身的办法。这种办法其实是没有办法，因为没有下手的地方。近代的人生哲学渐渐变了，渐渐打破了这种迷梦，渐渐觉悟，改造社会的下手方法在于改良那些造成社会的种种势力、制度、习惯、思想、教育等等。那些势力改良了，人也改良了。所以我觉得"改造社会要从改造个人做起"还是脱不了旧思想的影响。我们的根本观念是：

个人是社会上无数势力造成的。

改造社会须从改造这些造成社会，造成个人的种种势力做起。

改造社会即是改造个人。

新村的运动如果真是建筑在"改造社会要从改造个人做起"这个观念上，我觉得那是根本错误了。改造个人也是要一点一滴的改造那些造成个人的种种社会势力。不站在这个社会里来做这种一点一滴的社会改造，却跳出这个社会去"完全发展自己个性"，这便是放弃现社会；认为不能改造，这便是独善的个人主义。

以上说的是本篇的第一层意思。现在我且简单说明我所主张的"非个人主义的"新生活是什么。这种生活是一种"社会的新生活"，是站在这个现社会里奋斗的生活，是霸占住这个社会来改造这个社会的新生活。他的根本观念有三条：

一、社会是种种势力造成的，改造社会须要改造社会的种种势力。这种改造一定是零碎的改造，一点一滴的改造，一尺一步的改造。无论你的志愿如何宏大，理想如何彻底，计划如何伟大，你总不能笼统的改造，你总不能不做这种"得寸进寸，得尺进尺"的工夫。所以我说，社会的改造是这种制度那种制度的改造，是这种思想那种思想的改造，是这个家庭那个家庭的改造，是这个学堂那个学堂的改造。

（附注）有人说："社会的种种势力是互相牵掣的，互相影响的。这种零碎的改造，是不中用的。因为你才动手改这一种制度，其余的种种势力便围拢来牵掣你了。如此看来，改造还是该做笼统的改造。"我说不然。正因为社会的势力是互相影响牵掣的，故一部分的改造自然会影响到别种势力上去。这种影响是最切实的，最有力的。近年来的文字改革，自然是局部的改革，但是他所影响的别种势力，竟有意想不到的多。这不是一个很明显的例吗？

二、因为要做一点一滴的改造，故有志做改造事业的人必须要时时刻刻存研究的态度，做切实的调查，下精细的考虑，提出大胆的假设，寻出实验的证明。这种新生活是研究人的生活，是随时随地解决具体问题的生活。具体的问题多解决了一个，便是社会的改造进了那么多一步。做这种生活的人要睁开眼睛，公开心胸；要手足灵敏，耳目聪明，心思活泼；要欢迎事实，要不怕事实；要爱问题，要不怕问题的逼人！

三、这种生活是要奋斗的，那避世的独善主义是与无人忤，与世无争的，故不必奋斗。这种"淑世"的新生活，到处翻出不中听的事实，到处提出不中听的问题，自然是很讨人厌的，是一定要招起反对的。反对就是兴趣的表示，就是注意的表示。我们对于反对的旧势力，应该作正当的奋斗，不可退缩。我们的方针是：奋斗的结果，要使社会的旧势力不能不让我们；切不可先就偃旗息鼓退出现社会去，把这个社会双手让给旧势力。换句话说，应该使旧社会变成新社会，使旧村变为新村，使旧生活变为新生活。

我且举一个实际的例：英美近二三十年来，有一种运动，叫做"贫民区域居留地"的运动（Social Settlments），这种运动的大意是：一班青年的男女——大都是大学的毕业生，在本地拣定一块极龌龊，极不堪的贫民区域，买一块地，造一所房屋。这一班人便终日在这里面做事。这屋里，凡是物质文明所赐的生活需要品——电灯、电话、热气、浴室、游水池、钢琴、话匣等等，无一不有。他们把附近的小孩子，垢面的孩子，顽皮的孩子，一都招拢来，教他们游水，教他们读书，教他们打球，教他们演说辩论，组成音乐队，组成演剧团，教他们演戏奏艺。还有女医生和看护妇，天天出去访问贫家，替他们医病，帮他们接生和看护产妇。病重的，由"居留地"的人送人公家医院。因为天下贫民都是最安本分的，他们眼见那高楼大屋的大医院，心里以为这定是为有钱人家造的，绝不是替贫民诊病的，所以必须有人打破他们这种见解，教他们知道医院不是专为富贵人家的。还有许多贫家的妇女每日早晨出门做工，家里小孩子无人看管，所以"居留地"的人教他们把小孩子每天寄在"居留地"里，有人替他们洗浴，换洗衣服，喂他们饮食，领他们游戏。到了晚上，他们的母亲回来了，各人把小孩领回去。这种小孩从小就在洁净慈爱的环境里长大，渐渐养成了良好习惯，回到家中，自然会把从前的种种污秽的环境改了。家中的大人也因时时同这种新生活接触，渐渐的改良了。我在纽约时，曾常常去看亨利街上的一所居留地，是华德女士（Lilian Wald）办的。有一晚我去看那条街上的贫家子弟演戏，演的是贝里（Barry）的名剧。我至今回想起来，他们演戏的程度比我们大学的新戏高得多咧！

这种生活是我所说的"非个人主义的新生活"！是我所说的"变旧社会为新社会，变旧村为新村的生活！这也不是用"暴力"去得来的！我希望中国的青年要做这一类的新生活，不要去模仿那跳出现社会的独善生活。我们的新村就在我们自己的旧村里！我们所要的新村是要我们自己的旧村变成的新村！

可爱的男女少年！我们的旧村里我们可做的事业多得很咧！村上的鸦片烟灯还有多少？村上的吗啡针害死了多少人？村上缠脚的女子还有多少？村上的学堂成个什么样子？村上的绅士今年卖选票得了多少钱？村上的神庙香火还是怎样兴旺？村上的医生断送了几百条人命？村上的煤矿工人每日只拿到五个铜子，你知道吗？村上多少女工被贫穷逼去卖淫，你知道吗？村上的工厂没有避火的铝梯，昨天火起，烧死了一百多人，你知道吗？村上的童养媳妇被婆婆打断了一条腿，村上的绅士逼他的女儿饿死做烈女，你知道吗？

有志求新生活的男女少年！我们有什么权利，丢开这许多的事业去做那避世的新村生活！我们放着这个恶浊的旧村，有什么面孔，有什么良心，去寻那"和平幸福"的新村生活！

三十一，一，二十六

（初刊 1920 年 1 月 15 日上海《时事新报》）

（又刊 1920 年 4 月 1 日《新潮》第 2 卷第 3 号）

发起《读书杂志》的缘起

　　差不多一百年前，清朝的大学者王念孙和他的儿子王引之两个人合办了一种不朽的杂志，叫做《读书杂志》。这个杂志前后共出了七十六卷，这一百年来，也不知翻刻翻印了多少次了！我们想像那两位白发的学者——一位八十多岁，一位六十多岁——用不老的精神和科学的方法，校注那许多的古书来嘉惠我们，那一副"白发校书图"还不够使我们少年人惭愧感奋吗？我是崇拜高邮王氏父子的一个人，现在发起这个新的《读书杂志》，希望各位爱读书的朋友们把读书研究的结果，借他发表出来。一来呢，各人的心得可以因此得着大家的批评。二来呢，我们也许能引起国人一点读书的兴趣——大家少说点空话，多读点好书！

十，二，二二

先母行述

（1873～1918）

　　先母冯氏，绩溪中屯人，生于清同治癸酉四月十六日，为先外祖振爽公长女。家世业农，振爽公勤俭正直，称于一乡；外祖母亦慈祥好善；所生子女禀其家教，皆温厚有礼，通大义。先母性尤醇粹，最得父母钟爱。先君铁花公元配冯氏遭乱殉节死，继配曹氏亦不寿，闻先母贤，特纳聘焉。

　　先母以清光绪己丑来归，时年十七。明年，随先君之江苏宦所。辛卯，生适于上海。其后先君转官台湾，先母留台二年。甲午，中东事起，先君遣眷属先归，独与次兄觉居守。割台后，先君内渡，卒于厦门，时乙未七月也。

　　先母遭此大变时，仅二十三岁。适刚五岁。先君前娶曹氏所遗诸子女，皆已长大。先大兄洪骏已娶妇生女，次兄觉及先三兄洪𫘝（孪生）亦皆已十九岁。先母内持家政，外应门户，凡十余年。以少年作后母，周旋诸子诸妇之间，其困苦艰难有非外人所能喻者。先母一一处之以至诚至公，子妇间有过失，皆容忍曲喻之；至不能忍，则闭户饮泣自责；子妇奉茶引过，始已。

　　先母自奉极菲薄，而待人接物必求丰厚；待诸孙皆如所自生，衣履饮食无不一致。是时一家日用皆仰给于汉口、上海两处商业，次兄觉往来两地经理之。先母于日用出入，虽一块豆腐之细，皆令适登记，俟诸兄归时，令检阅之。

先君遗命必令适读书。先母督责至严，每日天未明即推适披衣起坐，为缕述先君道德事业，言："我一生只知有此一个完全的人，汝将来做人总要学尔老子。"天明，即令适着衣上早学。九年如一日，未尝以独子有所溺爱也。及适十四岁，即令随先三兄洪骏至上海入学，三年始令一归省。人或谓其太忍，先母笑颔之而已。

适以甲辰年别母至上海，是年先三兄死于上海，明年乙巳先外祖振爽公卒。先母有一弟二妹，弟名诚厚，字敦甫，长妹名桂芬，次妹名玉英，与先母皆极友爱。长妹适黄氏，不得于翁姑。先母与先敦甫舅痛之，故为次妹择婿甚谨。先母有姑适曹氏，为继室；其前妻子名诚均者，新丧妇，先母与先敦甫舅皆主以先玉英姨与之，以为如此则以姑侄为姑媳，定可相安。先玉英姨既嫁，未有所出，而夫死。先玉英姨悲伤咯血，姑又不谅，时有责言，病乃益甚，又不肯服药，遂死。时宣统己酉二月也。

姨病时，先敦甫舅日夜往视，自恨为妹主婚致之死，悼痛不已，遂亦病。顾犹力疾料理丧事，事毕，病益不支，腹胀不消。念母已老，不忍使知，乃来吾家养病。舅居吾家二月，皆先母亲侍汤药，日夜不懈。

先母爱弟妹最笃，尤恐弟疾不起，老母暮年更无以堪；闻俗传割股可疗病，一夜闭户焚香祷天，欲割臂肉疗弟病。先敦甫舅卧厢室中，闻檀香爆炸，问何声。母答是风吹窗纸，令静卧勿扰。俟舅既睡，乃割左臂上肉，和药煎之。次晨，奉药进舅，舅得肉不能咽，复吐出，不知其为姊臂上肉也。先母拾肉，持出炙之，复问舅欲吃油炸锅巴否，因以肉杂锅巴中同进。然病终不愈，乃舁舅归家。先母随往看护。妗氏抚幼子，奉老亲；先母则日侍病人，不离床侧。已而先敦甫舅腹胀益甚，竟于己酉九月二十七日死，距先玉英姨死时，仅七阅月耳。

先是吾家店业连年屡遭失败，至戊申仅余汉口一店，已不能支持内外费用。己酉，诸兄归里，请析产，先母涕泣许之；以先长兄洪骏幼失学，无业，乃以汉口店业归长子，其余薄产分给诸子，每房得田数亩，屋三间而已。先君一生作清白吏，俸给所积，至此荡尽。先母自伤及身见家业零败，又不能止诸子离异，悲愤咯血。时先敦甫舅已抱病，犹力疾为吾家理析产事。事毕而舅病日深，辗转至死。先母既深恸弟妹之死，又伤家事衰落，隐痛积哀，抑郁于心；又以侍弟疾劳苦，体气浸衰，遂得喉疾，继以咳嗽，转成气喘。

时适在上海，以教授英文自给，本拟次年庚戌暑假归省；及明年七月，适被取赴美国留学，行期由政府先定，不及归别，匆匆去国。先母眷念游子，病乃日深。是时诸兄虽各立门户，然一切亲戚庆吊往来，均先母一身揸拄其间。适远在异国，初尚能节学费，卖文字，略助家用。其后学课益繁，乃并此亦不能得。家中日用，皆取给于借贷。先母于此六七年中，所尝艰苦，笔难尽述。适至今闻邻里言之，犹有余痛也。

辛亥之役，汉口被焚，先长兄只身逃归，店业荡然。先母伤感，病乃益剧。然终不欲适辍学，故每寄书，辄言无恙。及民国元二年之间，病几不起。先母招照相者为摄一影，藏之，命家人曰："吾病若不起，慎勿告吾儿；当仍倩人按月作家书，如吾在时。俟吾儿学成归国，乃以此影与之。吾儿见此影，如见我矣。"已而病渐愈，亦终不促适归国。适留美国七年，至第六年后始有书促早归耳。

民国四年冬，先长姊与先长兄前后数日相继死。先长姊名大菊，年长于先母，与先母最相得。先母尝言："吾家大菊可惜不是男子。不然，吾家决不至此也。"及其死，先母哭之恸。又念长嫂二子幼弱无依，复令与己同爨。先三兄洪駪出嗣先伯父，死后三嫂守节抚抓，先母亦令同居。盖吾家分后，至是又几复合。然家中担负日增，先母益劳悴，体气益衰。

民国六年七月，适自美国归。与吾母别十一年矣。归省之时，慈怀甚慰，病亦稍减。不意一月之后，长孙思明病死上海。先长兄遗二子，长即思明，次思齐，八岁忽成聋哑。先母闻长孙死耗，悲感无已。适归国后，即任北京大学教授；是年冬，归里完婚，婚后复北去，私心犹以为先母方在中年，承欢侍养之日正长；岂意先母屡遭患难，备尝劳苦，心血亏竭，体气久衰，又自奉过于俭薄，无以培补之；故虽强自支撑，以慰儿妇，然病根已深，此别竟成永诀矣。

溯近年先母喘疾，每当冬春二季辄触发，发甚或至呕吐。夏秋气候暖和，疾亦少闲。今冬（七年）旧疾初未大发，自念或当愈于往岁。不料新历十一月十一日先母忽感冒时症，初起呕逆咳嗽，不能纳食；比即延医服药，病势尚无出入；继被医者误投"三阳表劫"之剂，心烦自汗，顿觉困惫；及请他医诊治，病已绵惙，奄奄一息，已难挽回；遂于十一月二十三日晨一时，弃适等长逝，享年仅四十有六岁。次日，适在京接家电，以道远，遂电令侄思永、思齐等先行闭殓，即与妻江氏，及侄思聪，星夜奔归。归时，殓已五日矣。

先母所生，只适一人，徒以爱子故，幼岁即令远出游学；十五年中，侍膝下仅四五月耳。生未能养，病未能侍，毕世劬劳未能丝毫分任，生死永诀乃亦未能一面。平生惨痛，何以加此！伏念先母一生行实，虽纤细琐屑不出于家庭闾里之间，而其至性至诚，有宜永存而不朽者，故粗叙梗概，随讣上闻，伏乞矜鉴。

此篇因须在乡间用活字排印，故不能不用古文。我打算将来用白话为我的母亲做一篇详细的传。

十，六，二五

论女子为强暴所污

——答萧宜森

萧先生原书：

……学生有一最亲密的朋友，他的姐姐在前几年曾被土匪掳去，后来又送还他家。我那朋友常以此事为他家"奇耻大辱"，所以他心中常觉不平安；并且因为同学知道此事，他在同学中常像是不好意思似的。学生见这位朋友心中常不平安，也就常将此事放在心中思想。按着中国的旧思想，我这位朋友的姐姐就应当为人轻看，一生受人的侮慢，受人的笑骂。但不知按着新思想，这样的女人应居如何的地位？

学生要问的就是：

（1）一个女子被人污辱，不是他自愿的，这女子是不是应当自杀？

（2）若这样的女子不自杀，他的贞操是不是算有缺欠？他的人格的尊严是不是被灭杀？他应当受人的轻看不？

（3）一个男子若娶一个曾被污辱的女子，他的人格是不是被灭杀？应否受轻看？

（1）女子为强暴所污，不必自杀。

我们男子夜行，遇着强盗，他用手枪指着你，叫你把银钱戒指拿下来送给他。你手无寸铁，只好依着他吩咐。这算不得懦怯。女子被污，平心想来，与此无异。都只是一种"害之中取小"。不过世人不肯平心着想，故妄信"饿死事极小，失节事极大"的谬说。

（2）这个失身的女子的贞操并没有损失。

平心而论，他损失了什么？不过是生理上，肢体上，一点变态罢了！正如我们无意中砍伤了一只手指，或是被毒蛇咬了一口，或是被汽车碰伤了一根骨头。社会上的人应该怜惜他，不应该轻视他。

（3）娶一个被污了的女子，与娶一个"处女"，究竟有什么分别？

若有人敢打破这种"处女迷信"，我们应该敬重他。

十七年的回顾

　　我于前清光绪三十年的二月间从徽州到上海求那当时所谓"新学"。我进梅溪学堂后不到两个月，《时报》便出版了。那时正当日俄战争初起的时候，全国的人心大震动，但是当时的几家老报纸仍旧做那长篇的古文论说，仍旧保守那遗传下来的老格式与老办法，故不能供给当时的需要。就是那比较稍新的《中外日报》也不能满足许多人的期望。《时报》应此时势而产生。他的内容与办法也确然能够打破上海报界的许多老习惯，能够开辟许多新法门，能够引起许多新兴趣。因此《时报》出世之后不久就成了中国知识阶级的一个宠儿。几年之后《时报》与学校几乎成了不可分离的伴侣了。

　　我那年只有十四岁，求知的欲望正盛，又颇有一点文学的兴趣，因此我当时对于《时报》的感情比对于别报都更好些。我在上海住了六年，几乎没有一天不看《时报》的。我记得有一次《时报》征求报上登的一部小说的全份，似乎是《火里罪人》，我也是送去应征的许多人中的一个。我当时把《时报》上的许多小说、诗话、笔记、长篇的专著都剪下来分粘成小册子，若有一天的报遗失了，我心里便不快乐，总想设法把它补起来。

我现在回想当时我们那些少年人何以这样爱恋《时报》呢？我想有两个大原因：

第一，《时报》的短评在当日是一种创体，做的人也聚精会神的大胆说话，故能引起许多人的注意，故能在读者脑筋里发生有力的影响。我记得《时报》产生的第一年里有几件大案子：一件是周生有案，一件是大闹会审公堂案。《时报》对于这几件事都有很明决的主张，每日不但有"冷"的短评，有时还有几个人的签名短评，同时登出。这种短评在现在已成了日报的常套了，在当时却是一种文体的革新。用简短的词句，用冷隽明利的口吻，几乎逐句分段，使读者一目了然，不消费工夫去点句分段，不消费工夫去寻思考索。当日看报人的程度还在幼稚时代，这种明快冷刻的短评正合当时的需要。我还记得当周生有案快结束的时候，我受了《时报》短评的影响，痛恨上海道袁树勋的丧失国权，曾和两个同学写了一封长信去痛骂他。这也可见《时报》当日对于一般少年人的影响之大。这确是《时报》的一大贡献。我们试看这种短评，在这十七年来，逐渐变成了中国报界的公用文体，这就可见它们的用处与它们的魔力了。

第二，《时报》在当日确能引起一般少年人的文学兴趣。中国报纸登载小说大概最早的要算徐家汇的《汇报》。那时我还没有出世呢。但《汇报》登的小说一大部分后来汇刻为《兰苕馆外史》，都是《聊斋》式的怪异小说，没有什么影响。戊戌以后，杂志里时时有译著的小说出现，专提倡小说的杂志也有了几种，例如《新小说》及《绣像小说》（商务）。日报之中只有《繁华报》（一种"花报"），逐日登载李伯元的小说。那些"大报"好像还不屑做这种事业（这一点我不敢断定，我那时年纪太小了，看的报又不多，不知《时报》以前的"大报"有没有登小说的）。那时的几个大报大概都是很干燥枯寂的，他们至多不过能做一两篇合于古文义法的长篇论说罢了。《时报》出世以后每日登载"冷"或"笑"译著的小说，有时每日有两种冷血先生的白话小说，在当时译界中确要算很好的译笔。他有时自己也做一两篇短篇小说，如福尔摩斯来华侦探案等，也是中国人做新体短篇小说最早的一段历史。《时报》登的许多小说之中，《双泪碑》最风行。但依我看来，还应该推那些白话译本为最好。这些译本如《销金窟》之类，用很畅达的文笔，作很自由的翻译，在当时最为适用。倘《几道山恩仇记》（Count of monte cristo）全书都能像《销金窟》（此乃《恩仇记》的一部分）这样的译出，这部名著在中国一定也会成了一部"家喻户晓"的小说了。《时报》当日还有"平等阁诗话"一栏，对于现代诗人的介绍，选择很精。诗话虽不如小说之风行，也很能引起许多人的文学兴趣。我关于现代中国诗的知识差不多都是先从这部诗话里引起的。

我们可以说《时报》的第二个大贡献是为中国日报界开辟一种带文学兴趣的"附张"。自从《时报》出世以来，这种文学附张的需要也渐渐的成为日报界公认的了。

这两件都是比较最大的贡献。此外如专电及要闻，分别轻重，参用大小字，如专电的加多等等，在当日都是日报界的革新事业，在今日也都成为习惯，不觉得新鲜了。我们若回头去研究这许多习惯的由来，自不能不承认《时报》在中国日报史上的大功劳。简单说来，《时报》的贡献是在十七年前发起了几件重要的新改革。这几件新改革因为适合时代的需要，故后来的报纸也不能不尽量采用，就渐渐的变成中国日报不可少的制度了。

我是同《时报》做了六年好朋友的人，庚戌去国以后，虽然不能有从前的亲密，但也时常相见；现在看见《时报》长大成了一个十七岁的少年，我自然很欢喜。我回想我从前十四岁到十九岁的六年之中——一个人最重要最容易感化的时期——受了《时报》的许多好影响，故很高兴的把我少年时对于《时报》的关系写出来，指出它对于当时读者和对于中国报界的贡献，作为《时报》的一段小史，并且表示我感谢它祝贺它的微意。

但是我们当此庆贺的纪念，与其追念过去的成功，还不如悬想将来的进步。过去的成绩只应该鼓励现在的人努力造一个更大更好的将来，这是"时"字的教训。倘若过去的光荣只使后来的人增加自满的心，不再求进步，那就像一个辛苦积钱的人成了家私之后天天捧着元宝玩弄，岂不成了一个守钱奴了吗？

我们都知道时代是常常变迁的，往往前一时代的需要，到了后一时代便不适用了。《时报》当日应时势的需要，为日报界开了许多法门，但当日所谓"新"的，现在已成旧习惯了，当日所谓"时"的，现在早已过时了。《时报》在当日是报界的先锋，但十七年来旧报都改新了，新报也出了不少了，当日的先锋在今日竟同着大队按步徐行了。大队今日之赶上先锋，自然未必不是先锋的功劳，但做先锋的人还应该努力向前争这个"先锋"的位置。我今年在上海时曾和《时报》的一位先生谈话，他说："日报不当做先锋，因为日报是要给大多数人看的。"这位先生也是当日做先锋的人，这句话未免使我大失望。我以为日报因为是给大多数人看的，故最应该做先锋，故最适宜于做先锋。何以最适宜呢？因为日报能普及许多人，又可用"旦旦而伐之"的死工夫，故日报的势力最难抵抗，最易发生效果。何以最应该呢？因为日报既是这样有力的一种社会工具，若不肯做先锋，若自甘随着大队同行，岂不是放弃了一种大责任？岂不是错过了一个好机会？岂不是辜负了一种大委托吗？

即如《时报》早年的历史，便是一个明显的例。《时报》在当日为什么不跟着大家做长篇的古文论说呢？为什么要改作短评呢？为什么要加添文学的附录呢？《时报》倡出这种种制度之后，十几年之中，全国的日报都跟着变了，全国的看报人也不知不觉的变了。那几十万的读者，十几年来，从没有一个人出来反对某报体例的变更的。这就可见那大多数看报的人虽然不免有点天然的惰性，究竟抵不住"且且而伐之"的提倡力。假使《申报》今天忽然大变政策，大谈社会主义，难道那看《申报》的人明天就会不看《申报》了吗？又假使《新闻报》明天忽然大变政策，'一律改用白话，难道那看《新闻报》的人后天就会不看《新闻报》了吗？我可以说："决不会的。"看报人的守旧性乃是主笔先生的疑心暗鬼。主笔先生自己丧失了"先锋"的锐气，故觉得社会上多数人都不愿他努力向前。譬如戴绿眼镜的人看着一切东西都变绿了，如果他要知道荷花是红的，金子是黄的，他须得把这副绿眼镜除下来试试看。今天是《时报》新屋落成的纪念，也是他除旧布新的一个转机，我这个同《时报》一块长大的小时朋友，对他的祝词，只是："《时报》是做过先锋的，是一个立过大功的先锋，我希望他不必抛弃了先锋的地位，我希望他发愤向前努力替社会开先路，正如他在十七年前替中国报界开了许多先路！"

十，十，三　北京

（原载 1921 年 10 月 10 日《时报》）

差不多先生传

你知道中国最有名的人是谁？提起此人，人人皆晓，处处闻名，他姓差，名不多，是各省各县各村人氏。你一定见过他，一定听别人谈起他。差不多先生的名字天天挂在大家的口头上，因为他是中国全国人的代表。

差不多先生的相貌和你我都差不多。他有一双眼睛，但看的不很清楚；有两只耳朵，但听的不很分明；有鼻子和嘴，但他对于气味和口味都不很讲究；他的脑子也不小，但他的记性却不很精明，他的思想也不很细密。

他常常说："凡事只要差不多，就好了。何必太精明呢？"

他小的时候，他妈叫他去买红糖，他买了白糖回来，他妈骂他，他摇摇头道："红糖白糖不是差不多吗？"

他在学堂的时候，先生问他："直隶省的西边是哪一省？"他说是陕西。先生说："错了。是山西，不是陕西。"他说："陕西同山西，不是差不多吗？"

后来他在一个钱铺里做伙计，他也会写，也会算，只是总不精细，十字常常写成千字，千字常常写成十字。掌柜的生气了，常常骂他，他只是笑嘻嘻地赔小心道："千字比十字只多一小撇，不是差不多吗？"

有一天，他为了一件要紧的事，要搭火车到上海去。他从从容容地走到火车站，迟了两分钟，火车已开走了。他白瞪着眼，望着远远的火车上的煤烟，摇摇头道："只好明天再走了，今天走同明天走，也还差不多。可是火车公司，未免太认真了。八点三十分开，同八点三十二分开，不是差不多吗？"他一面说，一面慢慢地走回家，心里总不很明白为什么火车不肯等他两分钟。

有一天，他忽然得一急病，赶快叫家人去请东街的汪先生。那家人急急忙忙地跑去，一时寻不着东街汪大夫，却把西街的牛医王大夫请来了。差不多先生病在床上，知道寻错了人，但病急了，身上痛苦，心里焦急，等不得了，心里想道："好在王大夫同汪大夫也差不多，让他试试看吧。"于是这位牛医王大夫走近床前，用医牛的法子给差不多先生治病。不上一点钟，差不多先生就一命呜呼了。

差不多先生差不多要死的时候，一口气断断续续地说道："活人同死人也差……差……差……不多……凡是只要……差……差……不多……就……好了……何……何……必……太……太认真呢？"他说完这句格言，方才绝气了。

他死后，大家都很称赞差不多先生样样事情看得破，想得通，大家都说他一生不肯认真，不肯算帐，不肯计较，真是一位有德行的人，于是大家给他取个死后的法号，叫他做圆通大师。

他的名誉越传越远，越久越大。无数无数的人都学他的榜样。于是人人都成了一个差不多先生——然而中国从此就成了一个懒人国了。

（初刊 1924 年 6 月 28 日《申报·平民周刊》第 1 期）

读　书

"读书"这个题，似乎很平常，也很容易。然而我却觉得这个题目很不好讲。据我所知，"读书"可以有三种说法：

一、要读何书　关于这个问题，《京报》副刊上已经登了许多时候的"青年必读书"；但是这个问题，殊不易解决，因为个人的见解不同，个性不同。各人所选只能代表各人的嗜好，没有多大的标准作用。所以我不讲这一类的问题。

二、读书的功用　从前有人作"读书乐"，说什么"书中自有千钟粟，书中自有黄金屋，书中自有颜如玉"，现在我们不说这些话了。要说，读书是求知识，知识就是权力。这些话都是大家会说的，所以我也不必讲。

三、读书的方法　我今天是要想根据个人所得经验，同诸位谈谈读书的方法。我的第一句话是很平常的，就是说，读书有两个要素：

第一要精，

第二要博。

现在先说什么叫"精"。

我们小的时候读书，差不多每个小孩都有一条书签，上面写十个字，这十个字最普遍的就是"读书三到：眼到，口到，心到。"现在这种书签虽不用，三到的读书法却依然存在。不过我以为读书三到是不够的；须有四到，是："眼到，口到，心到，手到。"我就拿它来说一说。

眼到是要个个字认得，不可随便放过。这句话起初看去似乎很容易，其实很不容易。读中国书时，每个字的一笔一画都不放过。近人费许多功夫在校勘学上，都因古人忽略一笔一画而已。读外国书要把 ABCD……等字母弄得清清楚楚，所以说这是很难的。如有人翻译英文，把 port 看作 pork，把 oats 看作 oaks，于是葡萄酒一变而为猪肉，小草变成了大树。说起来这种例子很多，这都是眼睛不精细的结果。书是文字做成的，不肯仔细认字，就不必读书。眼到对于读书的关系很大，一时眼不到，贻害很大，并且眼到能养成好习惯，养成不苟且的人格。

口到是一句一句要念出来。前人说口到是要念到烂熟背得出来。我们现在虽不提倡背书，但有几类的书，仍旧有熟读的必要；如心爱的诗歌，如精彩的文章，熟读多些，于自己的作品上也有良好的影响。读此外的书，虽不须念熟，也要一句一句念出来，中国书如此，外国书更要如此。念书的功用能使我们格外明了每一句的构造，句中各部分的关系。往往一遍念不通，要念两遍以上，方才能明白的。读好的小说尚且要如此，何况读关于思想学问的书呢？

心到是每章、每句、每字意义如何？何以如是？这样用心考究。但是用心不是叫人枯坐冥想，是要靠外面的设备及思想的方法的帮助。要做到这一点，须要有几个条件：

一、字典，辞典，参考书等等工具要完备。这几样工具虽不能办到，也当到图书馆去看。我个人的意见是奉劝大家，当衣服，卖田地，至少要置备一点好的工具。比如买一本韦氏大字典，胜于请几个先生。这种先生终身跟着你，终身享受不尽。

二、要做文法上的分析。用文法的知识，作文法上的分析，要懂得文法构造，方才懂得它的意义。

三、有时要比较参考，有时要融会贯通，方能了解。不可但看字面。一个字往往有许多意义，读者容易上当。例如 turn 这字：

作外动字解有十五解，

作内动字解有十三解，

作名词解有二十六解，

共五十四解，而成语不算。

又如 Strike：

作外动字解有三十一解，

作内动字解有十六解，

作名词解有十八解，

共六十五解。

又如 go 字最容易了，然而这个字：

作内动字解有二十二解，

作外动字解有三解，

作名词解有九解，

共三十四解。

以上是英文字须要加以考究的例。英文字典是完备的；但是某一字在某一句究竟用第几个意义呢？这就非比较上下文，或贯串全篇，不能懂了。

中文较英文更难，现在举几个例：

祭文中第一句"维某年月日"之"维"字，究作何解？字典上说它是虚字。《诗经》里"维"字有二百多，必须细细比较研究，然后知道这个字有种种意义。

又《诗经》之"于"字，"之子于归"，"凤凰于飞"等句，"于"字究作何解？非仔细考究是不懂的。又"言"字人人知道，但在《诗经》中就发生问题，必须比较，然后知"言"字为连接字。诸如此例甚多。中国古书很难读，古字典又不适用，非是用比较归纳的研究方法，我们如何懂得呢？

总之，读书要会疑，忽略过去，不会有问题，便没有进益。

宋儒张载说："读书先要会疑。于不疑处有疑，方是进矣。"他又说："在可疑而不疑者，不曾学。学则须疑。"又说："学贵心悟，守旧无功。"

宋儒程颐说："学原于思。"

这样看起来，读书要求心到；不要怕疑难，只怕没有疑难。工具要完备，思想要精密，就不怕疑难了。

现在要说手到。手到就是要劳动劳动你的贵手。读书单靠眼到，口到，心到，还不够的；必须还得自己动动手，才有所得。例如：

一、标点分段，是要动手的。

二、翻查字典及参考书，是要动手的。

三、做读书札记，是要动手的。札记又可分四类：

（a）抄录备忘。

（b）作提要，节要。

（c）自己记录心得。张载说："心中苟有所开，即便劄记。不则还塞之矣。"

（d）参考诸书，融会贯通，作有系统的著作。

手到的功用。我常说：发表是吸收知识和思想的绝妙方法。吸收进来的知识思想，无论是看书来的，或是听讲来的，都只是模糊零碎，都算不得我们自己的东西。自己必须做一番手脚，或做提要，或做说明，或做讨论，自己重新组织过，申叙过，用自己的语言记述过，——那种知识思想方才可算是你自己的了。

我可以举一个例。你也会说"进化"，他也会谈"进化"，但你对于"进化"这个观念的见解未必是很正确的，未必是很清楚的；也许只是一种"道听途说"，也许只是一种时髦的口号。这种知识算不得知识，更算不得是"你的"知识。假如你听了我的话，不服气，今晚回去就去遍翻各种书籍，仔细研究进化论的科学上的根据；假使你翻了几天书之后，发愤动手，把你研究所得写成一篇读书札记；假使你真动手写了这么一篇"我为什么相信进化论"的札记，列举了：

一、生物学上的证据，

二、比较解剖学上的证据，

三、比较胚胎学上的证据，

四、地质学和古生物学上的证据，

五、考古学上的证据，

六、社会学和人类学上的证据。

到这个时候，你所有关于"进化论"的知识，经过了一番组织安排，经过了自己的去取叙述，这时候这些知识方才可算是你自己的了。所以我说，发表是吸收的利器；又可以说，手到是心到的法门。

至于动手标点，动手翻字典，动手查书，都是极要紧的读书秘诀，诸位千万不要轻轻放过。内中自己动手翻书一项尤为要紧。我记得前几年我曾劝顾颉刚先生标点姚际恒的《古今伪书考》。当初我知道他的生活困难，希望他标点一部书付印，卖几个钱。那部书是很薄的一本，我以为他一两个星期就可以标点完了。哪知顾先生一去半年，还不曾交卷。原来他于每条引的书，都去翻查原书，仔细校对，注明出处，注明原书卷第，注明删节之处。他动手半年之后，来对我说，《古今伪书考》不必付印了，他现在要编辑一部疑古的丛书，叫做"辨伪丛刊"。我很赞成他这个计划，让他去动手。他动手了一两年之后，更进步了，又超过那"辨伪丛刊"的计划了，他要自己创作了。他前年以来，对于中国古史，做了许多辨伪的文字；他眼前的成绩早已超过崔述了，更不要说姚际恒了。顾先生将来在中国史学界的贡献一定不可限量，但我们要知道他成功的最大原因是他的手到的工夫勤而且精。我们可以说，没有动手不勤快而能读书的，没有手不到而能成学者的。

第二要讲什么叫"博"。

什么书都要读，就是博。古人说："开卷有益"，我也主张这个意思，所以说读书第一要精，第二要博。我们主张"博"有两个意思：

第一，为预备参考资料计，不可不博。

第二，为做一个有用的人计，不可不博。

第一，为预备参考资料计。

在座的人，大多数是戴眼镜的。诸位为什么要戴眼镜？岂不是因为戴了眼镜，从前看不见的，现在看得见了；从前很小的，现在看得很大了；从前看不分明的，现在看得清楚分明了？王荆公说得最好：

"世之不见全经久矣。读经而已，则不足以知经。故某自百家诸子之书，至于《难经》，《素问》，《本草》诸小说，无所不读；农夫女工，无所不问；然后于经为能知其大体而无疑。盖后世学者与先王之时异矣；不如是，不足以尽圣人故也。……致其知而后读，以有所去取，故异学不能乱也。惟其不能乱，故能有所去取者，所以明吾道而已。"（答曾子固）

他说："致其知而后读。"又说："读经而已，则不足以知经。"即如《墨子》一书在一百年前，清朝的学者懂得此书还不多。到了近来，有人知道光学，几何学，力学，工程学……等，一看《墨子》，才知道其中有许多部分是必须用这些科学的知识方才能懂的。后来有人知道了论理学，心理学……等，懂得《墨子》更多了。读别种书愈多，《墨子》愈懂得多。

所以我们也说，读一书而已则不足以知一书。多读书，然后可以专读一书。譬如读《诗经》，你若先读了北大出版的《歌谣周刊》，便觉得《诗经》好懂的多了；你若先读过社会学，人类学，你懂得更多了；你若先读过文字学，古音韵学，你懂得更多了；你若读过考古学，比较宗教学等，你懂得的更多了。

你要想读佛家唯识宗的书吗？最好多读点论理学、心理学，比较宗教学，变态心理学。

无论读什么书总要多配几副好眼镜。

你们记的达尔文研究生物进化的故事吗？达尔文研究生物演变的现状，前后凡三十多年，积了无数材料，想不出一个单简贯串的说明。有一天他无意中读马尔图斯的人口论，忽然大悟生存竞争的原则，于是得着物竞天择的道理，遂成一部破天荒的名著，给后世思想界打开一个新纪元。

所以要博学者，只是要加添参考的材料，要使我们读书时容易得"暗示"；遇着疑难时，东一个暗示，西一个暗示，就不至于呆读死书了。这叫做"致其知而后读"。

第二，为做人计。

专工一技一艺的人，只知一样，除此之外，一无所知。这一类的人影响于社会很少，好有一比，比一根旗杆，只是一根孤拐，孤单可怜。

又有些人广泛博览，而一无所专长，虽可以到处受一班贱人的欢迎，其实也是一种废物。这一类人，也好有一比，比一张很大的薄纸，禁不起风吹雨打。

在社会上，这两种人都是没有什么大影响，为个人计，也很少乐趣。

理想中的学者，既能博大，又能精深。精深的方面，是他的专门学问。博大的方面，是他的旁搜博览。博大要几乎无所不知，精深要几乎惟他独尊，无人能及。他用他的专门学问做中心，次及于直接相关的各种学问，次及于间接相关的各种学问，次及于不很相关的各种学问，以次及毫不相关的各种泛览。这样的学者，也有一比，比埃及的金字三角塔。那金字塔（据最近《东方杂志》，第二十二卷第六号，页一四七）高四百八十英尺，底边各边长七百六十四英尺。塔的最高度代表最精深的专门学问；从此点以次递减，代表那旁收博览的各种相关或不相关的学问。塔底的面积代表博大的范围，精深的造诣，博大的同情心。这样的人，对社会是极有用的人才，对自己也能充分享受人生的趣味。宋儒程颢说的好：

须是大其心使开阔：譬如为九层之台，须大做脚始得。

博学正所以"大其心使开阔"。我曾把这番意思编成两句粗浅的口号，现在拿出来贡献给诸位朋友，作为读书的目标：

为学要如金字塔，

要能广大要能高。

十四，四，二十二夜改稿

（选自《胡适文存》第3集第2卷，

1930年，上海亚东图书局）

爱国运动与求学

当五月七日北京学生包围章士钊宅，警察拘捕学生的事件发生以后，北京各学校的学生团体即有罢课的提议。有些学校的学生因为北大学生会不曾参加五七的事，竟在北大第一院前辱骂北大学生不爱国。北大学生也有很愤激的，有些人竟贴出布告攻击北大代理校长蒋梦麟媚章媚外。然而几日之内，北大学生会举行总投票表决罢课问题，共投一千一百多票，反对罢课者八百余票，这件事真使一班留心教育问题的人心里欢喜。可喜的不在罢课案的被否决，而在（1）投票之多，（2）手续的有秩序，（3）学生态度的镇静。我的朋友高梦旦在上海读了这段新闻，写了一封长信给我，讨论此事，说，这样做去，便是在求学的范围以内做救国的事业，可算是在近年学生运动史上开一个新纪元。——只可惜我还没有回高先生的信，上海五卅的事件已发生了，前二十天的秩序与镇静都无法维持了。于是六月三日以后，全国学校遂都罢课了。

这也是很自然的。在这个时候，国事糟到这步田地，外间的刺激这么强：上海的事件未了，汉口的事件又来了，接着广州、南京的事件又来了：在这个时候，许多中年以上的人尚且忍耐不住，许多六十老翁尚且要出来慷慨激昂地主张宣战，何况这无数的少年男女学生呢？

我们观察这七年来的"学潮"，不能不算民国八年的五四事件与今年的五卅事件为最有价值。这两次都不是有什么作用，事前预备好了然后发动的；这两次都只是一般青年学生的爱国血诚，遇着国家的大耻辱，自然爆发；纯然是烂缦的天真，不顾利害地干将去，这种"无所为而为"的表示是真实的，可爱敬的。许多学生都是不愿意牺牲求学的时间的；只因为临时发生的问题太大了，刺激太强烈了，爱国的感情一时迸发，所以什么都顾不得了：功课也不顾了，秩序也不顾了，辛苦也不顾了。所以北大学生总投票表决不罢课之后，不到二十天，也就不能不罢课了。二十日前不罢课的表决可以表示学生不愿意牺牲功课的诚意；二十日后毫无勉强地罢课参加救国运动可以证明此次学生运动的牺牲的精神。这并非前后矛盾：有了前回的不愿牺牲，方才更显出后来的牺牲之难能而可贵。岂但北大一校如此？国中无数学校都有这样的情形。

但群众的运动总是不能持久的。这并非中国人的"虎头蛇尾"，"五分钟的热度"。这是世界人类的通病。所谓"民气"，所谓"群众运动"，都只是一时的大问题刺激起来的一种感情上的反应。感情的冲动是没有持久性的；无组织又无领袖的群众行动是最容易松散的。我们不看见北京大街的墙上大书着"打倒英日"、"不要五分钟的热度"吗？其实写那些大字的人，写成之后，自己看着很满意，他的"热度"早已消除大半了；他回到家里，坐也坐得下了，睡也睡得着了。所谓"民气"，无论在中国在欧美，都是这样：突然而来，悠然而去。几天一次的公民大会，几天一次的示威游行，虽然可以勉强多维持一会儿，然而那回天安门打架之后，国民大会也就不容易召集了。

我们要知道，凡关于外交的问题，民气可以督促政府，政府可以利用民气：民气与政府相为声援方才可以收效。没有一个像样的政府，虽有民气，终不能单独成功。因为外国政府决不能直接和我们的群众办交涉；民众运动的影响（**无论是一时的示威或是较有组织的经济抵制**）终是间接的。一个健全的政府可以利用民气作后盾，在外交上可以多得胜利，至少也可以少吃点亏。若没有一个能运用民气的政府，我们可以断定民众运动的牺牲的大部分是白白地糟蹋了的。

倘使外交部于六月二十四日同时送出沪案及修改条约两照会之后即行负责交涉，那时民气最盛，海员罢工的声势正大，沪案的交涉至少可以得一个比较满人意的结果。但这个政府太不像样了：外交部不敢自当交涉之冲，却要三个委员来代掮末梢；三个委员都是很聪明的人，也就乐得三揖三让，延搁下去。他们不但不能用民气，反惧怕民气了！况且某方面的官僚想借这风潮延长现政府的寿命；某方面的政客也想借这问题展缓东北势力的侵逼。他们不运用民气来对付外人，只会利用民气来便利他们自己的私图！于是一误，再误，至于今日，沪案及其他关连之各案丝毫不曾解决，而民气却早已成了强弩之末了！

上海的罢工本是对英日的，现在却是对邮政当局、商务印书馆、中华书局了。北京的学生运动一变而为对付杨荫榆，又变而为对付章士钊了。广州对英的事件全未了结，而广州城却早已成为共产与反共产的血战场了。三个月的"爱国运动"的变相竟致如此！

这时候有一件差强人意的事，就是全国学生总会议决秋季开学后各地学生应一律到校上课，上课后应努力于巩固学生会的组织，为民众运动的中心。北京学联会也决议北京各校同学于开学前务必到校，一面上课，一面仍继续进行。

这是很可喜的消息。全国学生总会的通告里并且有"五卅运动并非短时间所可解决"的话。我们要为全国学生下一转语：救国事业更非短时间所能解决，帝国主义不是赤手空拳打得倒的；"英日强盗"也不是几千万人的喊声咒得死的。救国是一件顶大的事业：排队游街，高喊着"打倒英日强盗"，算不得救国事业；甚至于砍下手指写血书，甚至于蹈海投江，杀身殉国，都算不得救国的事业。救国的事业须要有各色各样的人才；真正的救国的预备在于把自己造成一个有用的人才。

易卜生说的好：

> 真正的个人主义在于把你自己这块材料铸造成个东西。

他又说：

> 有时候我觉得这个世界就好像大海上翻了船，最要紧的是救出我自己。

在这个高唱国家主义的时期，我们要很诚恳的指出：易卜生说的"真正的个人主义"正是到国家主义的唯一大路。救国须从救出你自己下手！

学校固然不是造人才的唯一地方，但在学生时代的青年却应该充分地利用学校的环境与设备来把自己铸造成个东西。我们须要明白了解：

> 救国千万事，
>
> 何一不当为？
>
> 而吾性所适，
>
> 仅有一二宜。

认清了你"性之所近，而力之所能勉"的方向，努力求发展，这便是你对国家应尽的责任，这便是你的救国事业的预备工夫。国家的纷扰，外间的刺激，只应该增加你求学的热心与兴趣，而不应该引诱你跟着大家去呐喊。呐喊救不了国家。即使呐喊也算是救国运动的一部分，你也不可忘记你的事业有比呐喊重要十倍百倍的。你的事业是要把你自己造成一个有眼光有能力的人才。

你忍不住吗？你受不住外面的刺激吗？你的同学都出去呐喊了，你受不了他们的引诱与讥笑吗？你独坐在图书馆里觉的难为情吗？你心里不安吗？——这也是人情之常，我们不怪你；我们都有忍不住的时候。但我们可以告诉你一两个故事，也许可以给你一点鼓舞：

德国大文豪葛德（Goethe）在他的年谱里（英译本，页一八九）曾说，他每遇着国家政治上有大纷扰的时候，他便用心去研究一种绝不关系时局的学问，使他的心思不致受外界的扰乱。所以拿破仑的兵威逼迫德国最厉害的时期里，葛德天天用功研究中国的文物。又当利俾瑟之战的那一天，葛德正关着门，做他的名著 Essex 的"尾声"。

德国大哲学家费希特（Fichte）是近代国家主义的一个创始者。然而他当普鲁士被拿破仑践破之后的第二年（1807）回到柏林，便着手计划一个新的大学——即今日之柏林大学。那时候，柏林还在敌国驻兵的掌握里。费希特在柏林继续讲学，在很危险的环境里发表他的"告德意志民族"（Reden an die deutsche nation)。往往在他讲学的堂上听得见敌人驻兵操演回来的笳声。他这一套讲演——"告德意志民族"——忠告德国人不要灰心丧志，不要惊皇失措；他说，德意志民族是不会亡国的；这个民族有一种天付的使命，就是要在世间建立一个精神的文明——德意志的文明；他说，这个民族的国家是不会亡的。

后来费希特计划的柏林大学变成了世界的一个最有名的学府，他那部"告德意志民族"不但变成了德意志帝国建国的一个动力，并且成了十九世纪全世界的国家主义的一种经典。

上边的两段故事是我愿意介绍给全国的青年男女学生的。我们不期望人人都做葛德与费希特。我们只希望大家知道：在一个扰攘纷乱的时期里跟着人家乱跑乱喊，不能就算是尽了爱国的责任，此外还有更难更可贵的任务：在纷乱的喊声里，能立定脚跟，打定主意，救出你自己，努力把你这块材料铸造成个有用的东西！

十四，八，卅一夜　在天津脱稿

欧游道中寄书

1

慰慈：

车上读了 Morgenthan 的 All in a Life Time，很受感动。此人是一个"钱鬼子"（Money-maker），中年以后，决计投身于政治社会的服务，为"好政府"奋斗，威尔逊之被选，很靠他的帮助。

前次与你谈国中的"新政客"有二大病：一不做学问，不研究问题，不研究事实；二不延揽人才。近来我想，还有一个大毛病，就是没有理想，没有理想主义。

我们不谈政治也罢。若谈政治，若干政治，决不可没有一点理想主义。我可以做一句格言：

"计划不嫌切近，理想不嫌高远。"

适之

2

慰慈：

这是莫斯科的第三晚了。

在一个地方遇见美国芝加哥大学教授 Merriam 与 Harpers。今早同他们去参观监狱，我们都很满意。昨天我去参观 Museum of the Revolution，很受感动。

我的感想与志摩不同。此间的人正是我前日信中所说有理想与理想主义的政治家；他们的理想也许有我们爱自由的人不能完全赞同的，但他们的意志的专笃（Seriousness of Purpose），却是我们不能不十分顶礼佩服的。他们在此做一个空前的伟大政治新试验；他们有理想、有计划、有绝对的信心，只此三项已足使我们愧死。

我们这个醉生梦死的民族怎么配批评苏俄！……

今天我同 Merriam 谈了甚久，他的判断甚公允。他说，狄克推多向来是不肯放弃已得之权力的，故其下的政体总是趋向愚民政策。苏俄虽是狄克推多，但他们却真是用力办新教育，努力想造成一个社会主义的新时代。依此趋势认真做去，将来可以由狄克推多过渡到社会主义的民治制度。

我看苏俄的教育政策，确是采取世界最新的教育学说，作大规模的试验。可惜此时各学校都放假了，不能看到什么实际的成绩。但看其教育统计，已可惊叹。

适之

3

慰慈：

　　我这两天读了一些关于苏俄的统计材料，觉得我前日信上所说的话不为过当。我是一个实验主义者，对于苏俄之大规模的政治试验，不能不表示佩服。凡试验与浅尝不同。试验必须有一个假定的计划（理想）作方针，还要想出种种方法来使这个计划可以见于实施。在世界政治史上，从不曾有过这样大规模的"乌托邦"计划居然有实地试验的机会。求之中国史上，只有王莽与王安石做过两次的"社会主义的国家"的试验；王莽那一次尤可佩服。他们的失败应该更使我们了解苏俄的试验的价值。

　　去年许多朋友要我加入"反赤化"的讨论，我所以迟疑甚久，始终不加入者，根本上只因我的实验主义不容我否认这种政治试验的正当，更不容我以耳为目，附和传统的见解与狭窄的成见。我这回不能久住俄国，不能细细观察调查，甚是恨事。但我所见已足使我心悦诚服地承认这是一个有理想、有计划、有方法的大政治试验。我们的朋友们，尤其是研究政治思想与制度的朋友们，至少应该承认苏俄有作这种政治试验的权利。我们应该承认这种试验正与我们试作白话诗，或美国试验委员会制与经理制的城市政府有同样的正当。这是最低限度的实验主义的态度。

　　至于这个大试验的成绩如何，这个问题须有事实上的答案，决不可随便信任感情与成见。还有许多不可避免的困难，也应该撇开；如革命的时期，如1921年的大灾，皆不能不撇开。1922年以来的成绩是应该研究的。我这回如不能回到俄国，将来回国之后，很想组织一个俄国考察团，邀一班政治经济学者及教育家同来作一较长期的考察。

总之，许多少年人的"盲从"固然不好，然而许多学者们的"武断"也是不好的……

适之

4

志摩：

我在火车上寄你的长信（由眉转）收到了没有？我在 London 住了十几天，委员会的人都四散了，没有事可做，所以来巴黎住几天。还想到瑞士去玩玩。

我这回去国，独自旅行，颇多反省的时间。我很感觉一种心理上的反动，于自己的精神上，一方面感觉 depression，一方面却又不少新的兴奋。究竟我回国九年来，干了一些什么！成绩在何处？眼看见国家政治一天糟似一天，心里着实难过。去国时的政治，比起我九年前回国时，真如同隔世了。我们固然可以自己卸责，说这都是前人种的恶因，于我们无关，话虽如此，我们种的新因却在何处？满地是"新文艺"的定期刊，满地是浅薄无聊的文艺与政谈，这就是种新因了吗？几个朋友办了一年多的《努力》，又几个朋友谈了几个月的反赤化，这又是种新因了吗？

这一类的思想使我很感觉烦恼。

但我又感觉一种刺激。我们这几年在北京实在太舒服了，太懒惰了，太不认真了。前年叔永说我们在北京的生活有点 frivolous，那时我们也许以此自豪。今年春间你们写信给我，叫我赶紧离开上海，因为你们以为我在上海的生活太 frivolous。但我现在想起来，我们在北京的生活也正是十分 frivolous。我在莫斯科三天，觉得那里的人有一种 seriousness of purpose，真有一种"认真"、"发愤有为"的气象。我去看那"革命博物馆"，看那1890 至 1917 年的革命运动，真使我们愧死。我想我们应该发愤振作一番，鼓起一点精神来担当大事，要严肃地做个人，认真地做点事，方才可以对得住我们现在的地位。

我们应当学 Mussolini 的"危险地过日子"——至少至少，也应该学他实行延长工作的时间。

英国不足学；英国一切敷衍，苟且过日子，从没有一件先见的计划；名为 evolutionary，实则得过且过，直到雨临头时方才做补漏的工夫。此次矿工罢业事件最足表现此民族心理。

我们应当学德国；至少应该学日本。至少我们要想法子养成一点整齐严肃的气象。

这是我的新的兴奋。

你们也许笑我变成道学先生了。但是这是我一个月来的心理，不是一时偶然的冲动。我希望北京的几个朋友也认真想想这点子老生常谈。

傅孟真几天之内可以到 Paris。我在此等他来谈谈就走。

见着 Waley，我很爱他。在此见着 Pelliot，我也很爱他。昨天在 Bibliotheque Nationale 里看见敦煌卷子，很高兴。今天去游凡赛野，到傍晚方归。

庚款会大概要到十月初才续开。我十月底到 Frankport A. M. 去演讲一次。十一月须回到英国，到各大学讲演，约有十处，由 British and Irish Universities' China Committee 布置。以后的行止，尚不可知。如身体尚不甚健壮，拟往瑞士可过冬处去住一个冬天。以后便要作归计了。

我预备回国后即积极作工。很想带点"外国脾气"回来耍耍。带些什么还不能知道。大概不会是跳舞。

适之　十五年八月二十七日

5

志摩：

谢谢你的长信。

让我先给你赔个罪。我在八月底写了一封长信给你，信里说了许多"拉长了面孔"的话；写成了，我有点迟疑，我怕这是完全不入耳之言，尤其在这"坐不定，睡不稳"的时候，所以我把这信搁起了，这一搁就是一个多月。今天取出前信来看看，觉得还可以不必改动，现在补寄给你，并且请你恕我那时对你一点的怀疑。

你对于我关于苏俄的意见似乎不很能赞同。我很高兴，你们至少都承认苏俄有作这种政治试验的权利。但你们要"进一步"问：

第一，苏俄的乌托邦理想"在学理上有无充分的根据，在事实上有无实现的可能？"

第二，他们的方法对不对？

第三，这种办法有无普遍性？

第四，"难道就没有比较平和，比较牺牲小些的路径不成？"

我在苏俄可算是没有看见什么，所以不配讨论这些问题。但为提起大家研究这问题的兴趣起见，我也不妨随便谈谈。

第一，什么叫做"学理上的充分根据"？他们根本上就不承认你心里所谓"学理"，这却也不是蛮劲。本来周公制礼未必就恰合周婆的脾胃，我们也就不应该拿周公的"学理"来压服周婆。平心说来，这个世界上有几个制度是"在学理上有充分的根据"的？记得前年独秀与天仇讨论，独秀拿出他们的"辩证的逻辑"来做武器。其实从我们实验主义者的眼光看起来，从我的历史眼光看来，政治上的历史是《红楼梦》上说的"不是东风压了西风，便是西风压了东风"。资本主义有什么学理上的根据？国家主义有什么学理上的根据？政党政治有什么学理上的根据？

至于事实上的可能，那是事实的问题。我本来说过"至于这个大试验的成绩如何，须有事实上的答案，决不可随便信任感情与成见"。

其实这个世界上的大悲剧还只是感情与成见的权威。最大的一个成见就是："私有财产废止之后，人类努力进步的动机就没有了。"其实何尝如此？许多科学家把他们的大发现送给人类，他们自己何尝因此发大财？近年英国医生发现了一种医肺病的药方，试验起来，有百分之八十五的成绩；但他不肯把药方告人，所以英国医学会说他玷辱科学家的资格，所以把他的会员资格取消了。试问，难道今日的医生因为科学的尊严不许他谋私利，就不肯努力去发明新医术或新方子吗？

最明白的例就是我们在国内办杂志。我做了十年的文章，只有几篇是卖钱的。然而我自信，做文章的时候，决不因为不卖钱就不用气力。你做诗也是如此的。

无论在共产制或私产制之下，有天才的人总是要努力向上走的。几百年前，做白话小说的人，不但不能发财做官，并且不敢用真名字。然而施耐庵、曹雪芹终于做小说了。现今做小说可以发大财了，然而施耐庵、曹雪芹还不曾出头露面！

至于大多数的"凡民"（王船山爱用这个名词），他们的不向上，不努力，不长进，真是"富贵不能淫，威武不能屈"的！私产共产，于他们有何分别？

　　苏俄的政治家却不从这个方向去着想。他们在这几年的经验里，已经知道生产（Production & Productivity）的问题是一个组织的问题。资本主义的组织发达到了很高的程度，所以有极伟大的生产力。社会主义的组织没有完备，所以赶不上资本主义的国家的生产力。今年 Trotsky 著《俄国往那儿走》（Whither Russia?）一书，说苏俄的生死关头全靠他能不能制造出货物，比美国还要便宜还要好。他承认，此时还做不到；但他同时承认此事并不是绝对不可能的。

　　我们也许笑他痴心妄想，但这又是一个事实的问题，我们不能单靠我们的成见就武断社会主义制度之下不能有伟大的生产力。

　　第二和第四都是方法。方法多着咧！你们说的是那一种？你们问："难道就没有比较平和，比较牺牲小些的路径不成？"这是孩子气的问话，你没有读过 "Human Nature in Politics" 吗？你为什么不问问前回参加世界大战的那些文明国家？你为什么不问问英国今日罢工到一百五十多天的矿工人？你为什么不问问吴佩孚、张作霖、冯玉祥、孙传芳？谁说没有"比较平和，比较牺牲小些的路径"？但是有谁肯这样平和静气地去想呢？

　　去年我有几次向几个朋友说说我的"协商的割据论"，他们都笑我是书生之见，"行不通！行不通！"可是"机关枪对打"就行得通了吗？然而他们却不笑了！

　　认真说来，我是主张"那比较平和比较牺牲小些"的方法的。我以为简单说来，近世的历史指出两个不同的方法：一是苏俄今日的方法，由无产阶级专政，不容有产阶级的存在。一是避免"阶级斗争"的方法，采用三百年来"社会化"（Socializing）

的倾向，逐渐扩充享受自由享受幸福的社会。这方法，我想叫他做"新自由主义"（New Liberalism）或"自由的社会主义"（Liberal Socialism）。

共产党的朋友对我说："自由主义是资本主义的政治哲学"。这是历史上不能成立的话。自由主义的倾向是渐次扩充的。十七八世纪，只是贵族争得自由。二十世纪应该是全民族争得自由的时期。这个观念与自由主义有何冲突？为什么一定要把自由主义硬送给资本主义？

美国近来颇有这个倾向。劳工与资本之争似乎很有比较满意的解决法；有几处地方尤其是 Detroit，很可以使英国人歆羡。最近英国政府派了一个考察团去到美国实地调查工业界解决劳动问题的方法。我这回到美国也想打听打听。只怕我这个书生不配做这种观察！

英国是不足学的。英国矿业的危机是大家早已知道的；但英国的苟安政治向来是敷衍过日子的，所以去年到今年，政府津贴矿业，共费了二千三百万金镑——比退还庚款的本利全数多一倍多！——只买得一年多的苟安无事。这二万多万元的钱是出在纳税人的头上的；纳税人出了这么多的钱，到今年仍旧免不了这一场大乱子。罢工以来，五个多月了，还没有一个根本救济的方法。上个月，工人代表愿意让步，情愿减去一成工资，要求政府召集三方会议。矿主见工人有屈服的倾向，遂拒绝会议（**其中内容我前回给慰慈信上，略提及**）。现在政府仍是没有办法。政府提出的办法是：（一）各矿区自定办法，（二）政府设仲裁法庭，以处理之。现在工人拒绝"地方解决"；即使工人承认此法，而"仲裁法庭"之案未必能通过这个保守党占多数的议会。也许终于"以不了了之"而已！

这种敷衍的政治，我最反对。我们不干政治则已；要干政治，必须要有计划，依计划做去。这是方法。其余皆枝叶耳。

第三，苏俄的制度是否有普遍性？我的答案是：什么制度都有普遍性，都没有普遍性。这不是笑话，是正经话。我们如果肯"干"，如果能"干"，什么制度都可以行。如其换汤不换药，如其不肯认真做去，议会制度只足以养猪仔，总统制只足以拥戴冯国璋、曹锟，学校只可以造饭桶，政党只可以卖身。你看，那一件好东西到了咱们手里不变了样子了？

你们以为"赞成中国行共产制"是"赤化"，这是根本大错了。这样赤化的有几个人？

我以为今日的真正赤化有两种：一是迷信"狄克推多"制，一是把中国的一切罪状归咎于外国人。这是道地的赤化了。

我们应该仔细想！这两个问题，这两帖时髦药，是不是对的。这两个是今日的真问题，共产制实在不成什么真问题！

我个人的主张，不能详细说，只可说个大意。第一，我是不信"狄克推多"制的。今日妄想"狄克推多"的人，好有一比，那五代时的唐明宗每夜焚香告天，愿天早生圣人，以安中国！这种捷径是不可妄想的。列宁一班人，都是很有学问经验的人，不是从天上掉下来的。况且"狄克推多"制之下，只有顺逆，没有是非——今日之猪仔（不限于议员），正是将来"狄克推多"制下的得意人物。这种制度之下没有我们独立思想的人的生活余地。我们要救国，应该从思想学问下手；无论如何迂缓，总是逃不了的。第二，我是不肯把一切罪状都推在洋鬼子头上的。中国糟到这步田地，一点一滴，都是我们自己不争气的结果。为什么外国人不敢去欺负日本呢？我们要救国应该自己反省，应该向自己家里做点彻底改革的工夫。不肯反省，只责备别人，就是自己不要脸，不争气的铁证。

第一，不妄想天生狄克推多来救国，不梦想捷径而决心走远路，打百年计划；第二，"躬自厚而薄责于人"——这是"反赤化"。

关于苏俄教育一层，我现在不愿意答辩。我只要指出：（1）苏俄并不是轻视纯粹科学与文学：前天见着苏俄科学院（Academy of Sciences）的永久秘书 Oldenburg 博士，他说政府每年津贴科学院四百万卢布，今在科学上努力的有六百人之多。他说，一切科学上的设施，考古学家的大规模的探险与发掘，政府总是竭力赞助的。（2）我们只看见了他们的"主义教育"一方面，却忽略了他们的生活教育的方面。苏俄的教育制度，用刘湛恩先生告诉我的一句话，可说是"遍地是公民教育，遍地是职业教育"。他的方法完全采用欧美最新的教育学说，如道尔顿制之类，养成人人的公民程度与生活能力，而同时充分给与有特别天才的人分途专习高等学问的机会。这种教育制度是不可抹煞的。（3）我用人家的"统计"向来是很慎重的。如他们说，小学教员最低薪俸每月有二十五卢布的，做火柴的工人每月连住屋津贴只有二十八卢布，这是他们自己深抱歉的事实，这不是"说瞎话"的。

适之　十五年十月四日

请大家来照照镜子

美国使馆的商务参赞安诺德先生制成这三张图表：第一表是中国人口的分配表，表示中国的人口问题不在过多，而在于分配的太不均匀，在于边省的太不发达。第二表是中国和美国的经济状况、生产能力、工业状态的比较，处处叫我们照照镜子，照出我们自己的百不如人。第三表是美国在世界上占的地位，也是给我们做一面镜子用的，叫我们生一点羡慕，起一点惭愧。去年他把这几张图表送给我看，我便力劝他在中国出版。他答应了之后，又预备了一篇长序，题目就叫做"中国问题里的几个根本问题"。他指出中国今日有三个大问题：

第一，怎样赶成全国铁路的干线，使全国的各部分有一个最经济的交通机关。

第二，怎样用教育及种种节省人力、帮助人力的机器，来增加个人生产的能力。

第三，怎样养成个人对于保管事业的责任心。

这是中国今日的三个根本问题。

安诺德先生的第二表里有这些事实：

	面积（方英里）	铁道线（英里）	摩托车
中国	4,278,000	7,000	22,000
美国	3,743,500	250,000	22,000,000

我们的面积比美国大，但铁道线只抵得人家三十六分之一，摩托车只抵得人家一千分之一，汽车路只抵得人家一百分之一。

我们试睁开眼睛看看中国的地图。长江以南，没有一条完成的铁路干线。京汉铁路以西，三分之二以上的疆域，没有一条铁路干线。这样的国家不成一个现代国家。

前年北京开全国商会联合会，一位甘肃代表来赴会，路上走了一百零四天才到北京。这样的国家不成一个国家。

云南人要领法国护照，经过安南，方才能到上海。云南汇一百元到北京，要三百元的汇水！这样的国家决不成一个国家。

去年胡若愚同龙云在云南打仗，打的个你死我活，南京的中央政府有什么法子？现在杨森同刘湘在四川又打的个你死我活，南京的中央政府又有什么法子？这样的国家能做到统一吗？

所以现在的第一件事是造铁路。完成粤汉铁路，完成陇海铁路，赶筑川汉、川滇、宁湘等等干路，拼命实现孙中山先生十万里铁路的梦想，然后可以有统一的可能，然后可以说我们是个国家。

所以第一个大问题是怎样赶成一副最经济的交通系统。

安诺德先生的第二表里又有这点事实：

美国人每人有二十五个机械奴隶。

中国人每人只有大半个机械奴隶。

去年三月份的《大西洋月报》里，有个美国工程专家说：

> 美国人每人有三十个机械奴隶。
> 中国人每人只有一个机械奴隶。

安诺德先生说：美国人有了这些有形与无形的机械奴隶，便可以增进个人的生产能力；故从实业及经济的观点上说，美国一百十兆的人民，便可以有二十五倍至三十倍人口的经济效能了。

人家早已在海上飞了，我们还在地上爬！人家从巴黎飞到北京，只须六十三点钟；我们从甘肃到北京，要走一百零四天（二千五百点钟）！

一个英国工人每年出十二个先令（六元），他的全家便可以每晚坐在家里听无线电传来的世界最美的音乐、歌唱、演说：每晚上只费银元一分七厘而已。而我们在上海遇着紧急事，要打一个四等电报到北京，每十个字须费银元一元八角！还保不住何时能送到！

人家的砖匠上工，可以坐自己的摩托车去了；他的子女上学，可以有公家汽车接送了。我们杭州、苏州的大官上衙门还得用人作牛马！

何以有这个大区别呢？因为人家每人有三十个机械奴隶代他做工，帮他做工，而我们却得全靠赤手空拳——我们的机械奴隶是一根扁担挑担子，四个轿夫换抬的轿子，三个车夫轮租的人力车！

我们的工人是苦力。人家的工人是许多机械奴隶的指挥官。

故第二个大问题是怎样利用机器来减除人的痛苦，增加人的生产能力，提高人的幸福。

安诺德先生是外国人，所以他对于第三个问题说的很客气，很委婉。他只说：

> 保管责任之观念，在华人中无论如何努力终不能确立其稳定之意义。其故盖在此偏爱亲人一点。而此点又与中国家族制度有密切关系。此弊为状不一，根深而普遍。欲将家属之责任与现代团体所负保管的责任之适当关系注入于中国人之脑中，须得千钧气力从事之。

这几句话虽然说得委婉，然而也很够使我们惭愧汗下了。

这个问题，其实只是"公私不分"四个字。古话说的，"一子成佛，一家生天"。古话又说，"一人得道，鸡犬登仙"。仙佛尚且如此，何况吃肉的官人？何况公司的经理董事？

几千年来，大家好像都不曾想想，得道成佛既是那样很艰难的事，为什么一人功行圆满之后，他们全家鸡犬也都可以跟着登天？最奇怪的就是今日的新官吏也不能打破这种旧习气。

最近招商局的一个分局的讼案便是最明显的例子。据报纸所载，一个家长做了名义上的局长，实际上却是他的子侄亲戚执行他的职务，弄得弊端百出，亏空到几十万元。到了法庭上，这位家长说他竟不知道他是局长！

招商局的全部历史，节节都是缺乏保管的责任心的好例子。我们翻开"国民政府清查整理招商局委员会报告书"，竟同看《官场现形记》一样，处处都是怪现状。上册五十九页说：

> 查自壬戌至丙寅最近五年内，历年亏折总额计有四百三十七万余两。然总沪局每年发给员司酬劳金，五年共计二十

四万五千九百九十四两。查自癸亥年来，股东未获得分文息金，乃局中员司独享此厚酬。

又六十页说：

> 修理费总计每年约六七十万两……而内河厂〔所承办〕实居最多数，约占全额之半。查丙寅年内河厂共计修理费三十一万四千余两。唯内河厂既系该局附属分支机关，内部办事人员当然与该局办事者关系甚密……曾经本会函调帐籍备查，而该厂忽以帐房失踪，帐簿遗失呈报。内中情形不问可知矣。

这样的轻视保管的责任，便是中国的大工业与大商业所以不能发达的大原因。

怎样救济呢？安诺德先生说：

> 天下人性同为脆弱。社会与个人之关系愈互相错综依赖，则制定种种适当之保卫……愈为急需矣。

人性是不容易改变的，公德也不是一朝一夕造成的。故救济之道不在乎妄想人心大变，道德日高，乃在乎制定种种防弊的制度。中国有句古话说："先小人而后君子。"先要承认人性的脆弱，方才可以期望大家做君子。故有公平的考试制度，则用人可以无私；有精密的簿记与审计，则帐目可以无弊。制度的训练可以养成无私无弊的新习惯。新习惯养成之后，保管的责任心便成了当然的事了。

这是安诺德先生提出的三个大问题。

用铁路与汽车路来做到统一，用教育与机械来提高生产，用防弊制度来打倒贪污：这才是革命，这才是建设。

但依我看来，要解决这三个大问题，必须先有一番心理的建设。所谓心理的建设，并不仅仅是孙中山先生所谓"知难行易"的学说，只是一种新觉悟，一种新心理。

这种急需的新觉悟就是我们自己要认错。我们必须承认我们自己百事不如人，不但物质上不如人，不但机械上不如人，并且政治社会道德都不如人。

何以百事不如人呢？

不要尽说是帝国主义者害了我们。那是我们自己欺骗自己的话！我们要睁开眼睛看看日本近六十年的历史，试想想何以帝国主义的侵略压不住日本的发愤自强？何以不平等条约捆不住日本的自由发展？

何以我们跌倒了便爬不起来呢？

因为我们从不曾悔祸，从不曾彻底痛责自己，从不曾彻底认错。二三十年前，居然有点悔悟了，所以有许多谴责小说出来，暴扬我们自己官场的黑暗，社会的卑污，家庭的冷酷。十余年来，也还有一些人肯攻击中国的旧文学、旧思想、旧道德宗教——肯承认西洋的精神文明远胜于我们自己。但现在这一点点悔悟的风气都消灭了。现在中国全部弥漫着一股夸大狂的空气：义和团都成了应该崇拜的英雄志士，而西洋文明只须"帝国主义"四个字便可轻轻抹煞！政府下令提倡旧礼教，而新少年高呼"打倒文化侵略！"

我们全不肯认错。不肯认错，便事事责人，而不肯责己。

我们到今日还迷信口号标语可以打倒帝国主义。我们到今日还迷信不学无术可以统治国家。我们到今日还不肯低头去学人家治人富国的组织与方法。

所以我说，今日的第一要务是要造一种新的心理：要肯认错，要大彻大悟地承认我们自己百不如人。

第二步便是死心塌地的去学人家。老实说，我们不须怕模仿。"学之为言效也"，这是朱子的老话。学画的、学琴的，都要跟别人学起；学的纯熟了，个性才会出来，天才才会出来。

一个现代国家不是一堆昏庸老朽的头脑造得成的，也不是口号标语喊得出来的。我们必须学人家怎样用铁轨、汽车、电线、飞机、无线电，把血脉贯通，把肢体变活，把国家统一起来。我们必须学人家怎样用教育来打倒愚昧，用实业来打倒贫穷，用机械来征服自然，抬高人的能力与幸福。我们必须学人家怎样用种种防弊的制度来经营商业，办理工业，整理国家政治。

只要我们有决心，这三个大问题都容易解决。譬如粤汉铁路还缺二百八十英里，约需六千万元才造得起。多少年来，我们都说这六千万元那里去筹。然而国民政府在这一年之中便发了近一万万元的公债，不但够完成粤汉铁路，还可以造大铁桥贯通武昌汉口了。

义务教育办不成，也只因经费没有。然而今日全国各方面每天至少要用一百万元的军费（**这是财政部次长的估计**）。一个国家肯用三万六千万元一年的军费，而不能给全国儿童两年至四年的义务教育，这是不能呢？还是不肯呢？

所以我们应该感谢安诺德先生，感谢他给我们几面好镜子，让我们照见自己的丑态，更感谢他肯对我们说许多老实话，教我们生点愧悔，引起我们一点向上的决心。

我很盼望我们不至于辜负了他这一番友谊的忠告。

1928，6，24　夜

中国公学十八年级毕业赠言

诸位毕业同学：你们现在要离开母校了，我没有什么礼物送给你们，只好送你们一句话罢。

这一句话是："不要抛弃学问。"以前的功课也许有一大部分是为了这张毕业文凭，不得已而做的，从今以后，你们可以依自己的心愿去自由研究了。趁现在年富力强的时候，努力做一种专门学问。少年是一去不复返的，等到精力衰时，要做学问也来不及了。即为吃饭计，学问决不会辜负人的。吃饭而不求学问，三年五年之后，你们都要被后进少年淘汰掉的。到那时再想做点学问来补救，恐怕已太晚了。

有人说："出去做事之后，生活问题急须解决，那有工夫去读书？即使要做学问，既没有图书馆，又没有实验室，那能做学问？"

我要对你们说：凡是要等到有了图书馆方才读书的，有了图书馆也不肯读书。凡是要等到有了实验室方才做研究的，有了实验室也不肯做研究。你有了决心要研究一个问题，自然会撙衣节食去买书，自然会想出法子来设置仪器。

　　至于时间，更不成问题。达尔文一生多病，不能多作工，每天只能做一点钟的工作。你们看他的成绩！每天花一点钟看十页有用的书，每年可看三千六百多页书；三十年可读十一万页书。

　　诸位，十一万页书可以使你成一个学者了。可是，每天看三种小报也得费你一点钟的工夫；四圈马将也得费你一点半钟的光阴。看小报呢？还是打马将呢？还是努力做一个学者呢？全靠你们自己的选择！

　　易卜生说："你的最大责任是把你这块材料铸造成器。"

　　学问便是铸器的工具。抛弃了学问便是毁了你们自己。

　　再会了！你们的母校眼睁睁地要看你们十年之后成什么器。

十八，六，廿五

漫游的感想

一 东西文化的界线

我离了北京，不上几天，到了哈尔滨。在此地我得了一个绝大的发现：我发现了东西文明的交界点。

哈尔滨本是俄国在远东侵略的一个重要中心。当初俄国人经营哈尔滨的时候，早就预备要把此地辟作一个二百万居民的大城，所以一切文明设备，应有尽有；几十年来，哈尔滨就成了北中国的上海。这是哈尔滨的租界，本地人叫做"道里"，现在租界收回，改为特别区。

租界的影响，在几十年中，使附近的一个村庄逐渐发展，也变成了一个繁盛的大城。这是"道外"。

"道里"现在收归中国管理了，但俄国人的势力还是很大的，向来租界时代的许多旧习惯至今还保存着。其中的一种遗风就是不准用人力车（**东洋车**）。"道外"的街道上都是人力车。一到了"道里"，只见电车与汽车，不见一部人力车。道外的东洋车可以拉到道里，但不准再拉客，只可拉空车回去。

我到了哈尔滨，看了道里与道外的区别，忍不住叹口气，自己想道：这不是东方文明与西方文明的交界点吗？东西洋文明的界线只是人力车文明与摩托车文明的界线——这是我的一大发现。

人力车又叫做东洋车，这真是确切不移。请看世界之上，人力车所至之地，北起哈尔滨，西至四川，南至南洋，东至日本，这不是东方文明的区域吗？

人力车代表的文明就是那用人作牛马的文明。摩托车代表的文明就是用人的心思才智制作出机械来代替人力的文明。把人作牛马看待，无论如何，够不上叫做精神文明。用人的智慧造作出机械来，减少人类的苦痛，便利人类的交通，增加人类的幸福——这种文明却含有不少的理想主义，含有不少的精神文明的可能性。

我们坐在人力车上，眼看那些圆颅方趾的同胞努起筋肉，弯着背脊梁，流着血汗，替我们做牛做马，拖我们行远登高，为的是要挣几十个铜子去活命养家——我们当此时候，不能不感谢那发明蒸汽机的大圣人，不能不感谢那发明电力的大圣人，不能不祝福那制作汽船汽车的大圣人：感谢他们的心思才智节省了人类多少精力，减除了人类多少苦痛！你们嫌我用"圣人"一个字吗？孔夫子不说过吗，"制而用之谓之器。利用出人，民咸用之，谓之神"。孔老先生还嫌"圣"字不够，他简直要尊他们为"神"呢！

二 摩托车的文明

去年八月十七日的伦敦《晚报》(Evening Standard) 有下列的统计:

全世界的摩托车共二四五九〇〇〇〇辆。

全世界人口平均每七十一人有一辆摩托车。

美国每六人有车一辆。

加拿大与纽西兰每十二人有车一辆。

澳洲每二十人有车一辆。

今年一月十六日纽约的《国民周报》(The Nation) 有下列的统计:

全世界摩托车　二七五〇〇〇〇

美国摩托车　　二二三三〇〇〇〇

美国摩托车数占全世界百分之八十一。

美国人口平均每五人有车一辆。

去年 (1926) 美国造的摩托车凡四百五十万辆,出口五十万辆。

美国的路上,无论是大城里或乡间,都是不断的汽车。《纽约时报》上曾说一个故事:有一个北方人驾着摩托车走过 Miami 的一条大道,他开的速度是每点钟三十五英里。后面一个驾着两轮摩托车的警察赶上来问他为什么挡住大路。他说:"我开的已是三十五里了"。警察喝道:"开六十里!"

今年三月里我到费城(Philadelphia)演讲,一个朋友请我到乡间 Haverford 去住一天。我和他同车往乡间去,到了一处,只见那边停着一二百辆摩托车。我说:"这里开汽车赛会吗?"他用手指道:"那边不在造房子吗?这些都是木匠泥水匠坐来做工的汽车。"

这真是一个摩托车的国家!木匠泥水匠坐了汽车去做工,大学教员自己开着汽车去上课,乡间儿童上学都有公共汽车接送,农家出的鸡蛋牛乳每天都自己用汽车送上火车或直送进城。十字街头,向来总有一两家酒店的;近年酒禁实行了,十字街头往往建着汽油的小站。车多了,停车的空场遂成为都市建筑的一个大问题。此外还发生了许多连带的问题,很能使都市因此改观。例如我到丹佛城(Denver),看见墙上都没有街道的名字,我很诧异。后来才看见街名都用白漆写在马路两边的"行道"(Pavement or Side Walk)的底下,为的是要使夜间汽车灯光容易照着。这一件事便可以看出摩托车在都市经营上的影响了。

摩托车的文明的好处真是一言难尽。汽车公司近年通行"分月付款"的法子,使普通人家都可以购买汽车。据最近统计,去年一年之中美国人买的汽车有三分之二是分月付钱的。这种人家向来是不肯出远门的。如今有了汽车,旅行便利了,所以每日工作完毕之后,回家带了家中妻儿,自己开着汽车,到郊外去游玩;每星期日,可以全家到远地旅行游览。例如旧金山的"金门公园",远在海滨,可以纵观太平洋上的水光岛色;每到星期日,四方男女来游的真是人山人海!这都是摩托车的恩赐。这种远游的便利可以增进健康,开拓眼界,增加智识——这都是我们在轿子文明与人力车文明底下想像不到的幸福。

最大的功效还在人的官能的训练。人的四肢五官都是要训练的；不练就不灵巧了，久不练就迟钝麻木了。中国乡间的老百姓，看见汽车来了，往往手足失措，不知道怎样回避；你尽着呜呜地压着号筒，他们只听不见；连街上的狗与鸡也只是懒洋洋地踱来摆去，不知避开。但是你若把这班老百姓请到上海来，请他们从先施公司走到永安公司去，他们便不能不用耳目手足了。走过大马路的人，真如《封神传》上黄天化说的"须要眼观四处，耳听八方"。你若眼不明，耳不聪，手足不灵动，必难免危险。这便是摩托车文明的训练。

美国的汽车大概都是各人自己驾驶的。往往一家中，父母子女都会开车。人工贵了，只有顶富的人家可以雇人开车。这种开车的训练真是"胜读十年书"！你开着汽车，两手各有职务，两脚也各有职务，眼要观四处，耳要听八方，还要手足眼耳一时并用，同力合作。你不但要会开车，还要会修车；随你是什么大学教授、诗人诗哲，到了半路车坏的时候，也不能不卷起袖管，替机器医病。什么书呆子、书踱头、傻瓜，若受了这种训练，都不会四体不勤，五官不灵了。你们不常听见人说大学教授"心不在焉"的笑话吗？我这回新到美国，有些大学教授如孟禄博士等请我坐他们自己开的车，我总觉得有点栗栗危惧，怕他们开到半路上忽然想起什么哲学问题或天文学问题来，那才危险呢！但是我经过几回之后，才觉得这些大学教授已受了摩托车文明的洗礼，把从前的"心不在焉"的呆气都赶跑了，坐在轮子前便一心在轮子上，手足也灵活了，耳目也聪明了！猗欤休哉！摩托车的教育！

三　一个劳工代表

有些自命"先知"的人常常说："美国的物质发展终有到头的一天；到了物质文明破产的时候，社会革命便起来了。"

我可以武断地说：美国是不会有社会革命的，因为美国天天在社会革命之中。这种革命是渐进的，天天有进步，故天天是革命。如所得税的实行，不过是十四年来的事，然而现在所得税已成了国家税收的一大宗，巨富的家私有纳税百分之五十以上的。这种"社会化"的现象随地都可以看见。从前马克思派的经济学者说资本愈集中则财产所有权也愈集中，必做到资本全归极少数人之手的地步。但美国近年的变化却是资本集中而所有权分散在民众。一个公司可以有一万万的资本，而股票可由雇员与工人购买，故一万万元的资本就不妨有一万人的股东。近年移民进口的限制加严贱工绝迹，故国内工资天天增涨；工人收入既丰，多有积蓄，往往购买股票，逐渐成为小资本家。不但白人如此，黑人的生活也逐渐抬高。纽约城的哈伦区，向为白人居住的，十年之中土地房屋全被发财的黑人买去了，遂成了一片五十万人的黑人区域。人人都可以做有产阶级，故阶级战争的煽动不发生效力。

我且说一件故事。

我在纽约时，有一次被邀去参加一个"两周讨论会"（Fortnightly Forum）。这一次讨论的题目是"我们这个时代应该叫什么时代？"十八世纪是"理智时代"，十九世纪是"民治时代"，这个时期应该叫什么？究竟是好是坏？

依这个讨论会规矩，这一次请了六位客人作辩论员：一个是俄国克伦斯基革命政府的交通总长；一个是印度人；一个是我；

一个是有名的"效率工程师"（Efficiency Engineer），是一位老女士；一个是纽约有名的牧师 Holmes；一个是工会代表。

有些人的话是可以预料的。那位印度人一定痛骂这个物质文明时代；那位俄国交通总长一定痛骂鲍尔雪维克；那位牧师一定是很悲观的；我一定是很乐观的；那位女效率专家一定鼓吹他的效率主义。一言表过不提。

单说那位劳工代表 Frahne 先生。他站起来演说了。他穿着晚餐礼服，挺着雪白的硬衬衫，头发苍白了。他站起来，一手向里面衣袋里抽出一卷打字的演说稿，一手向外面袋里摸出眼镜盒，取出眼镜戴上。他高声演说了。

他一开口便使我诧异。他说："我们这个时代可以说是人类有历史以来最好的最伟大的时代，最可惊叹的时代。"

这是他的主文。以下他一条一条地举例来证明这个主旨。他先说科学的进步，尤其注重医学的发明；次说工业的进步；次说美术的新贡献，特别注重近年的新音乐与新建筑。最后他叙述社会的进步，列举资本制裁的成绩、劳工待遇的改善、教育的普及、幸福的增加。他在十二分钟之内描写世界人类各方面的大进步，证明这个时代是人类有史以来最好的时代。

我听了他的演说，忍不住对自己说道：这才是真正的社会革命。社会革命的目的就是要做到向来被压迫的社会分子能站在大庭广众之中歌颂他的时代为人类有史以来最好的时代。

四　往西去！

我在莫斯科住了三天，见着一些中国共产党的朋友，他们很劝我在俄国多考察一些时。我因为要赶到英国去开会，所以不能久留。那时冯玉祥将军在莫斯科郊外避暑，我听说他很崇拜苏俄，常常绘画列宁的肖像。我对他的秘书刘伯坚诸君说：我很盼望冯先生从俄国向西去看看。即使不能看美国，至少也应该看看德国。

我的老朋友李大钊先生在他被捕之前一两月曾对北京朋友说："我们应该写信给适之，劝他仍旧从俄国回来，不要让他往西去打美国回来。"但他说这话时，我早已到了美国了。

我希望冯玉祥先生带了他的朋友往西去看看德国、美国；李大钊先生却希望我不要往西去。要明白此中的意义，且听我再说一件有趣味的故事。

我在日本时，同了马伯援先生去访问日本最有名的经济学家福田德三博士。我说："福田先生，听说先生新近到欧洲游历回来之后，先生的思想主张颇有改变，这话可靠吗？"

他说："没有什么大的改变。"

我问："改变的大致是什么？"

他说："从前我主张社会政策；这次从欧洲回来之后，我不主张这种妥协的缓和的社会政策了。我现在以为这其间只有两条路：不是纯粹的马克思派社会主义，就是纯粹的资本主义。没有第三条路。"

我说："可惜先生到了欧洲不曾走的远点，索性到美国去看看，也许可以看见第三条路，也未可知。"

福田博士摇头说："美国我不敢去，我怕到了美国会把我的学说完全推翻了。"

我说："先生这话使我颇失望。学者似乎应该尊重事实。若事实可以推翻学说，那么，我们似乎应该抛弃那学说，另寻更满意的假设。"

　　福田博士摇头说："我不敢到美国去，我今年五十五了，等到我六十岁时，我的思想定了，不会改变了，那时候我要往美国看看去。"

　　这一次的谈话给了我一个绝大的刺激。世间的大问题决不是一两个抽象名词（如"资本主义"、"共产主义"等等）所能完全包括的。最要紧的是事实。现今许多朋友却只高谈主义，不肯看看事实。孙中山先生曾引外国俗语说："社会主义有五十七种，不知那一种是真的。"岂但社会主义有五十七种？资本主义还不止五百七十种呢！拿一个"赤"字抹杀新运动，那是张作霖、吴佩孚的把戏。然而拿一个"资本主义"来抹杀一切现代国家，这种眼光究竟比张作霖、吴佩孚高明多少？

　　朋友们，不要笑那位日本学者。他还知道美国有些事实足以动摇他的学说，所以他不敢去。我们之中却有许多人决不承认世上会有事实足以动摇我们的迷信的。

五　东方人的"精神生活"

　　我到纽约后的第十天——一月二十一日——《纽约时报》上登出一条很有趣味的新闻：

　　　　昨天下午一点钟，纽吉赛邦的恩格儿坞（Englewood，N. J.）的山郎先生住宅面前，围了许多男男女女，小孩子，小狗，等着要看一位埃及道人（Fakir）名叫哈密（Hamid Bey）的被活埋的奇事。

　　　　哈密道人站在那掘好的坟坑的旁边；微微的雨点洒在他的飘飘的长袍上。他身边站着两个同道的助手。

人越来越多了。到了一点一分的时候，哈密道人忽然倒在地下，不省人事了。两个请来的医生同了三个报馆访员动手把他的耳朵、鼻子、嘴，都用棉花塞好。随后便有人来把哈密道人抬下坟坑，放在坑里的内穴里。他脸上撒了一薄层的沙。内穴上面用木板盖好。

内穴上面还有三尺深的空坑，他们也用泥土填满了。填满了后，活埋的工作算完了。

到场的许多人都走进山郎先生的家里去吃茶点。山郎夫人未嫁之前就是那位绰号"千眼姑娘"的李麻小姐。她在那边招待来宾，大家谈着"人生无涯"一类的问题，静候那活埋道人的复活。

一点钟过去了……一点半过去了……两点钟过去了……

到了下午四点，三个爱耳兰的工人动手把坟掘开。三个黑种工人站在旁边陪着——也许是给那三个白种同伴镇压邪鬼罢。

四点钟敲过不久，哈密道人扶起来了。扶到了空气里，他便颤动了，渐渐活过来了。他低低地喊了一声"胡帝尼"，微微一笑，他回生了。

他未埋之先，医生验过他的脉跳是七十二，呼吸是十八。复活之后，脉跳与呼吸仍是七十二与十八。他在坑里足足埋了两点五十二分。

这回的安排布置全是勒乌公司（Loew's）的杜纳先生办理的。杜纳先生说，本想同这位埃及道人订一个"杂耍戏"的契约，不过还待考虑一会，因为看戏的人等不得三个钟头就都会跑光了。

哈密道人却很得意，他说他还可以活埋三天咧。

美国是个有钱的地方，世界各国的奇奇怪怪的宗教掮客都赶到这里来招揽信徒，炫卖花样。前一年，有个埃及道人名叫拉曼（Rahman）的，自称能收敛心神，停止呼吸。他当大众试验，闭在铁棺内，沉在赫贞河里，过一点钟之久。当时美国有大幻术家胡帝尼（Harry Houdini）研究此事，说这不是停止呼吸，乃是一种"浅呼吸"，是可以操练出来的。胡帝尼自己练习，到了去年夏间，他也公开试验：睡在铁棺里，叫人沉在纽约谢尔敦大旅馆的水池里，过了一点半钟，方才捞起来。开棺之后，依然复生，不过脉跳增加至一百四十二跳而已。胡帝尼的成绩比拉曼加长半点钟，颇能使人明白这种把戏不过是一种技术上的训练，并没有什么精神作用。

胡帝尼死后，这班东方道人还不服气，所以有今年一月二十日哈密道人的公开试验。哈密的成绩又比胡帝尼加长了八十二分钟，应该够得上和勒乌公司订六个月的"杂耍戏"的契约了，然而杜纳先生又嫌活埋三点钟太干燥无味了，怕不能号召看戏的群众！可惜，可惜！大概哈密先生和他的道友们后来仍旧回到东方去继续他们的"内心生活"了罢。

胡帝尼的试验的精神是很可佩服的。其实即使这班东方道人真能活埋三点钟以至三天，完全停止呼吸，这又算得什么精神生活？这里面那有什么"精神的分子"？泥里的蚯蚓，以至一切冬天蛰伏的爬虫，不是都能这样吗？

六　麻将

前几年，麻将牌忽然行到海外，成为出口货的一宗。欧洲与美洲的社会里，有许多人学打麻将的；后来日本也传染到了。有一个时期，麻将竟成了西洋社会里最时髦的一种游戏：俱乐部里差不多桌桌都是麻将，书店里出了许多种研究麻将的小册子，中国留学生没有钱的可以靠教麻将吃饭挣钱。欧美人竟发了麻将狂热了。

谁也梦想不到东方文明征服西洋的先锋队却是那一百三十六个麻将军！

这回我从西伯利亚到欧洲，从欧洲到美洲，从美洲到日本，十个月之中，只有一次在日本京都的一个俱乐部里看见有人打麻将牌。在欧美简直看不见麻将了。我曾问过欧洲和美国的朋友，他们说："妇女俱乐部里，偶然还可以看见一桌两桌打麻将的，但那是很少的事了"。我在美国人家里，也常看见麻将牌盒子——雕刻装潢很精致的——陈列在室内，有时一家竟有两三副的。但从不见主人主妇谈起麻将；他们从不向我这位麻将国的代表请教此中的玄妙！麻将在西洋已成了架上的古玩了；麻将的狂热已退凉了。

我问一个美国朋友，为什么麻将的狂热过去的这样快？他说："女太太们喜欢麻将，男子们却很反对，终于是男子们战胜了。"

这是我们意想得到的。西洋的勤劳奋斗的民族决不会做麻将的信徒，决不会受麻将的征服。麻将只是我们这种好闲爱荡，不爱惜光阴的"精神文明"的中华民族的专利品。

当明朝晚年，民间盛行一种纸牌，名为"马吊"。马吊只有四十张牌，有一文至九文，一千至九千，一万至九万等，等于麻将牌的筒子、索子、万子。还有一张"零"，即是"白板"的祖宗。还有一张"千万"，即是徽州纸牌的"千万"。马吊牌上每张上画有《水浒传》的人物。徽州纸牌上的"王英"即是矮脚虎王英的遗迹。乾隆、嘉庆间人汪师韩的全集里收有几种明人的马吊牌（在《丛睦汪氏丛书》内）。

马吊在当日风行一时，士大夫整日整夜的打马吊，把正事都荒废了。所以明亡之后，吴梅村作《绥寇纪略》说，明之亡是亡于马吊。

三百年来，四十张的马吊逐渐演变，变成每样五张的纸牌，近七八十年中又变为每样四张的麻将牌（马吊三人对一人，故名"马吊脚"，省称"马吊"；"麻将"为"麻雀"的音变，"麻雀"为"马脚"的音变），越变越繁复巧妙了，所以更能迷惑人心，使国中的男男女女，无论富贵贫贱，不分日夜寒暑，把精力和光阴葬送在这一百三十六张牌上。

英国的"国戏"是 Cricket，美国的国戏是 Baseball，日本的国戏是角抵。中国呢？中国的国戏是麻将。

麻将平均每四圈费时约两点钟。少说一点，全国每日只有一百万桌麻将，每桌只打八圈，就得费四百万点钟，就是损失十六万七千日的光阴，金钱的输赢，精力的消磨，都还在外。

我们走遍世界，可曾看见那一个长进的民族、文明的国家，肯这样荒时废业的吗？一个留学日本朋友对我说："日本人的勤苦真不可及！到了晚上，登高一望，家家板屋里都是灯光；灯光之下，不是少年人跳着读书，便是老年人跪着翻书，或是老妇人跪着做活计。到了天明，满街上，满电车上都是上学去的儿童。单只这一点勤苦就可以征服我们了。"

其实何止日本？凡是长进的民族都是这样的。只有咱们这种不长进的民族以"闲"为幸福，以"消闲"为急务，男人以打麻将为消闲，女人以打麻将为家常，老太婆以打麻将为下半生的大事业！

　　从前的革新家说中国有三害：鸦片、八股、小脚。鸦片虽然没禁绝，总算是犯法的了。虽然还有做"洋八股"与更时髦的"党八股"的，但八股的四书文是过去的了。小脚也差不多没有了。只有这第四害，麻将，还是日兴月盛，没有一点衰歇的样子，没有人说它是可以亡国的大害。新近麻将先生居然大摇大摆地跑到西洋去招摇一次，几乎做了鸦片与杨梅疮的还敬礼物。但如今它仍旧缩回来了，仍旧回来做东方精神文明的国家的国粹、国戏！

后　记

　　《漫游的感想》本不止这六条，我预备写四五十条，作成一本游记。但我当时正在赶写《白话文学史》，忙不过来，便把游记搁下来了。现在我把这六条保存在这里，因为游记专书大概是写不成的了。

十九，三，十　胡适

寄吴又陵先生书

前接先生三月二十一日手书，当时匆匆未及即时作答，现闻成都报纸因先生的女儿辟畺女士的事竟攻击先生，我觉得我此时不能不写几句话来劝慰先生。春间辟畺因留学的事来见我，我觉得他少年有志，冒险远来，胆识都不愧为名父之女，故很敬重他。他临行时，我给他几封介绍信，都很带有期望他的意思。后来忽然听见他和潘力山君结婚之事，我心里着实失望。我所以失望，倒并不是因为他们的恋爱关系——那另是一个问题——我最失望的是辟畺一腔志气不曾做到分毫，便自己甘心做一个人的妻子；将来家庭的担负，儿女的牵挂，都可以葬送他的前途。后来任叔永回国，告诉我他过卜克利见辟畺时的情形，果然辟畺躬自操作持家，努力作主妇了。……

先生对于此事，不知感想如何？我怕外间纷纷的议论定已使先生心里不快。先生廿年来日与恶社会宣战，恶社会现在借刀报复，自是意中之事。但此乃我们必不可免的牺牲——我们若怕社会的报复，决不来干这种与社会宣战的事了。乡间有人出来提倡毁寺观庙宇，改为学堂；过了几年，那人得暴病死了，乡下人都拍手称快，大家造出谣言，说那人是被菩萨捉去地狱里受罪去了！这是很平常的事。我们不能预料我们的儿女的将来，正如我们不能预料我们的房子不被"天火"烧，我们的"灵魂"不被菩萨"捉去地狱里受罪"。

况且我们既主张使儿女自由自动，我们便不能妄想一生过老太爷的太平日子。自由不是容易得来的。自由有时可以发生流弊，但我们决不因为自由有流弊便不主张自由。"因噎废食"一句套语，此时真用得着了。自由的流弊有时或发现于我们自己的家里，但我们不可因此便失望，不可因此便对于自由起怀疑的心。我们还要因此更希望人类能从这种流弊里学得自由的真意义，从此得着更纯粹的自由。

从前英国的高德温（Godwin）主张无政府主义，主张自由恋爱，后来他的女儿爱了诗人薛莱（Shelley），跟他跑了。社会的守旧党遂借此攻击他老人家，但高德温的价值并不因此减损。当时那班借刀报复的人，现在谁也不提起了！

我是很敬重先生的奋斗精神的。年来所以不曾通一信寄一字者，正因为我们本是神交，不必拘泥形迹。此次我因此事第一次寄书给先生，固是我从前不曾预料到的，但此时我若再不寄此信，我就算对不起先生了。

我们走那条路

缘起

我们几个朋友在这一两年之中常常聚谈中国的问题，各人随他的专门研究，选定一个问题，提出论文，供大家的讨论。去年我们讨论的总题是"中国的现状"，讨论的文字也有在《新月》上发表的。如潘光旦先生的《论才丁两旺》（《新月》二卷四号），如罗隆基先生的《论人权》（《新月》二卷五号），都是用讨论的文字改作的。

今年我们讨论的总题是"我们怎样解决中国的问题?"分了许多子目，如政治、经济、教育等等，由各人分任。但在分配题目的时候，就有人提议说："在讨论分题之前，我们应该先想想我们对于这些各个问题有没有一个根本的态度。究竟我们用什么态度来看中国的问题?"几位朋友都赞成有这一篇概括的引论，并且推我提出这篇引论。

这篇文字是四月十二夜提出讨论的。当晚讨论的兴趣的浓厚鼓励我把这篇文字发表出来，供全国人的讨论批评。以后别位朋友讨论政治、经济等等各个问题的文字也会陆续发表。

十九，四，十三　胡适

我们今日要想研究怎样解决中国的许多问题，不可不先审查我们对于这些问题根本上抱着什么态度。这个根本态度的决定，便是我们走的方向的决定。古人说得好：

> 今夫盲者行于道，人谓之左则左，谓之右则右。遇君子则得其平易，遇小人则蹈于沟壑（《淮南·泛论训》，文字依《意林》引）。

这正是我们中国人今日的状态。我们平日都不肯彻底想想究竟我们要一个怎样的社会国家，也不肯彻底想想究竟我们应该走那一条路才能达到我们的目的地。事到临头，人家叫我们向左走，我们便撑着旗，喊着向左走；人家叫我们向右走，我们也便撑着旗，喊着向右走。如果我们的领导者是真真睁开眼睛看过世界的人，如果他们确是睁着眼睛领导我们，那么，我们也许可以跟着他们走上平阳大路上去。但是，万一我们的领导者也都是瞎子，也在那儿被别人牵着鼻子走，那么，我们真有"盲人骑瞎马，夜半临深池"的大危险了。

我们不愿意被一群瞎子牵着鼻子走的人，在这个时候应该睁开眼睛看看面前有几个岔路，看看那一条路引我们到那儿去，看看我们自己可以并且应该走那一条路。

我们的观察和判断自然难保没有错误，但我们深信自觉的探路总胜于闭了眼睛让人牵着鼻子走。我们并且希望公开的讨论我们自己探路的结果，可以使我们得着更正确的途径。

在我们探路之前，应该先决定我们要到什么地方去——我们的目的地。这个问题是我们的先决问题，因为如果我们不想到那儿去，又何必探路呢？

现时对于这个目的地，至少有这三种说法：

（1）中国国民党的总理孙中山说，国民革命的"目的在于求中国之自由平等"。

（2）中国青年党（国家主义者）说，国家主义的运动"就是要国家能够独立，人民能够自由，而在国际上能够站得住的种种运动"。

（3）中国共产党现在分化之后，理论颇不一致，但我们除去他们内部的所谓斯大林——托洛斯基之争，可以说他们还有一个共同目的地，就是"巩固苏联无产阶级专政，拥护中国无产阶级革命"。

我们现在的任务不在讨论这三个目的地，因为这种讨论徒然引起无益的意气，而且不是一千零一夜打得了的笔墨官司。

我们的任务只在于充分用我们的知识，客观的观察中国今日的实际需要，决定我们的目标。我们第一要问，我们要铲除的是什么？这是消极的目标。第二要问，我们要建立的是什么？这是积极的目标。

我们要铲除打倒的是什么？我们的答案是——

我们要打倒五个大仇敌：

第一大敌是贫穷。

第二大敌是疾病。

第三大敌是愚昧。

第四大敌是贪污。

第五大敌是扰乱。

这五大仇敌之中，资本主义不在内，因为我们还没有资格谈资本主义。资产阶级也不在内，因为我们至多有几个小富人，那有资产阶级？封建势力也不在内，因为封建制度早已在二千年前崩坏了。帝国主义也不在内，因为帝国主义不能侵害那五鬼不入之国。帝国主义为什么不能侵害美国和日本？为什么偏爱光顾我们的国家？岂不是因为我们受了这五大恶魔的毁坏，没有抵抗的能力了吗？故即为抵抗帝国主义起见，也应该先铲除这五大敌人。

这五大敌人是不用我们详细证明的。余天休先生曾说中国人口百分之九十五在贫穷线以下。张振之先生（**《目前中国社会的病态》**）估计贫民数目占全国人口三分之一以上。张先生引四川李敬穆先生的话，说：依据甘布尔、狄麦尔，以及北京的成府、安徽的湖边村的调查，中国穷人总数当占全国人口百分之五十（**李先生假定一家最低生活费为一三〇元至一六〇元，凡一家庭每年收入在这数目以下，便是穷人**）。近来所得社会调查的结果，如李景汉先生"北平郊外之乡村家庭"等书所报告，都可以证明李敬穆先生的估计是大体不错的。有些地方的穷人竟在百分之七十三以上（**李景汉调查北平郊外挂甲屯的结果**），或竟至百分之八十二以上（**民十一华洋义赈会调查结果**）。这就离余天休先生的估计不远了。这是我们的第一大敌。

疾病是我们种弱的大原因。瘟疫的杀人，肺结核、花柳病的杀人灭族，这都是看得见的。还有许多不明白杀人而势力可以毁灭全村，可以衰弱全种的疾病，如疟疾便是最危险又最普遍的一种。近年有科学家说希腊之亡是由于疟疾，罗马的衰亡也由于疟疾。这话我们听了也许不相信。但我们在中国内地眼见整个的村庄渐渐被疟疾毁为荆棘地，眼见害疟疾的人家一两代之后人丁绝灭，眼见有些地方竟认疟疾为与生俱来不可避免的病痛（我们徽州人叫它做"胎疟"，说人人都得害一次的！），我们不得不承认疟疾的可怕甚于肺结核，甚于花柳，甚于鸦片。在别的国家，疟疾是可以致死的，故人人知道它可怕。中国人受疟疾的侵害太久了，养成了一点抵抗力，可以苟延生命，不致于立死，故人都不觉其可怕。其实正因为它杀人不见血，灭族不留痕，故格外可怕。我们没有人口统计，但世界学者近年都主张中国人口减少而不见增加。我们稍稍观察内地的人口减少的状态，不能不承认此说的真确。张振之先生在他的《中国社会的病态》里，引了一些最近的各地统计，无一处不是死亡率超过出生率的。例如：

　　广州市　十七年五月到八月　每周死亡超过出生平均为六十人。

　　广州市　十七年八月到十一月　每周死亡超过出生平均六十七人。

　　南京市　十七年一月到十一月　平均每月多死二百七十一人，每周平均多死六十二人。

　　不但城市如此，内地人口减少的速度也很可怕。我在三十年之中就亲见家乡许多人家绝嗣衰灭。疾病瘟疫横行无忌，医药不讲究，公共卫生不讲究，那有死亡不超过出生的道理？这是我们的第二大敌。

　　愚昧是更不须我们证明的了。我们号称五千年的文明古国，而没有一个三十年的大学（北京大学去年十二月满三十一年，圣约翰去年十二月满五十年，都是连初期幼稚时代计算在内）。在今日的世界，那有一个没有大学的国家可以竞争生存的？至于每日费一百万元养兵的国家，而没有钱办普及教育，这更是国家的自杀了。因为愚昧，故生产力低微，故政治力薄弱，故知识不够救贫、救灾、救荒、救病，故缺乏专家，故至今日国家的统治还在没有知识学问的军人政客手里。这是我们的第三大敌。

贪污是当下的最大特色。不但国家公开"捐官"曾成为制度，不但二十五年没有考试任官制度之下的贪污风气更盛行，这个恶习惯其实已成了各种社会的普遍习惯，正如亨丁顿说的：

> 中国人生活里有一件最惹厌的事，就是有一种特殊的贪小利行为，文言叫做"染指"，俗语叫做"揩油"。上而至于军官的尅扣军粮，地方官吏的刮地皮，庶务买办的赚钱，下而至于家里老妈子的"揩油"，都是同性质的行为。

这是我们的第四大敌。

扰乱也是最大的仇敌。太平天国之乱毁坏了南方的精华区域，六七十年不能恢复。近二十年中，纷乱不绝，整个的西北是差不多完全毁了，东南、西南的各省也都成了残破之区、土匪世界。美国生物学者卓尔登（David Start Jordan）曾说，日本所以能革新强盛，全靠维新以前有了二百五十年不断的和平，积养了民族的精力，才能够发愤振作。我们眼见这二十年内战的结果，贫穷是更甚了，疾病死亡是更多了，教育是更破产了。避兵、避匪，逃荒、逃死还来不及，那能办教育？租税是有些省分预征到民国一百多年的了，贪污是更明目张胆的了（《中国评论周报》本年一月三十日社论说，民国成立以来，官吏贪污更甚于从前）。

然而还有无数人天天努力制造内乱！这是我们的第五个大仇敌。

以上略述我们认为应该打倒的五大仇敌。毁灭这五鬼，便是同时建立我们的新国家。我们要建立的是什么？

我们要建立一个治安的、普遍繁荣的、文明的、现代的统一国家。

"治安的"包括良好的法律政治，长期的和平，最低限度的卫生行政。"普遍繁荣的"包括安定的生活，发达的工商业，便利安全的交通，公道的经济制度，公共的救济事业。"文明的"包括普遍的义务教育，健全的中等教育，高深的大学教育，以及文化各方面的提高与普及。"现代的"总括一切适应现代环境需要的政治制度、司法制度、经济制度、教育制度、卫生行政、学术研究、文化设备等等。

这是我们的目的地。我们深信：决没有一个"治安的、普遍繁荣的、文明的、现代的统一国家"而不能在国际上享受独立、自由、平等的地位的。我们不看见那大战后破产而完全解除军备的德国在战败后八年被世界列国恭迎入国际联盟，并且特别为她设一个长期理事名额吗？

目的地既定，我们才可以问：我们应该用什么法子，走那一条路，才可以走到那目的地呢？

我们一开始便得解决一个歧路的问题：还是取革命的路呢？还是走演进（Evolution）的路呢？还是另有第三条路呢？——这是我们的根本态度和方法的问题。

革命和演进本是相对的、比较的，而不是绝对相反的。顺着自然变化的程序，如瓜熟蒂自落，如九月胎足而产婴儿，这是演进。在演进的某一阶段上，加上人功的促进，产生急骤的变化；因为变化来的急骤，表面上好像打断了历史上的连续性，故叫做革命。其实革命也都有历史演进的背景，都有历史的基础。如欧洲的"宗教革命"，其实已有了无数次的宗教革新运动作历史的前锋，如中古晚期的唯名论（Nominalism）的思想，如十三世纪以后的文艺复兴的潮流，如弗朗西斯派的和平的改革，如威克立夫（Wyclif）和赫司（Huss）等人的比较急进的改革，如各国的君主权力的扩大，这都是十六世纪的宗教革命的历史背景。火药都埋好了，路得等人点着火线，于是革命爆发了。故路得等人的宗教革新运动可以叫做革命，也未尝不可以说是历史演进的一个阶段。

又如所谓"工业革命"，更显出历史逐渐演进的痕迹，而不是急骤的革命。基本的机械知识，在十六世纪已渐渐发明了；十六世纪已有专讲机器的书了，十七世纪已是物理的科学很发达的时代了，故十八世纪后半的机器生产方法，其实只是几百年逐渐积聚的知识与经验的结果。不过瓦特（Watt）的蒸汽机出世以后，机器的动力根本不同了，表面上便呈现一个骤变的现象，故我们叫这个时代做工业革命时代。其实生产方法的革新，前面可以数到十五六世纪，后面一直到我们今日还在不断的演进。

政治史上所谓"革命"，也都是不断的历史演进的结果。美国的独立，法国的大革命，俄国的一九一七的两次革命，都有很长的历史背景。莫斯科的"革命博物馆"把俄国大革命的历史一直追溯到三四百年前的农民暴动，便是这个道理。中国近年的革命至少也可以从明末叙起。

所以革命和演进只有一个程度上的差异，并不是绝对不相同的两件事。变化急进了，便叫做革命；变化渐进，而历史上的持续性不呈露中断的现状，便叫做演进。但在方法上，革命往往多含一点自觉的努力，而历史演进往往多是不知不觉的自然变化。

因为这方法上的不同，在结果上也有两种不同：第一，无意的自然演变是很迟慢的，是很不经济的，而自觉的人功促进往往可以缩短改革的时间。第二，自然演进的结果往往留下许多久已失其功用的旧制度和旧势力，而自觉的革命往往能多铲除一些陈腐的东西。在这两点上，自觉的革命都优于不自觉的演进。

但革命的根本方法在于用人功促进一种变化，而所谓"人功"有和平与暴力的不同。宣传鼓吹，组织与运动，使少数人的主张逐渐成为多数人的主张，或由立法，或由选举竞争，使新的主张能替代旧的制度，这是和平的人功促进。而在未上政治轨道的国家，旧的势力滥用压力摧残新的势力，反对的意见没有法律的保障，故革新运动往往不能用和平的方法公开活动，往往不能不走上武力解决的路上去。武力斗争的风气既开，而人民的能力不够收拾已纷乱的局势，于是一乱再乱，能发而不能收，能破坏而不能建设，能扰乱而不能安宁，如中美洲的墨西哥，如今日的中国，皆是最明显的例子。

武力暴动不过是革命方法的一种，而在纷乱的中国却成了革命的唯一方法，于是你打我叫做革命，我打你也叫做革命。打败的人只图准备武力再来革命。打胜的人也只能时时准备武力防止别人用武力来革命。这一边刚打平，又得招兵购械，筹款设计，准备那一边来革命了。他们主持胜利的局面，最怕别人来革命，故自称为"革命的"，而反对的人都叫做"反革命"。然而孔夫子正名的方法终不能叫人不革命，而终日凭借武力提防革命也终不能消除革命。于是人人自居于革命，而革命永远是"尚未成功"，而一切兴利除弊的改革都搁起不做不办。于是"革命"便完全失掉用人功促进改革的原意了。

我们认为今日所谓"革命"，真所谓"天下多少罪恶假汝之名以行"。用武力来替代武力，用这一班军人来推倒那一班军人，用这一种盲目势力来替代那一种盲目势力，这算不得真革命。至少这种革命是没有多大意义的，没有多大价值的。结果只是兵化为匪，匪化为兵，兵又化为匪，造成一个兵匪世界而已。于国家有何利益？于人民有何利益？

就是那些号称有主张的革命者，喊来喊去，也只是抓住几个抽象名词在那里变戏法。有一班人天天对我们说："中国革命的对象是封建阶级。"又有一班人天天说："中国革命的对象是封建势力。"我们孤陋寡闻的人，就不知道今日中国有些什么封建阶级和封建势力。我们研究这些高喊打倒封建势力的先生们的著作言论，也寻不着一个明了清楚的指示。一位教育革命的鼓吹家在民国十八年二月二十日出版的《教育杂志》（二十一卷二号二页）上说：

> 中国秦以前，完全为一封建时代。自黄帝历尧、舜、禹、汤，以至周武王。为封建之完成期。自周平王东迁，历春秋战国以至秦始皇，为封建之破坏期。统一之中国，即于此封建制度之成毁过程中完全产出（原注：封建之形势早已破坏，而封建之势力至今犹存）。

但是隔了两个月，这位教育家把他所说的话完全忘记了，便又在四月二十日出版的《教育杂志》（同卷四号二页）上说：

> 中国在秦以前，为统一的专制一尊的封建国家成长之时代。到秦始皇时，统一的专制一尊的封建国家才完全确立（原注：列爵封土的制度，到这时候当然改变了许多。然国

家仍可以称为"封建的"者，因"封建的"三字并非单指列爵封土之制而言。凡一国由中央划分行政区域，设为种种制度，位置许多地方官吏；地方官吏更一方面负责维持地方次序，另一方面吸收地方一部分经济的利益，以维持中央之存在。平民于此，无说话之余地。凡此等等，都可以代表"封建的"三字之一部分的精神）。

两个月之前，封建制度到秦始皇时破坏了；两个月之后，封建国家又在秦始皇时才完全确立！然而《教育杂志》的编者与读者都毫不感觉矛盾。这位作者本人也毫不感觉矛盾。他把中央集权制度叫做封建国家，《教育杂志》的编者与读者也毫不觉得奇怪荒谬。为什么呢？因为这些名词本来只是口头笔下的玩意儿，爱变什么戏法就变什么戏法，本来大可不必认真，所以作者可以信口开河，读者也由他信口开河。

那么，这个革命的对象——封建势力——究竟是什么东西呢？去年《大公报》上登着一位天津市党部的某先生的演说，说封建势力是军阀，是官僚，是留学生。去年某省党部提出一个铲除封建势力的计划，里面所举的封建势力包括一切把持包办以及含有占有性的东西，故祠堂、同乡会、同学会都是封建势力。然而现代的把持包办最含有占有性的政党却不在内。所以我们直到今天还不明白究竟什么东西是封建势力。前几天我们看见王阿荣、陈独秀等八十一人的《我们的政治意见书》，其中有这么一段：

我们以为：说中国现在还是封建社会和封建势力的统治，把资产阶级的反动性及一切反动行为都归到封建，这不但是说梦话，不但是对于资产阶级的幻想，简直是有意的为资产阶级当辩护士！其实在经济上，中国封建制度之崩坏，土地权归了自由地主与自由农民，政权归了国家，比欧洲任何国家都早。……土地早已是个人私有的资本而不是封建的领地，地主已资本家化，城市及乡村所遗留一些封建式的剥削，乃是资本主义袭用旧的剥削方法；至于城市乡村各种落后的现象，乃是生产停滞、农村人口过剩、资本主义落后国共有的现象，也并不是封建产物（页十六—十七）。

封建先生地下有知，应该叩头感谢陈独秀先生等八十一位裁判官宣告无罪的判决书。但独秀先生们一面判决了封建制度的无罪，一面又捉来了一个替死鬼，叫做资产阶级，硬定他为革命的对象。然而同时他们又告诉我们，中国"生产停滞、人口过剩、资本主义落后"，本国的银行资本不过在一万五千万元以上。在一个四万万人的国家里，止有一万五千万元的银行资本，资产阶级只好在显微镜底下去寻了，这个革命的对象也就够可怜了，不如索性开恩也宣告无罪，放他去罢。

以上所说，不过是要指出今日所谓有主义的革命，大都是向壁虚造一些革命的对象，然后高喊打倒那个自造的革命对象；好像捉妖的道士，先造出狐狸精、山魈木怪等等名目，然后画符念咒用桃木宝剑去捉妖。妖怪是收进葫芦去了，然而床上的病人仍旧在那儿呻吟痛苦。

我们都是不满意于现状的人，我们都反对那懒惰的"听其自然"的心理。然而我们仔细观察中国的实际需要和中国在世界的地位，我们也不能不反对现在所谓"革命"的方法。我们很诚恳地宣言：中国今日需要的，不是那用暴力专制而制造革命的革命，也不是那用暴力推翻暴力的革命，也不是那悬空捏造革命对象因而用来鼓吹革命的革命。在这一点上，我们宁可不避"反革命"之名，而不能主张这种种革命。因为这种种革命都只能浪费精力，煽动盲动残忍的劣根性，扰乱社会国家的安宁，种下相残害、相屠杀的根苗，而对于我们的真正敌人，反让他们逍遥自在，气焰更凶，而对于我们所应该建立的国家，反越走越远。

我们的真正敌人是贫穷，是疾病，是愚昧，是贪污，是扰乱。这五大恶魔是我们革命的真正对象，而他们都不是用暴力的革命所能打倒的。打倒这五大敌人的真革命只有一条路，就是认清了我们的敌人，认清了我们的问题，集合全国的人才智力，充分采用世界的科学知识与方法，一步一步的作自觉的改革，在自觉的指导之下一点一滴的收不断的改革之全功。不断的改革收功之日，即是我们的目的地达到之时。

这个根本态度和方法，不是懒惰的自然演进，也不是盲目的暴力革命，也不是盲目的口号标语式的革命，只是用自觉的努力做不断的改革。

这个方法是很艰难的，但是我们不承认别有简单容易的方法。这个方法是很迂缓的，但是我们不知道有更快捷的路子。我们知道，喊口号、贴标语不是更快捷的路子。我们知道，机关枪对打不是更快捷的路子。我们知道，暴动与屠杀不是更快捷的路子。然而我们又知道，用自觉的努力来指导改革，来促进变化，也许是最快捷的路子，也许人家需要几百年逐渐演进的改革，我们能在几十年中完全实现。

最要紧的一点是我们要用自觉的改革来替代盲动的所谓"革命"。怎么叫做盲动的行为呢？不认清目的，是盲动；不顾手段的结果，是盲动；不分别大小轻重的先后程序，也是盲动。我们随便举几个例：如组织工人，不为他们谋利益，却用他们做扰乱的器具，便是盲动。又如人力车夫的生计改善，似乎应该从管理车厂车行，减低每日的车租入手；车租减两角三角，车夫便每日实收两角三角的利益。然而今日办工运的人却去组织人力车夫工会，煽动他们去打毁汽车电车，如去年杭州、北平的惨剧，这便是盲动。又如一个号称革命的政府，成立了两三年，不肯建立监察制度，不肯施行考试制度，不肯实行预算审计制度，却想用政府党部的力量去禁止人民过旧历年，这也是盲动。至于悬想一个意义不曾弄明白的封建阶级作革命对象，或把一切我们自己不能脱卸的罪过却归到洋鬼子身上，这也都是盲动。

怎么叫做自觉的改革呢？认清问题，认清问题里面的疑难所在，这是自觉。立说必有事实的根据；创议必先细细想出这个提议应该发生什么结果，而我们必须对于这些结果负责任：这是自觉。替社会国家想出路，这是何等重大的责任！这不是我们个人出风头的事，也不是我们个人发牢骚的事，这是"一言可以兴邦，一言可以丧邦"的事，我们岂可不兢兢业业的去思想？怀着这重大的责任心，必须竭力排除我们的成见和私意，必须充分尊重事实和证据，必须充分虚怀采纳一切可以供参考比较暗示的材料，必须时时刻刻提醒自己说我们的任务是要为社会国家寻一条最可行而又最完美的办法：这叫做自觉。

十九，四，十

附录一　敬以请教胡适之先生

梁漱溟

适之先生：

　　昨于《新月》二卷十号得读尊作《我们走那条路》一文，欢喜非常。看文前之"缘起"一段，知先生和一班朋友在这两年中常常聚谈中国的问题；去年讨论"中国的现状"，今年更在讨论"我们怎样解决中国的问题？"这是何等盛事！先生和先生的朋友正是我所谓"社会上有力分子"；能于谈哲学、文学之外，更直接地讨论这现实问题而有所主张，那社会上所得指点领导之益将更切实而宏大。回忆民国十一年直奉战争后，我与守常（李守常先生）同访蔡先生（蔡孑民先生），意欲就此倡起裁兵运动；其后约期在蔡家聚会，由先生提出"好政府主义"的时局宣言，十七人签名发表。八九年来，不多见先生对国家问题社会问题抱何主张，作何运动，其殆即先生所说的"我们平日都不肯彻底想想究竟我们要一个怎样的社会国家，亦不肯彻底想想究竟我们走那一条路才能达到我们目的地"么？守常先生向来是肯想这问题的，竟自因此作了中国共产党的先进；我虽百不行，却亦颇肯想这问题——这是先生可以了解我的，类如我民国七年的《吾曹不出如苍生何》，极荷先生的同情与注意；类如我在北大七八年间独与守常相好，亦为先生所知道的。然我则没有和守常先生走一条路的决心与信力，更没有拦阻他走那条路的勇气与先见——就只为对这问题虽肯想而想不出解决的道儿来。现在旧日朋友多为这问题洒血牺牲而去（守常而外，还有守常介绍给我的高仁山、安体诚两先生），留得我们后死者担负这问题了。我愿与先生切实地、彻底地讨论这问题。

先生在《我们走那条路》文中，归结所得的方向主张，我大体甚为同意。例如先生所说的：

> 我们都是不满意于现状的人，我们都反对那懒惰的"听其自然"的心理。然而我们仔细观察中国的实际需要和中国在世界的地位，我们也不能不反对现在所谓"革命"的方法。我们很诚恳地宣言：中国今日需要的，不是那用暴力专制而制造革命的革命，也不是那用暴力推翻暴力的革命，也不是那悬空捏造革命对象因而用来鼓吹革命的革命。在这一点上，我们宁可不避"反革命"之名，而不能主张这种种革命。因为这种种革命都只能浪费精力，煽动盲动残忍的劣根性，扰乱社会国家的安宁，种下相残害、相屠杀的根苗，而对于我们的真正敌人，反让他们逍遥自在，气焰更凶，而对于我们所应该建立的国家，反越走越远。

我于此完全同意；还有下面一段话，我亦相对地同意：

> 我们的真正敌人是贫穷，是疾病，是愚昧，是贪污，是扰乱。这五大恶魔是我们革命的真正对象，而他们都不是用暴力的革命所能打倒的。打倒这五大敌人的真革命只有一条路，就是认清了我们的敌人，认清了我们的问题，集合全国的人才智力，充分采用世界的科学知识与方法，一步一步的作自觉的改革，在自觉的指导之下一点一滴的收不断的改革之全功。不断的改革收功之日，即是我们的目的地达到之时。

　　这个根本态度和方法，不是懒惰的自然演进，也不是盲目的暴力革命，也不是盲目的口号标语式的革命，只是用自觉的努力作不断的改革。

　　这个方法是很艰难的，但是我们不承认别有简单容易的方法。这个方法是很迂缓的，但是我们不知道有更快捷的路子。我们知道，喊口号、贴标语不是更快捷的路子。我们知道，机关枪对打不是更快捷的路子。我们知道，暴动与屠杀不是更快捷的路子。然而我们又知道，用自觉的努力来指导改革，来促进变化，也许是最快捷的路子，也许人家需要几百年逐渐演进的改革，我们能在几十年中完全实现。

　　然而我于先生所由得此归结主张之前边的理论，则不能无疑。先生的主张恰与三数年来的"革命潮流"相反，这在同一问题下，为何等重大差异不同的解答！先生凭什么推翻许多聪明有识见人所共持的"大革命论"？先生凭什么建立"一步一步自觉的改革论"？如果你不能结结实实指证出革命论的错误所在，如果你不能确确明明指点出改革论的更有效而可行，你便不配否认人家，而别提新议。然而我们试就先生文章检看果何如呢？

　　在三数年来的革命潮流中，大家所认为第一大仇敌是国际的资本帝国主义，其次是国内的封建军阀；先生无取于是，而别提出贫穷、疾病、愚昧、贪污、扰乱，五大仇敌之说。帝国主义者和军阀，何以不是我们的敌人？在先生，其必有深意，正待要好好聆教；乃不意先生只轻描淡写地说得两句：

　　　　这五大仇敌之中……（中略）封建势力也不在内，因为封建制度早已在二千年前崩坏了。帝国主义也不在内，因为帝国主义不能侵害那五鬼不入之国。帝国主义为什么不能侵害美国和日本？为什么偏爱光顾我们的国家？岂不是因为我们受了这五大恶魔的毁害，遂没有抵抗的能力了么？故即为抵抗帝国主义起见，也应该先铲除这五大敌人。

像这样地轻率大胆，真堪惊诧！原来帝国主义之不算仇敌是这样简单明了的事；先生明见及此，何不早说？可免得冤枉死了许多人。唉！我方以革命家为轻率浅薄，乃不期先生之非难革命家者，还出革命家之下。三数年来的革命，就他本身说，可算没结果；然影响所及，亦有其不可磨灭的功绩。举其一点，便是大大增进了国人对所谓世界列强和自己所处地位关系的认识与注意，大大增进了国人对于"经济"这一问题的认识与注意——两层相连，亦可说是二而一的。近年出版界中，最流行的谈革命的书报刊物，无非在提撕此点，而其最先（或较早）能为统系地、具体地、详细地指证说明者，则殆无逾漆树芬先生《经济侵略下之中国》一书。此书一出，而"中国问题"的意义何在——在国际资本帝国主义的侵略压迫；"中国问题"的解决何在——在解除不平等条约的桎梏束缚；遂若日月之昭明而不可易。[①] 我且抄漆君原书结论于此：

（上略）为帝国主义所必要市场与投资之绝对二个条件，环顾今日世界，已多无存；是为其外围之区域日益减少，而崩坏之机迫于目前。惟我中国，土地则广袤数千万方英里，人口则拥有四万万众，对于货物与资本之需要量，对于原料

---

① 此处"遂若"二字请读者注意；盖我意尚不然也。——原作者注。

品、食料品之供给量，大而无伦，恰为资本帝国主义欲继续其生存发达之最好的理想地。有此原因，必有结果。结果者何？外国之资本帝国主义国家，遂如万马奔腾之势，以践踏于我国矣。于是为解决其市场问题，而我有百个商埠之提供；为解决其投资问题，而我有二十余亿元资本之吸收，而有数多利权之丧失；为圆滑其市场与投资地之经营起见，而我有巨大交通权之让与。我国一部之对外关系史，略具于此矣。不但此也，从政治而言，他们在我国又有治外法权领事裁判权之设定，遂在我国俨成一支配阶级；从经济而言，他们向我获有关税之束缚权，与投资之优先权，在我国遂成一剩余价值榨取之阶级。他们这种行动，实如大盗之入我室而搜我财、绑我票，使我身家财产荡然无存一样，特我国民不自觉耳！同胞乎！今日国家之大病，实在于国民生活维艰，而生活维艰之所以，即在外国资本帝国主义之侵略与榨取。管子云："仓廪实而知礼节。"孟氏云："有恒产者，有恒心。"故欲解决中国之政治问题，根本上尤不可不使我国经济开发。顾我国今日之经济，从本书看来，已受资本帝国主义层层束缚，万不能有发达之势。换言之，即我们欲使我国成为万人诅咒之资本主义国家，亦事实有不能也，遑论其他！然则欲救我中国，非从经济改造不可，而欲改造我国经济，实非抵抗资本帝国主义国家不可。以个人意见，今日中国，已成为国际资本阶级联合对我之局，并常唆使军阀以助长我之内乱。故我除一方联合世界无产阶级弱小民族以抗此共同之敌，他方内部实行革命，使国家之公正得实现外，实无良法也。虽然，此岂易易事哉！须协我亿众之力，出以必死奋斗之精神，建设强有力之国家始获有济！

先生果欲推翻革命论，不可不于此对方立论根据所在，好加审量。却不料先生在这大潮流鼓荡中，竟自没感受影响；于对方立论的根据由来，依然没有什么认识与注意。先生所说五大仇敌谁不知得，宁待先生耳提面命？所以不像先生平列举出这五样现象的，盖由认识得其症结皆在一个地方。疾病、愚昧，皆与贫穷为缘；贪污则与扰乱有关；贫穷则直接出于帝国主义的经济侵略；扰乱则间接由帝国主义之操纵军阀而来：敌帝国主义实为症结所在。这本是今日三尺童子皆能说的滥调，诚亦未必悉中情理；然先生不加批评反驳，闭着眼只顾说自家的话，如何令人心服？尤其是论贫穷纵不必都归罪到帝国主义，而救贫之道，非发达生产不可；帝国主义扼死了我产业开发的途路，不与他为敌，其将奈何？这是我们要请教于适之先生的。我希望适之先生将三数年来对此问题最流行的主张办法先批评过；再说明先生自己的"集合全国人才智力，充分采用世界的科学知识与方法，一步一步的作自觉的改革"办法，其内容果何所谓？——如果没有具体内容，便是空发梦想！所谓最流行的主张办法，便是要走国家资本主义的路。这种论调随在可见，我们且举郭沫若先生为《经济侵略下之中国》所作序文为例：

> （上略）大约是在今年三四月间的时候罢，漆君有一次来访问我，我们的谈话，渐渐归纳到中国的经济问题上来。我们都承认中国的产业的状况还幼稚得很，刚好达到资本化的前门，我们都承认中国有提高产业的必要。但是我们要如何去提高？我们提高的手段和程序是怎样的？这在我们中国还是纷争未已的问题，我在这儿便先表示我的意见。我说：在中国状况之下，我是极力讴歌资本主义的人的反对者。我

不相信在我国这种状况之下，有资本主义发达之可能。我举出我国那年纱厂的倒闭风潮来作我的论据。欧战剧烈的时候，西洋资本家暂时中止了对于远东的经营，在那时候我们中国的纱厂便应运而生，真是有雨后春笋之势。但是不数年间欧战一告终结，资本家的经营，渐渐恢复起来，我们中国的纱厂，便一家一家的倒闭了。这个事实，明明证明我们中国已经没有发达资本主义的可能，因为：（一）我们资本敌不过国际的大资本家们，我们不能和他们自由竞争；（二）我们于发展资本主义上最重要的自国市场，已经被国际资本家占领了。我当时证据只有这一个。其实这一个，已就是顶重要的证据。资本化的初步，照例是由消费品发轫的。消费品制造中极重要的棉纱事业，已不能在我们中国发展，那还说得上生产部门中机械工业吗？

我这个显而易见的证明，在最近实得到一个极有力援助，便是上海工部局停止电力的问题了。我们为五卅案，以经济的战略对付敌人，敌人亦以经济战略反攻。上海工部局对于中国各工场把电力一停，中国的各工场便同时辍业。这可见我们的生杀之权，是全操在他们手里。我们的产业，随早随迟，是终竟要归他们吞噬的。我们中国小小的资产家们哟！你们就想在厝火的积薪之上，做个黄金好梦，是没有多少时候的了。要拯救中国，不能不提高实业，要提高实业，不能不积聚资本，要积聚资本，而在我们的现状之下，这积聚资本的条件，通通被他们限制完了，我们这种希望简直没有几分可能性。然而为这根本上的原动力，就是帝国主义压迫我们缔结了种种不平等条约。由是他们便能够束缚我们的关税，能够设定无制限的治外法权，能够在我国自由投资，能够自由贸易与航业，于不知不觉间便把我们的市场独占了。

由这样看来，我们目前可走的路惟有一条，就是要把国际资本家从我们的市场赶出。而赶出的方法：第一是在废除不平等条约；第二是以国家之力集中资本。如把不平等条约废除后，这国际资本家，在我国便失其发展根据，不得不从我国退出；这资本如以国家之力集中，这竞争能力便增大数倍，在经济战争上，实可与之决一雌雄；是目前我国民最大之责任！除废除不平等条约，与厉行国家资本主义外，实无他道，这便是我对于中国经济问题解决上所怀抱的管见。

中国国民党所以不能不联俄容共，有十三年之改组，一变其已往之性质，中国近三数年来的所谓国民革命，所以不能不学着俄国人脚步走，盖有好几方面的缘由，即就现在所谈这一面，亦有好几点。其一则事实所诏示，中国问题已不是中国人自己的问题，而是世界问题之一部；中国问题必在反抗资本帝国主义运动下始能解决；由此所以联俄，要加入第三国际，要谈世界革命。又其一则事实所诏示，中国的一切进步与建设既必待经济上有路走才行，而舍国家资本主义（再由此过渡到民生主义或共产主义）殆无复有他途可走；如此则无论为对外积极有力地又且机警地应付国际间严重形势计，或为对内统盘策划建造国家资本计，均非以一有主义有计划的革命政党，打倒割据的军阀，夺取政权，树立强有力的统一政府，必无从完成此大业；于是就要容共，要北伐，要一党专政。先生不要以为暴力革命是偶然的发狂；先生不要以为不顾人权是无理性的举动；这在革命家都是持之有故、言之成理的。在没有彻底了解对方之前，是不能批评对方的；在没有批评到对方之前，是不能另自建立异样主张的。我非持革命论者，不足以代表革命论。即漆君之书，郭君之序，亦不过三数年来革命论调之一斑，偶举以为例。最好先生破费几天功夫搜求一些他们的书籍来看看，再有以赐教，则真社会之幸也！

再次说到封建军阀。先生不承认封建制度、封建势力的存在，但只引了一些《教育杂志》某君论文，和王阿荣、陈独秀的宣言，以证明革命家自己的矛盾可笑，全不提出自己对中国社会的观察论断来，亦太嫌省事！中国社会是什么社会？封建制度或封建势力还存在不存在？这已成了今日最热闹的聚讼的问题，论文和专书出了不少，意见尚难归一。先生是喜欢作历史研究的人，对于这问题当有所指示，我们非请教不可。革命家的错误，就在对中国社会的误认，所以我们非指证说明中国社会怎样一种结构，不足祛革命家之惑。我向不知学问，尤其不会作历史考证功夫，对此题非常感到棘困；如何能一扫群疑，昭见事实，实大有望于先生！

先生虽能否认封建的存在，但终不能否认中国今日有军阀这一回事。军阀纵非封建制度、封建势力，然固不能证明他非我们的仇敌；遍查先生大文，对军阀之一物如何发付，竟无下文，真堪诧异！本来中国人今日所苦者，于先生所列举五项中，要以贫穷与扰乱为最重大。扰乱固皆军阀之所为。假定先生不以军阀为仇敌，而顾抱消灭"扰乱"之宏愿，此中必有高明意见，巧妙办法，我们亟欲闻教！想先生既欲解决中国问题，对军阀扰乱这回事，必不会没个办法安排的；非明白切实的说出来，不足以服人，即我欲表示赞成，亦无从赞成起。

总之，我于先生反对今之所谓革命，完全同意，但我还不大明白，先生为什么要反对。先生那篇文太简略，不足以说明；或者先生想的亦尚不深到周密。所以我非向先生请教不可。先生说的好："我们平日都不肯彻底想想究竟我们要一个怎样的社会国家，也不肯彻底想想究竟我们应该走那一条路，才能达到我们的目的地。"我今便是指出疑点来，请先生再彻底想想，不可苟且模糊。先生亦曾谦虚地说："我们的观察和判断自然难保没有错误，但我们深信自觉的探路总胜于闭了眼睛让人家牵着鼻子走；我们并且希望公开的讨论我们自己探路的结果，可以使我们得着更正确的途径。"据我个人所见，先生的判断大体并不错，我尤同情于先生所谓"自觉的探路"，我只祈求先生更自觉一些，更探一探。我便是诚意地（然而是很不客气地）来参加先生所希望公开讨论的一个人，想求得一更正确的途径，先生其必许我么？

如果先生接受我的讨论，我将对于我所相对同意的先生所主张的那"根本态度和方法"，再提供一些意见；我将对于我所不甚同意的先生所说的那"目的地"，再表示一些意见。总之，我将继此有所请教于先生。

说及那"目的地"，我还可以就此附说几句话。先生文中既谓："在我们探路之前，应该先决定我们要到什么地方去——我们的目的地。这个问题是我们的先决问题，因为如果我们不想到那儿去，又何必探路呢？"是指示非先解决此间题不可了。乃随着举出国民党、国家主义派、共产党三种说法之后，没有一些研究解决，忽地翻转又谓："我们现在的任务不在讨论这三个目的地，因为这种讨论徒然引起无益的意气，而且不是一千零一夜所能打得了的笔墨官司。"岂不可怪！先生怕打官司，何必提出"我们走那条路"的问题？又何必希望公开的讨论？要公开讨论我们走那条路的问题，就不要怕打笔墨官司才行。既于此不加讨论了，乃于后文又提出："我们要建立一个治安的、普遍繁荣的、文明的、现代的统一国家"；而说，"这是我们的目的地"。难道要解决一个问题——而且是国家问题、社会问题——将旁人意见——而且是社会上有力党派的意见——搁开不理他，只顾说我的主张，就可解决了的么？

总之，我劝先生运思立言，注意照顾对方要紧。

六月三日，北平

附录二　答梁漱溟先生

胡　适

漱溟先生：

今天细读《村治》二号先生给我的信，使我十分感谢。先生质问我的几点，都是很扼要的话，我将来一定要详细奉答。

我在"缘起"里本已说明，那篇文字不过是一篇概括的引论，至于各个问题的讨论则另由别位朋友分任。因为如此，所以我的文字偏重于提出一个根本的态度，便忽略了批评对方理论的方面。况且那篇文字只供一席讨论会的宣读，故有"太简略"之嫌。

革命论的文字，也曾看过不少，但终觉其太缺乏历史事实的根据。先生所说："这本是今日三尺童子皆能说的滥调，诚亦未必悉中情理"，我的意思正是如此。如说："贫穷则直接由于帝国主义的经济侵略"，则难道八十年前的中国果真不贫穷吗？如说，"扰乱则间接由于帝国主义之操纵军阀"，试问张献忠、洪秀全又是受了何国的操纵？今日冯、阎、蒋之战又是受了何国的操纵？

这都是历史事实的问题，稍一翻看历史，当知此种三尺童子皆能说的滥调大抵不中情理。鸦片固是从外国进来，然吸鸦片者究竟是什么人？何以世界的有长进民族都不蒙此害，而此害独钟于我神州民族？而今日满田满地的罂粟，难道都是外国的帝国主义者强迫我们种下的吗？

帝国主义者三叩日本之关门，而日本在六十年之中便一跃而为世界三大强国之一。何以我堂堂神州民族便一蹶不振如此？此中"症结"究竟在什么地方？岂是把全副责任都推在洋鬼子身上便可了事？

先生要我作历史考证，这话非一封短信所能陈述，但我的论点其实只是稍稍研究历史事实的一种结论。

我的主张只是责己而不责人，要自觉的改革而不要盲目的革命。在革命的状态之下，什么救济和改革都谈不到，只有跟着三尺童子高喊滥调而已。

大旨如此，详说当俟将来。

至于"军阀"问题，我原来包括在"扰乱"之内。军阀是扰乱的产儿，此二十年来历史的明训。处置军阀——其实中国那有军"阀"可说？只有军人跋扈而已——别无"高明意见，巧妙办法"，只有充分养成文治势力，造成治安和平的局面而已。

当北洋军人势力正大的时候，北京学生奋臂一呼而武人仓皇失措，这便是文治势力的明例。

先生说："扰乱固皆军阀之所为"，此言颇不合史实。军阀是扰乱的产物，而扰乱大抵皆是长衫朋友所造成。二十年来所谓"革命"，何一非文人所造成？二十年中的军阀斗争，何一非无聊政客所挑拨造成的？即以国民党旗帜之下的几次互战看来，何一非长衫同志失职不能制止的结果？当民十六与民十八两次战事爆发之时，所谓政府，所谓党皆无一个制度可以制止战祸，也无一个机关可以讨论或议决宣战的问题。故此种战事虽似是军人所造成，其实是文治制度未完备的结果。所以说扰乱是长衫朋友所造成，似乎不太过罢？

我若作详细奉答之文，恐须迁延两三个月之后始能发表。故先略述鄙意，请先生切实指正。

胡适　十九，七，二十九

九年的家乡教育①

一

我生在光绪十七年十一月十七日（一八九一年十二月十七），那时候我家寄住在上海大东门外。我生后两个月，我父亲被台湾巡抚邵友濂调往台湾，江苏巡抚奏请免调，没有效果。我父亲于十八年二月底到台湾，我母亲和我搬到川沙住了一年。十九年（一八九二）二月二十六日我们一家（我母，四叔介如，二哥嗣秬，三哥嗣秠）也从上海到台湾。我们在台南住了十个月。十九年五月，我父亲做台东直隶州知州，兼统镇海后军各营。台东是新设的州，一切草创，故我父不能带家眷去。到十九年底，我们才到台东。我们在台东住了整一年。

甲午（一八九四）中日战争开始，台湾也在备战的区域，恰好介如四叔来台湾，我父亲便托他把家眷送回徽州故乡，只留二

---

① 本篇为作者自传《四十自述》的第一章。

哥嗣柜跟着他在台东。我们于乙未年（一八九五）正月离开台湾，二月初十日从上海起程回绩溪故乡。

那年四月，中日和议成，把台湾割让给日本。台湾绅民反对割台，要求巡抚唐景崧坚守。唐景崧请西洋各国出来干涉，各国不允。台人公请唐为台湾民主国大总统，帮办军务刘永福为主军大总统。我父亲在台东办后山的防务，电报已不通，饷源已断绝。那时他已得脚气病，左脚已不能行动。他守到闰五月初三日，始离开后山。到安平时，刘永福苦苦留他帮忙，不肯放行。到六月廿五日，他双脚都不能动了。七月初三日他死在厦门，成为东亚第一个民主国的第一个牺牲者！

这时候我只有三岁零八个月。我仿佛记得我父亲死信到家时，我母亲正在家中老屋的前堂，她坐在房门口的椅子上。她听见读信人读到我父亲的死信，身子往后一倒，连椅子倒在房门槛上。东边房门口坐的珍伯母也放声大哭起来，一时满屋都是哭声，我只觉得天地都翻覆了！我只仿佛记得这一点凄惨的情状，其余都不记得了。

二

我父亲死时，我母亲只有二十三岁。我父初娶冯氏，结婚不久便遭太平天国之乱，同治二年（一八六三）死在兵乱里。次娶曹氏，生了三个儿子，三个女儿，死于光绪四年（一八七八）。我父亲因家贫，又有志远游，故久不续娶。到光绪十五年（一八八九），他在江苏候补，生活稍稍安定，才续娶我的母亲。我母亲结婚后三天，我的大哥嗣稼也娶亲了。那时我的大姊已出嫁生了儿子。大姊比我母亲大七岁。大哥比她大两岁。二姊是从小抱给人家的。三姊比我母亲小三岁，二哥三哥（孪生的）比她小四岁。这样一个家庭里忽然来了一个十七岁的后母，她的地位自然十分困难，她的生活自然免不了苦痛。

结婚后不久，我父亲把她接到了上海同住。她脱离了大家庭的痛苦，我父又很爱她，每日在百忙中教她认字读书，这几年的生活是很快乐的。我小时也很得我父亲钟爱，不满三岁时，他就把教我母亲的红纸方字教我认。父亲作教师，母亲便在旁作助教。我认的是生字，她便借此温她的熟字。他太忙时，她就是代理教师。我们离开台湾时，她认得了近千字，我也认得了七百多字。这些方字都是我父亲亲手写的楷字，我母亲终身保存着，因为这些方块红笺上都是我们三个人的最神圣的团居生活的记念。

我母亲二十三岁就做了寡妇，从此以后，又过了二十三年。这二十三年的生活真是十分苦痛的生活，只因为还有我这一点骨血，她含辛茹苦，把全副希望寄托在我的渺茫不可知的将来，这一点希望居然使她挣扎着活了二十三年。

我父亲在临死之前两个多月，写了几张遗嘱，我母亲和四个儿子每人各有一张，每张只有几句话。给我母亲的遗嘱上说穈儿（我的名字叫嗣穈，穈字音门）天资颇聪明，应该令他读书。给我的遗嘱也教我努力读书上进。这寥寥几句话在我的一生很有重大的影响。我十一岁的时候，二哥和三哥都在家，有一天我母亲向他们道："穈今年十一岁了。你老子叫他念书。你们看看他念书念得出吗？"二哥不曾开口，三哥冷笑道："哼，念书！"二哥始终没有说什么。我母亲忍气坐了一会，回到了房里才敢掉眼泪。她不敢得罪他们，因为一家的财政权全在二哥的手里，我若出门求学是要靠他供给学费的。所以她只能掉眼泪，终年不敢哭。

但父亲的遗嘱究竟是父亲的遗嘱，我是应该念书的。况且我小时候很聪明，四乡的人都知道三先生的小儿子是能够念书的。所以隔了两年，三哥往上海医肺病，我就跟他出门求学了。

三

我在台湾时，大病了半年，故身体很弱。回家乡时，我号称五岁了，还不能跨一个七八寸高的门槛。但我母亲望我念书的心很切，故到家的时候，我才满三岁零几个月，就在我四叔父介如先生（名蚧）的学堂里读书了。我的身体太小，他们抱我坐在一只高凳子上面。我坐上了就爬不下来，还要别人抱下来。但我在学堂并不算最低级的学生，因为我进学堂之前已认得近一千字了。

因为我的程度不算"破蒙"的学生，故我不须念《三字经》、《千字文》、《百家姓》、《神童诗》一类的书。我念的第一部书是我父亲自己编的一部四言韵文，叫做《学为人诗》，他亲笔抄写了给我的。这部书说的是做人的道理。我把开头几行抄在这里：

> 为人之道，在率其性。
> 子臣弟友，循理之正；
> 谨乎庸言，勉乎庸行；
> 以学为人，以期作圣。……

以下分说五伦。最后三节，因为可以代表我父亲的思想，我也抄在这里：

五常之中，不幸有变，

名分攸关，不容稍紊。

义之所在，身可以殉。

求仁得仁，无所尤怨。

古之学者，察于人伦，

因亲及亲，九族克敦；

因爱推爱，万物同仁。

能尽其性，斯为圣人。

经籍所载，师儒所述，

为人之道，非有他术；

穷理致知，返躬践实，

黾勉于学，守道勿失。

我念的第二部书也是我父亲编的一部四言韵文，名叫《原学》，是一部略述哲理的书。这两部书虽是韵文，先生仍讲不了，我也懂不了。

我念的第三部书叫做《律诗六钞》，我不记得是谁选的了。三十多年来，我不曾重见这部书，故没有机会考出此书的编者，依我的猜测，似是姚鼐的选本，但我不敢坚持此说。这一册诗全是律诗，我读了虽不懂得，却背的很熟。至今回忆，却完全不记得了。

我虽不曾读《三字经》等书，却因为听惯了别的小孩子高声诵读，我也能背这些书的一部分，尤其是那五七言的《神童诗》，我差不多能从头背到底。这本书后面的七言句子，如：

人心曲曲湾湾水，

> 世事重重叠叠山。

我当时虽不懂得其中的意义，却常常嘴上爱念着玩，大概也是因为喜欢那些重字双声的缘故。

　　我念的第四部书以下，除了《诗经》，就都是散文的了。我依诵读的次序，把这些书名写在下面：

　　(4)《孝经》。

　　(5) 朱子的《小学》，江永集注本。

　　(6)《论语》。以下四书皆用朱子注本。

　　(7)《孟子》。

　　(8)《大学》与《中庸》（《四书》皆连注文读）。

　　(9)《诗经》，朱子《集传》本（注文读一部分）。

　　(10)《书经》，蔡沈注本（以下三书不读注文）。

　　(11)《易经》，朱子《本义》本。

　　(12)《礼记》，陈澔注本。

　　读到了《论语》的下半部，我的四叔父介如先生选了颍州府阜阳县的训导，要上任去了，就把家塾移交给族兄禹臣先生（名观象）。四叔是个绅董，常常被本族或外村请出去议事或和案子；他又喜欢打纸牌（徽州纸牌，每副一百五十五张），常常被明达叔公，映基叔，祝封叔，茂张叔等人邀出去打牌。所以我们的功课很松，四叔往往在山门之前，给我们"上一进书"，叫我们自己念；他到天将黑时，回来一趟，把我们的习字纸加了圈，放了学，才又出门去。

　　四叔的学堂里只有两个学生，一个是我，一个是四叔的儿子嗣秋，比我大几岁。嗣秋承继给瑜婶（星五伯公的二子，珍伯瑜叔，皆无子，我家三哥承继珍伯，秋哥承继瑜婶。）她很溺爱他，不肯管束他，故四叔一走开，秋哥就溜到灶下或后堂去玩了。（他们和四叔住一屋，学堂在这屋的东边小屋内。）我的母亲管的严厉，我又不大觉得念书是苦事，故我一个人坐在学堂里温书念书，到天黑才回家。

禹臣先生接受家塾后，学生就增多了。先是五个，后来添到十多个，四叔家的小屋不够用了，就移到一所大屋——名叫来新书屋——里去。最初添的三个学生，有两个是守瓒叔的儿子，嗣昭，嗣逵。嗣昭比我大两三岁，天资不算笨，却不爱读书，最爱"逃学"，我们土话叫做"赖学"。他逃出去，往往躲在麦田或稻田里，宁可睡在田里挨饿，却不愿念书。先生往往差嗣秋去捉；有时候，嗣昭被捉回来了，总得挨一顿毒打；有时候，连嗣秋也不回来了——乐得不回来了，因为这是"奉命差遣"，不算是逃学！

我常觉得奇怪，为什么嗣昭要逃学？为什么一个人情愿挨饿，挨打，挨大家笑骂，而不情愿念书？后来我稍懂得世事，才明白了。瓒叔自小在江西做生意，后来在九江开布店，才娶妻生子；一家人都说江西话，回家乡时，嗣昭弟兄都不容易改口音；说话改了，而嗣昭念书常带江西音，常常因此吃戒方或吃"作瘤栗"。（钩起五指，打在头上，常打起瘤子，故叫做"作瘤栗"。）这是先生不原谅，难怪他不愿念书。

还有一个原因。我们家乡的蒙馆学金太轻，每个学生每年只送两块银元。先生对于这一类学生，自然不肯耐心教书，每天只教他们念死书，背死书，从来不肯为他们"讲书"。小学生初念有韵的书，也还不十分叫苦。后来念《幼学琼林》《四书》一类的散文，他们自然毫不觉得有趣味，因为全不懂得书中说的是什么。因为这个缘故，许多学生常常赖学；先有嗣昭，后来有个士祥，都是有名的"赖学胚"。他们都属于这每年两元钱的阶级。因为逃学，先生生了气，打的更利害。越打的利害，他们越要逃学。

我一个人不属于这"两元"的阶级。我母亲渴望我读书，故学金特别优厚，第一年就送六块钱，以后每年增加，最后一年加到十二元。这样的学金，在家乡要算"打破纪录"的了。我母亲大概是受了我父亲的叮嘱，她嘱托四叔和禹臣先生为我"讲书"：每读一字，须讲一字的意思；每读一句，须讲一句的意思。我先已认得了近千个"方字"，每个字都经过父母的讲解，故进学堂之后，不觉得很苦。念的几本书虽然有许多是乡里先生讲不明白的，但每天总遇着几句可懂的话。我最喜欢朱子《小学》里的记述古人行事的部分，因为那些部分最容易懂得，所以比较最有趣味。同学之中有念《幼学琼林》的，我常常帮他们的忙，教他们不认得的生字，因此常常借这些书看；他们念大字，我却最爱看《幼学琼林》的小注，因为注文中有许多神话和故事，比《四书》、《五经》有趣味多了。

有一天，一件小事使我忽然明白我母亲增加学金的大恩惠。一个同学的母亲来请禹臣先生代写家信给她的丈夫；信写成了，先生交她的儿子带回家去。一会儿，先生出门去了，这位同学把家信抽出来偷看。他忽然过来问我道："糜，这信上第一句'父亲大人膝下'是什么意思？"他比我只小一岁，也念过《四书》，却不懂"父亲大人膝下"是什么！这时候，我才明白我是一个受特别待遇的人，因为别人每年出两块线，我去年却送十块线。我一生最得力的是讲书：父亲母亲为我讲方字，两位先生为我讲书。念古文而不讲解，等于念"揭谛揭谛，波罗揭谛"，全无用处。

四

当我九岁时，有一天我在四叔家东边小屋里玩耍。这小屋前面是我们的学堂，后边有一间卧房，有客便住在这里。这一天没有课，我偶然走进那卧房里去，偶然看见桌子下一只美孚煤油板箱里的废纸堆中露出一本破书。我偶然捡起了这本书，两头都被老鼠咬坏了，书面也扯破了。但这一本破书忽然为我开辟了一个新天地，忽然在我的儿童生活史上打开了一个新鲜的世界！

这本破书原来是一本小字木板的《第五才子》，我记得很清楚，开始便是"李逵打死殷天锡"一回。我在戏台上早已认得李逵是谁了，便站在那只美孚破板箱边，把这本《水浒传》残本一口气看完了。不看尚可，看了之后，我的心里很不好过：这一本的前面是些什么？后面是些什么？这两个问题，我都不能回答，却最急要一个回答。

我拿了这本书去寻我的五叔，因为他最会"说笑话"（"说笑话"就是"讲故事"，小说书叫做"笑话书"），应该有这种笑话书。不料五叔竟没有这书，他叫我去寻宋焕哥。宋焕哥说，"我没有《第五才子》，我替你去借一部；我家中有部《第一才子》，你先拿去看，好吧？"《第一才子》便是《三国演义》，他很郑重的捧出来，我很高兴的捧回去。

后来我居然得着《水浒传》全部。《三国演义》也看完了。从此以后，我到处去借小说看。五叔，宋焕哥，都帮了我不少的忙。三姊夫（周绍瑾）在上海乡间周浦开店，他吸鸦片烟，最爱看小说书，带了不少回家乡；他每到我家来，总带些《正德皇帝下江南》，《七剑十三侠》一类的书来送给我。这是我自己收藏小说的起点。我的大哥（嗣稼）最不长进，也是吃鸦片烟的，但鸦片烟灯是和小说书常作伴的，五叔，宋焕哥，三姊夫都是吸鸦片烟的，所以他也有一些小说书。大嫂认得一些字，嫁妆里带来了好几种弹词小说，如《双珠凤》之类。这些书不久都成了我的藏书的一部分。

三哥在家乡时多；他同二哥都进过梅溪书院，都做过南洋公学的师范生，旧学都有根柢，故三哥看小说很有选择。我在他书架上只寻得三部小说：一部《红楼梦》，一部《儒林外史》，一部《聊斋志异》。二哥有一次回家，带了一部新译出的《经国美谈》，讲的是希腊的爱国志士的故事，是日本人做的。这是我读外国小说的第一步。

帮助我借小说最出力的是族叔近仁，就是民国十二年和顾颉刚先生讨论古史的胡堇人。他比我大几岁，已"开笔"做文章了，十几岁就考取了秀才。我同他不同学堂，但常常相见，成了最要好的朋友。他天才很高，也肯用功，读书比我多，家中也颇有藏书。他看过的小说，常借给我看。我借到的小说，也常借给他看。我们两人各有一个小手折，把看过的小说都记在上面，时时交换比较，看谁看的书多。这两个折子后来都不见了，但我记得离开家乡时，我的折子上好像已有了三十多部小说了。

这里所谓"小说"，包括弹词、传奇、以及笔记小说在内。《双珠凤》在内，《琵琶记》也在内；《聊斋》、《夜雨秋灯录》、《夜谭随笔》、《兰苕馆外史》、《寄园寄所寄》、《虞初新志》等等也在内。从《薛仁贵征东》、《薛丁山征西》、《五虎平西》、《粉妆楼》一类最无意义的小说，到《红楼梦》和《儒林外史》一类的第一流作品，这里面的程度已是天悬地隔了。我到离开家乡时，还不能了解《红楼梦》和《儒林外史》的好处。但这一大类都是白话小说，我在不知不觉之中得了不少的白话散文的训练，在十几年后于我很有用处。

看小说还有一桩绝大的好处，就是帮助我把文字弄通顺了。那时正是废八股时文的时代，科举制度本身也动摇了。二哥三哥在上海受了时代思潮的影响，所以不要我"开笔"做八股文，也不要我学做策论经义。他们只要先生给我讲书，教我读书。但学堂里念的书，越到后来，越不好懂了。《诗经》起初还好懂，读到《大雅》，就难懂了；读到《周颂》，更不可懂了。《书经》有几篇，如《五子之歌》，我读的很起劲；但《盘庚》三篇，我总读不熟。我在学堂九年，只有《盘庚》害我挨了一次打。后来隔了十多年，我才知道《尚书》有今文和古文两大类，向来学者都说古文诸篇是假的，今文是真的；《盘庚》属于今文一类，应该是真的。但我研究《盘庚》用的代名词最杂乱不成条理，故我总疑心这三篇书是后人假造的。有时候，我自己想，我的怀疑《盘庚》，也许暗中含有报那一个"作瘤栗"的仇恨的意味罢？

《周颂》、《尚书》、《周易》等书都是不能帮助我作通顺文字的。但小说书却给了我绝大的帮助。从《三国演义》读到《聊斋志异》和《虞初新志》，这一跳虽然跳的太远，但因为书中的故事实在有趣味，所以我能细细读下去。石印本的《聊斋志异》有圈点，所以更容易读。到我十二三岁时，已能对本家姊妹们讲说《聊斋》故事了。那时候，四叔的女儿巧菊，禹臣先生的妹子广菊多菊，祝封叔的女儿杏仙，和本家侄女翠苹定娇等，都在十五六岁之间，她们常常邀我去，请我讲故事。我们平常请五叔讲故事时，忙着替他点火，装旱烟，替他捶背。现在轮到我受人巴结了。我不用人装烟捶背，她们听我说完故事，总去泡炒米，或做蛋炒饭来请我吃。她们绣花做鞋，我讲《凤仙》、《莲香》、《张鸿渐》、《江城》。这样的讲书，逼我把古文的故事翻译成绩溪土话，使我更了解古文的文理。所以我到十四岁来上海开始作古文时，就能做很像样的文字了。

五

我小时身体弱，不能跟着野蛮的孩子们一块儿玩。我母亲也不准我和他们乱跑乱跳。小时不曾养成活泼游戏的习惯，无论在什么地方，我总是文绉绉地。所以家乡老辈都说我"像个先生样子"，遂叫我做"糜先生"。这个绰号叫出去之后，人都知道三先生的小儿子叫做"糜先生"了。既有"先生"之名，我不能不装出点"先生"样子，更不能跟着顽童们"野"了。有一天，我在我家八字门口和一班孩子"掷铜钱"，一位老辈走过，见了我，笑道："糜先生也掷铜钱吗？"我听了羞愧的面红耳热，觉得大失了"先生"的身份！

大人们鼓励我装先生样子，我也没有嬉戏的能力和习惯，又因为我确是喜欢看书，所以我一生可算是不曾享过儿童游戏的生活。每年秋天，我的庶祖母同我到田里去"监割"（顶好的田，水旱无忧，收成最好，佃户每约田主来监割，打下谷子，两家平分），我总是坐在小树下看小说。十一二岁时，我稍活泼一点，居然和一群同学组织了一个戏剧班，做了一些木刀竹枪，借得了几副假胡须，就在村田里做戏。我做的往往是诸葛亮，刘备一类的文角儿；只有一次我做史文恭，被花荣一箭从椅子上射倒下去，这算是我最活泼的玩艺儿了。

我在这九年（一八九五——一九〇四）之中，只学得了读书写字两件事。在文字和思想（看下章）的方面，不能不算是打了一点底子。但别的方面都没有发展的机会。有一次我们村里"当朋"（八都凡五村，称为"五朋"，每年一村轮着做太子会，名为"当朋"），筹备太子会，有人提议要派我加入前村的昆腔队里学习吹笙或吹笛。族里长辈反对，说我年纪太小，不能跟着太子会走遍五朋。于是我失掉了这学习音乐的唯一机会。三十年来，我不曾拿过乐器，也全不懂音乐，究竟我有没有一点学音乐的天资，我至今还不知道。至于学图画，更是不可能的事。我常常用竹纸蒙在小说书的石印绘像上，摹画书上的英雄美人。有一天，被先生看见了，挨了一顿大骂，抽屉里的图画都被搜出撕毁了。于是我又失掉了学做画家的机会。

但这九年的生活，除了读书看书之外，究竟给了我一点做人的训练。在这一点上，我的恩师就是我的慈母。

每天天刚亮时，我母亲就把我喊醒，叫我披衣坐起。我从不知道她醒来坐了多久了。她看我清醒了，才对我说昨天我做错了什么事，说错了什么话，要我认错，要我用功读书。有时候她对我说父亲的种种好处，她说："你总要踏上你老子的脚步。我一生只晓得这一个完全的人，你要学他，不要跌他的股。"（跌股便是丢脸，出丑。）她说到伤心处，往往掉下泪来。到天大明时，她才把我的衣服穿好，催我去上早学。学堂门上的锁匙放在先生家里，我先到学堂门口一望，便跑到先生家里去敲门。先生家里有人把锁匙从门缝里递出来，我拿了跑回去，开了门，坐下念生书。十天之中，总有八九天我是第一个去开学堂门的。等到先生来了，我背了生书，才回家吃早饭。

我母亲管束我最严，她是慈母兼任严父。但她从来不在别人面前骂我一句，打我一下。我做错了事，她只对我一望，我看见了她的严厉眼光，就吓住了。犯的事小，她等到第二天早晨我眼醒时才教训我。犯的事大，她等到晚上人静时，关了房门，先责备我，然后行罚，或跪罚，或拧我的肉。无论怎样重罚，总不许我哭出声音来。她教训儿子不是借此出气叫别人听的。

　　有一个初秋的傍晚，我吃了晚饭，在门口玩，身上只穿着一件单背心。这时候我母亲的妹子玉英姨母在我家住，她怕我冷了，拿了一件小衫出来叫我穿上。我不肯穿，她说："穿上吧，凉了。"我随口回答："娘（凉）什么！老子都不老子啊。"我刚说了这句话，一抬头，看见母亲从家里走出，我赶快把小衫穿上。但她已听见这句轻薄的话了。

　　晚上人静后，她罚我跪下，重重的责罚了一顿。她说："你没了老子，是多么得意的事！好用来说嘴！"她气的坐着发抖，也不许我上床去睡。我跪着哭，用手擦眼泪，不知擦进了什么微菌，后来足足害了一年多的眼翳病。医来医去，总医不好。我母亲心里又悔又急，听说眼翳可以用舌头舔去，有一夜她把我叫醒，她真用舌头舔我的病眼。这是我的严师，我的慈母。

　　我母亲二十三岁做了寡妇，又是当家的后母。这种生活的痛苦，我的笨笔写不出一万分之一二。家中财政本不宽裕，全靠二哥在上海经营调度。大哥从小就是败子，吸鸦片烟，赌博，钱到手就光，光了就回家打主意，见了香炉就拿出去卖，捞着锡茶壶就拿出去押。我母亲几次邀了本家长辈来，给他定下每月用费的数目。但他总不够用，到处都欠下烟债赌债。每年除夕我家中总有一大群讨债的，每人一盏灯笼，坐在大厅上不肯去。大哥早已避出去了。大厅的两排椅子上满满的都是灯笼和债主。我母亲走进走出，料理年夜饭，谢灶神，压岁钱等事，只当做不曾看见这一群人。到了近半夜，快要"封门"了，我母亲才走后门出去，央一位邻舍本家到我家来，每一家债户开发一点钱。做好做歹的，这一群讨债的才一个一个提着灯笼走出去。一会儿，大哥敲门回来了。我母亲从不骂他一句。并且因为是新年，她脸上从不露出一点怒色。这样的过年，我过了六七次。

大嫂是个最无能而又最不懂事的人，二嫂是个很能干而气量很窄小的人。她们常常闹意见，只因为我母亲的和气榜样，她们还不曾有公然相骂相打的事。她们闹气时，只是不说话，不答话，把脸放下来，叫人难看；二嫂生气时，脸色变青，更是怕人。她们对我母亲闹气时，也是如此。我起初全不懂得这一套，后来也渐渐懂得看人的脸色了。我渐渐明白，世间最可厌恶的事莫如一张生气的脸；世间最下流的事莫如把生气的脸摆给旁人看。这比打骂还难受。

我母亲的气量大，性子好，又因为做了后母后婆，她更事事留心，事事格外容忍。大哥的女儿比我只小一岁，她的饮食衣料总是和我的一样。我和她有小争执，总是我吃亏，母亲总是责备我，要我事事让她。后来大嫂二嫂都生了儿子了，她们生气时便打骂孩子来出气，一面打，一面用尖刻有刺的话骂给别人听。我母亲只装做不听见。有时候，她实在忍不住了，便悄悄走出门去，或到左邻立大嫂家去坐一会，或走后门到后邻度嫂家去闲谈。她从不和两个嫂子吵一句嘴。

每个嫂子一生气，往往十天半个月不歇，天天走进走出，板着脸，咬着嘴，打骂小孩子出气。我母亲只忍耐着，忍到实在不可再忍的一天，她也有她的法子。这一天的天明时，她就不起床，轻轻的哭一场。她不骂一个人，只哭她的丈夫，哭她自己苦命，留不住她丈夫来照管她。她先哭时，声音很低，渐渐哭出声来。我醒了起来劝她，她不肯住。这时候，我总听见前堂（二嫂住前堂东房）或后堂（大嫂住后堂西房）有一扇房门开了，一个嫂子走出房向厨房走去。不多一会，那位嫂子来敲我们的房门了。我开了房门，她走进来，捧着一碗热茶，送到我母亲床前，劝她止哭，请她喝口热茶。我母亲慢慢停住哭声，伸手接了茶碗。那位嫂子站着劝一会，才退出去。没有一句话提到什么人，也没有一个字提到这十天半个月来的气脸，然而各人心里明白，泡茶进来的嫂子总是那十天半个月来闹气的人。奇怪的很，这一哭之后，至少有一两个月的太平清静日子。

我母亲待人最仁慈，最温和，从来没有一句伤人感情的话。但她有时候也很有刚气，不受一点人格上的侮辱。我家五叔是个无正业的浪人，有一天在烟馆里发牢骚，说我母亲家中有事总请某人帮忙，大概总有什么好处给他。这句话传到了我母亲耳朵里，她气的大哭，请了几位本家来，把五叔喊来，她当面质问他她给了某人什么好处。直到五叔当众认错赔罪，她才罢休。

我在我母亲的教训之下住了九年，受了她的极大深刻的影响。我十四岁（其实只有十二岁零两三个月）就离开她了，在这广漠的人海里独自混了二十多年，没有一个人管束过我。如果我学得了一丝一毫的好脾气，如果我学得了一点点待人接物的和气，如果我能宽恕人，体谅人，我都得感谢我的慈母。

十九，十一，廿一夜。

朋友与兄弟

——答王子直

  中国是用家族伦理作中心的社会，故中国人最爱把家族的亲谊硬加到朋友的关系上去。朋友相称为弟兄——"吾兄"，"仁兄"，"弟"，"小弟"——又称朋友的父母为"老伯"，"老伯母"，都是这个道理。朋友结拜为弟兄，更是这个道理的极端。

  其实朋友是人造的关系，是自由选择的"人伦"；弟兄是天然的关系，是不能自由选择的"天伦"。把朋友认作弟兄，并不能加上什么亲谊。自己弟兄尽有不和睦的，还有争财产相谋害的。朋友也有比弟兄更亲热更可靠的。所以我主张朋友不应该结拜为弟兄。不但新时代不应有，其实古人并无此礼。汉人始有"结交为弟昆"的话。但古人通信，仍不称弟兄。

追悼志摩

> 悄悄的我走了，
>
> 　正如我悄悄的来；
>
> 我挥一挥衣袖，
>
> 　不带走一片云彩。
>
> 　　　　（《再别康桥》）

志摩这一回真走了！可不是悄悄的走。在那淋漓的大雨里，在那迷濛的大雾里，一个猛烈的大震动，三百匹马力的飞机碰在一座终古不动的山上，我们的朋友额上受了一下致命的撞伤，大概立刻失去了知觉。半空中起了一团天火，像天上陨了一颗大星似的直掉下地去。我们的志摩和他的两个同伴就死在那烈焰里了！

我们初得着他的死信，都不肯相信，都不信志摩这样一个可爱的人会死的这么惨酷。但在那几天的精神大震撼稍稍过去之后，我们忍不住要想，那样的死法也许只有志摩最配。我们不相信志摩会"悄悄的走了"，也不忍想志摩会死一个"平凡的死"，死在天空之中，大雨淋着，大雾笼罩着，大火焚烧着，那撞不倒的山头在旁边冷眼瞧着，我们新时代的新诗人，就是要自己挑一种死法，也挑不出更合适、更悲壮的了。

志摩走了，我们这个世界里被他带走了不少的云彩。他在我们这些朋友之中，真是一片最可爱的云彩，永远是温暖的颜色，永远是美的花样，永远是可爱。他常说：

> 我不知道风
> 是在哪一方向吹——

我们也不知风是在哪一个方向吹，可是狂风过去之后，我们的天空变惨淡了，变寂寞了，我们才感觉我们的天上的一片最可爱的云彩被狂风卷去了，永远不回来了！

这十几天里，当有朋友到家里来谈志摩，谈起来常常有人痛哭。在别处痛哭他的，一定还不少。志摩所以能使朋友这样哀念他，只是因为他的为人整个的只是一团同情心，只是一团爱。叶公超先生说：

他对于任何人，任何事，从未有过绝对的怨恨，甚至于无意中都没有表示过一些憎嫉的神气。

陈通伯先生说：

尤其朋友里缺不了他。他是我们的"连索"，他是粘着性的，发酵性的。在这七八年中，国内文艺界里起了不少的风波，吵了不少的架，许多很熟的朋友往往弄的不能见面。但我没有听见有人怨恨过志摩。谁也不能抵抗志摩的同情心，谁也不能避开他的粘着性。他才是和事佬，他有无穷的同情，他总是朋友中间的"连索"。他从没有疑心，他从不会妒忌。他使这些多疑善妒的人们十分惭愧，又十分羡慕。

他的一生真是爱的象征。爱是他的宗教，他的上帝。

> 我攀登了万仞的高冈，
> 荆棘扎烂了我的衣裳，
> 我向飘渺的云天外望——
> 　　上帝，我望不见你——
> 　　……
> 我在道旁见一个小孩，
> 活泼，秀丽，褴褛的衣衫
> 他叫声"妈"，眼里亮着爱——
> 　　——上帝，他眼里有你——
>
> （他眼里有你）

志摩今年在他的《猛虎集》自序里曾说他的心境是"一个曾经有单纯信仰的流入怀疑的颓废"。这句话是他最好的自述。他的人生观真是一种"单纯信仰"，这里面只有三个大字：一个是爱，一个是自由，一个是美。他梦想这三个理想的条件能够会合在一个人生里，这是他的"单纯信仰"。他的一生的历史，只是他追求这个单纯信仰的实现的历史。

社会上对于他的行为，往往有不能谅解的地方，都只因为社会上批评他的人不曾懂得志摩的"单纯信仰"的人生观。他的离婚和他的第二次结婚，是他一生最受社会严厉批评的两件事。现在志摩的棺已盖了，而社会上的议论还未定。但我们知道这两件事的人，都能明白，至少在志摩的方面，这两件事最可以代表志摩的单纯理想的追求。他万分诚恳的相信那两件事都是他实现他那"美与爱与自由"的人生的正当步骤。这两件事的结果，在别人看来，似乎都不曾能够实现志摩的理想生活。但到了今日，我们还忍用成败来议论他吗？

我忍不住我的历史癖，今天我要引用一点神圣的历史材料，来说明志摩决心离婚时的心理。民国十一年三月，他正式向他的夫人提议离婚，他告诉她，他们不应该继续他们的没有爱情没有自由的结婚生活了，他提议"自由之偿还自由"，他认为这是"彼此重见生命之曙光，不世之荣业"。他说：

故转夜为日，转地狱为天堂，直指顾问事矣。……真生命必自奋斗自求得来，真幸福亦必自奋斗自求得来，真恋爱亦必自奋斗自求得来！彼此前途无限……彼此有改良社会之心，彼此有造福人类之心，其先自作榜样，勇决智断，彼此尊重人格，自由离婚，止绝苦痛，始兆幸福，皆在此矣。

这信里完全是青年的志摩的单纯的理想主义，他觉得那没有爱又没有自由的家庭是可以摧毁他们的人格的，所以他下了决心，要把自由偿还自由，要从自由求得他们的真生命，真幸福，真恋爱。

后来他回国了，婚是离了，而家庭和社会都不能谅解他。最奇怪的是他和他已离婚的夫人通信更勤，感情更好。社会上的人更不明白了。志摩是梁任公先生最爱护的学生，所以民国十二年任公先生曾写一封很长很恳切的信去劝他。在这信里，任公提出两点：

其一，万不容以他人之苦痛，易自己之快乐。弟之此举，其于弟将来之快乐能得与否，殆茫如捕风，然先已予多数人以无量之苦痛。

其二，恋爱神圣为今之少年所乐道。……兹事盖可遇而不可求。……况多情多感之人，其幻象起落鹘突，而得满足得宁帖也极难。所梦想之神圣境界恐终不可得，徒以烦恼终其身已耳。

任公又说：

呜呼志摩！天下岂有圆满之宇宙？……当知吾侪以不求圆满为生活态度，斯可以领略生活之妙味矣。……若沉迷于不可必得之梦境，挫折数次，生意尽矣，郁悒佗傺以死，死为无名。死犹可也，最可畏者，不死不生而堕落至不复能自拔。呜呼志摩，可无惧耶！可无惧耶！（十二年一月二日信）

任公一眼看透了志摩的行为是追求一种"梦想的神圣境界"，他料到他必要失望，又怕他少年人受不起几次挫折，就会死，就会堕落。所以他以老师的资格警告他："天下岂有圆满之宇宙？"

但这种反理想主义是志摩所不能承认的。他答复任公的信，第一不承认他是把他人的苦痛来换自己的快乐。他说：

我之甘冒世之不韪，竭全力以斗者，非特求免凶惨之苦痛，实求良心之安顿，求人格之确立，求灵魂之救度耳。

人谁不求庸德？人谁不安现成？人谁不畏艰险？然且有突围而出者，夫岂得已而然哉？第二，他也承认恋爱是可遇而不可求的，但他不能不去追求。他说：

我将于茫茫人海中访我唯一灵魂之伴侣；得之，我幸；不得，我命，如此而已。

他又相信他的理想是可以创造培养出来的。他对任公说：

嗟夫吾师！我尝奋我灵魂之精髓，以凝成一理想之明珠，涵之以热满之心血，朗照我深奥之灵府。而庸俗忌之嫉之，辄欲麻木其灵魂，捣碎其理想，杀灭其希望，污毁其纯洁！我之不流入堕落，流入庸懦，流入卑污，其几亦微矣！

我今天发表这三封不曾发表过的信，因为这几封信最能表现那个单纯的理想主义者徐志摩。他深信理想的人生必须有爱，必须有自由，必须有美；他深信这种三位一体的人生是可以追求的，至少是可以用纯洁的心血培养出来的。——我们若从这个观点来观察志摩的一生，他这十年中的一切行为就全可以了解了。我还可以说，只有从这个观点上才可以了解志摩的行为；我们必须先认清了他的单纯信仰的人生观，方才认得清志摩的为人。

志摩最近几年的生活，他承认是失败。他有一首"生活"的诗，诗暗惨地可怕。

> 阴沉，黑暗，毒蛇似的蜿蜒，
> 生活逼成了一条甬道：
> 一度陷入，你只可向前，
> 手扪索着冷壁的粘潮，
>
> 在妖魔的脏腑内挣扎，
> 头顶不见一线的天光，
> 这魂魄，在恐怖的压迫下，
> 除了消灭更有什么愿望？

（十九年五月二十九日）

他的失败是一个单纯的理想主义者的失败。他的追求，使我们惭愧，因为我们的信心太小了，从不敢梦想他的梦想。他的失败，也应该使我们对他表示更深厚的恭敬与同情，因为偌大的世界之中，只有他有这信心，冒了绝大的危险，费了无数的麻烦，牺牲了一切平凡的安逸，牺牲了家庭的亲谊和人间的名誉，去追求，去试验一个"梦想之神圣境界"，而终于免不了惨酷的失败，也不完全是他的人生观的失败。他的失败是因为他的信仰太单纯了，而这个现实世界太复杂了，他的单纯的信仰禁不起这个现实世界的摧毁；正如易卜生的诗剧 Brand 里的那个理想主义者，抱着他的理想，在人间处处碰钉子，碰的焦头烂额，失败而死。

然而我们的志摩"在这恐怖的压迫下"，从不叫一声"我投降了"——他从不曾完全绝望，他从不曾绝对怨恨谁。他对我们说：

你们不能更多的责备。我觉得我已是满头的血水，能不低头已算是好的。（《猛虎集》自序）

是的，他不曾低头。他仍旧昂起头来做人；他仍旧是他那一团的同情心，一团的爱。我们看他替朋友做事，替团体做事，他总是仍旧那样热心，仍旧那样高兴。几年的挫折，失败，苦痛，似乎使他更成熟了，更可爱了。

他在苦痛之中，仍旧继续他的歌唱。他的诗作风也更成熟了。他所谓"初期的汹涌性"固然是没有了，作品也减少了；但是他的意境变深厚了，笔致变淡远了，技术和风格都更进步了。这是读猛虎集的人都能感觉到的。

志摩自己希望今年是他的"一个真的复活的机会"。他说：

抬起头居然又见到天了。眼睛睁开了，心也跟着开始了跳动。

我们一班朋友都替他高兴。他这几年来想用心血浇灌的花树也许是枯萎的了；但他的同情，他的鼓舞，早又在别的园地里种出了无数的可爱的小树，开出了无数可爱的鲜花。他自己的歌唱有一个时代是几乎消沉了；但他的歌声引起了他的园地外无数的歌喉，嘹亮的唱，哀怨的唱，美丽的唱。这都是他的安慰，都使他高兴。

　　谁也想不到在这个最有希望的复活时代，他竟丢了我们走了！他的《猛虎集》里有一首咏一只黄鹂的诗，现在重读了，好像他在那里描写他自己的死，和我们对他的死的悲哀：

　　　　等候他唱，我们静着望，
　　　　怕惊了他。
　　　　但他一展翅
　　　　冲破浓密，化一朵彩雾：
　　　　飞来了，不见了，没了！！
　　　　像是春光，火焰，像是热情。

　　志摩这样一个可爱的人，真是一片春光，一团火焰，一腔热情。现在难道都完了？
　　决不——决不——志摩最爱他自己的一首小诗，题目叫做"偶然"，在他的卞昆冈剧本里，在那个可爱的孩子阿明临死时，那个瞎子弹着三弦，唱着这首诗：

　　　　我是天空里的一片云，
　　　　偶尔投影在你的波心——
　　　　　　你不必讶异，
　　　　　　更无须欢喜——
　　　　在转瞬间消灭了踪影。
　　　　你我相逢在黑夜的海上，
　　　　你有你的，我有我的，方向。
　　　　　　你记得也好，
　　　　　　最好你忘掉，

在这交会时互放的光芒！

朋友们，志摩是走了，但他投的影子会永远留在我们心里，他放的光亮也会永远留在人间，他不曾白来了一世。我们有了他做朋友，也可以安慰自己说不曾白来了一世。我们忘不了他和我们

在那交会时互放的光亮！

二十年，十二月，三夜
（原载 1932 年 3 月 10 日《新月》4 卷 1 号）

惨痛的回忆与反省

这一期（《独立评论》第十八期）本刊出版之日正是"九一八"的周年纪念。这一年的光阴，没有一天不在耻辱惨痛中过去的，纪念不必在这一天，这一天不过是给我们一个特别深刻的回忆的机会，叫我们回头算算这一年的旧账，究竟国家受了多大的损失和耻辱，究竟我们自己努力了几分，究竟我们失败的原因在那里。并且这一天应该使我们向前途想想，究竟在这最近的将来应该如何努力，在那较远的将来应该如何努力。这才是纪念"九一八"的意义。

"九一八"的事件，不是孤立的，不是偶然的，不是意外的，他不过是五六十年的历史原因造成的一个危险局面的一个爆发点。这座火山的爆发已不止一次了。第一次的大爆发在三十八年前的中日战争，第二次在三十五年前的俄国占据旅顺、大连，第三次在庚子拳乱期间俄国进兵东三省，第四次在二十八年前的日俄战争，第五次在十七年前的二十一条交涉。去年"九一八"之役是第六次的大爆发。每一次爆发，总给我们一个绝大的刺激，所以第一、二次的爆发引起了戊戌维新运动和庚子的拳祸。日俄战争促进了中国的革命运动，清皇室终于颠覆。二十一条的交涉对于后来国民革命的成功也有绝大的影响：袁世凯的帝制运动及其失败，安福党人的卖国借款，巴黎和约引起的学生运动，学生运动引起的中国共产党的组织与中国国民党的改组：此等事件都与国民革命的运动有直接或间接的关系。所以我们可以说民四的中日交涉产生了民十五六年的国民革命。

反响是有的，然而每一次反响都不曾达到挽救危亡的目标，都不曾做到建设一个有力的统一国家的目标。况且每一次的前进，总不免同时引起了不少的反动势力：戊戌维新没有成功，反动的慈禧党早已起来了，就引起了庚子的国耻。辛亥革命刚推倒了一个枯朽的满清帝室，北洋军人与政客的反动大团结又早已起来了。民十五六年的国民革命还没有完全胜利，腐化和恶化的趋势都已充分显露了。三十多年的民族自救运动，没有一次不是前进的新势力和反动势力同时出现，彼此互相打消，已得的进步往往还不够反动势力的破坏，所得虽不少而未必能抵偿所失之多。结果竟成了进一步必得退一步，甚至于退两三步。到了今日，民族自救的运动还是一事无成！练新兵本是为了御外侮的，于今我们有了二百多万人的陆军，既不能御外侮，又不能维持地方的安宁，只给国家添了一个绝大的乱源！谋革命也是为了救危亡，图民族国家的复兴；然而三十年的革命事业，到今日还只到处听见"尚未成功"的一句痛语。办新教育也是为了兴国强种，然而三十多年的新教育，到今日不曾为国家添得一分富，一分强，只落得人人痛恨教育的破产。

四十年的奇耻大辱，刺激不可谓不深；四十年的救亡运动，时间不可谓不长。然而今日大难当前，三百六十五个昼夜过去了，我们还是一个束手无策。这是我们在这个绝大纪念日所应该深刻反省的一篇惨史，一笔苦账。

我们应该自己反省：为什么我们这样不中用？为什么我们的民族自救运动到于今还是失败的？"七年之病求三年之艾"，这固然是今日的急务；然而还有许多人不信我们的民族国家是有病的，也还有许多人不肯相信我们生的是七年之病，也还有一些人不肯费心思去诊断我们的病究竟在那里。我说的"反省"，就是要做那已经太晚了的诊断自己。

我们的大病原，依我看来，是我们的老祖宗造孽太深了，祸延到我们今日。二三十年前人人都知道鸦片、小脚、八股为"三大害"；前几年有人指出贫、病、愚昧、贪污、纷乱，为中国的"五鬼"；今年有人指出仪文主义、贯通主义、亲故主义为"三个亡国性的主义"（《独立》第十二号）。这些话，现在的青年人都看做老生常谈了，然而这些大病根的真实是绝对无可讳的。这些大毛病都不是一朝一夕发生的，都是千百年来老祖宗给我们留下的遗产。这些病痛，"有一于此，未或不亡"，何况我们竟是兼而有之，种种亡国灭种的大病都丛集在一个民族国家的身上！向来所谓"东方病夫国"，往往单指我们身体上的多病与软弱，其实我们身体上的病痛固然不轻，精神上的病痛更多，又更难治。即如"缠脚"，岂但是残贼肢体而已！把半个民族的分子不当做人看待，让她们做了牛马，还要砍折她们的两腿，这种精神上的风狂惨酷，是千百年不容易洗刷得干净的；又如"八股"，岂但是一种文章格式而已！把全国的最优秀分子的聪明才力都用在变文字戏法上，这种精神上的病态养成的思想习惯也是千百年不容易改变的——这些老祖宗遗留下的孽障，是我们这个民族的根本病。在这个心身都病的民族遗传上，无论什么良法美意一到中国都成了"逾淮之橘"，都变成四不像了。

所谓民族自救运动，其实只是要救治这些根本病痛。这些病根不除掉，什么打倒帝国主义，什么民族复兴，都是废话。例如鸦片，现在帝国主义的国家并不用兵力来强逼我们销售了，然而各省的鸦片，勒种的是谁呢？抽税的是谁呢？包运包销的是谁呢？那无数自己情愿吸食的又是谁呢？

病根太深，是我们的根本困难。但是我们还有一层很重大的困难，使一切疗治的工作都无从下手。这个大困难就是我们的社会没有重心，就像一个身体没有一个神经中枢，医头医脚好像都搔不着真正的痛痒。试看日本的维新所以能在六十年中收绝大的功效，其中关键就在日本的社会组织始终没有失掉他的重心：这个重心先在幕府，其后幕府崩溃，重心散在各强藩，几乎成一个溃散的局面；然而幕府归政于天皇之后（1867），天皇成为全国的重心，一切政治的革新都有所寄托，有所依附，故幕府废后，即改藩侯为藩知事，又废藩置县，藩侯皆入居京师，由中央委任知事统治其地（1871），在四五年之中做到了铲除封建割据的大功。二十年后，宪政成立，国会的政治起来替代藩阀朝臣专政的政治（1890），宪政初期的纠纷也全靠有个天皇做重心，都不曾引起轨道外的冲突，从来不曾因政争而引起内战。自此以后，四十年中，日本不但解决了他的民族自救问题，还一跃而为世界三五个大强国之一，其中虽有几个很伟大的政治家的功绩不可磨灭，而其中最大原因是因为社会始终不曾失其重心，所以一切改革工作都不至于浪费。

我们中国这六七十年的历史所以一事无成，一切工作都成虚掷，都不能有永久性者，依我看来，都只因为我们把六七十年的光阴抛掷在寻求建立一个社会重心而终不可得。帝制时代的重心应该在帝室，而那时的清皇族已到了一个很堕落的末路，经过太平天国的大乱，一切弱点都暴露出来，早已失去政治重心的资格了。所谓"中兴"将相，如曾国藩、李鸿章诸人，在十九世纪的后期，俨然成为一个新的重心。可惜他们不敢进一步推倒清王朝，建立一个汉族新国家；他们所依附的政治重心一天一天的崩溃，他们所建立的一点事业也就跟着那崩溃的重心一齐消灭了。戊戌的维新领袖也曾轰动一时，几乎有造成新重心的形势，但不久也就消散了。辛亥以后民党的领袖几乎成为社会新重心了，但旧势力不久卷土重来，而革命日子太浅，革命的领袖还不能得着全国的信仰，所以这个新重心不久也崩溃了。在革命领袖之中，孙中山先生最后死，奋斗的日子最久，资望也最深，所以民十三以后，他改造的中国国民党成为一个簇新的社会重心，民十五六年之间，全国多数人心的倾向中国国民党，真是六七十年来所没有的新气象。不幸这个新重心因为缺乏活的领袖，缺乏远大的政治眼光与计划，能唱高调而不能做实事，能破坏而不能建设，能箝制人民而不能收拾人心，这四五年来，又渐渐失去做社会重心的资格了，六七十年的历史演变，仅仅得这一个可以勉强做社会重心的大结合，而终于不能保持其已得的重心资格，这是我们从历史上观察的人所最惋惜的。

这六七十年追求一个社会政治重心而终不可得的一段历史，我认为最值得我们的严重考虑。我以为中国的民族自救运动的失败，这是一个最主要的原因。我的朋友翁文灏先生说的好："进步是历次的工作相继续、积累而成的，尤其是重大的建设事业，非逐步前进不会成功。"（《独立》第五号，页十二）日本与中国的维新事业的成败不同，只是因为日本不曾失掉重心，故六七十年的工作是相继续的，相积累的，一点一滴的努力都积聚在一个有重心的政治组织之上。而我们始终没有重心，无论什么工作，做到了一点成绩，政局完全变了，机关改组了或取消了，领袖换了人了，一切都被推翻，都得从头做起；没有一项事业有长期计划的可能，没有一个计划有继续推行的把握，没有一件工作有长期持续的机会，没有一种制度有依据过去经验积渐改善的幸运。试举议会政治为例：四十二年前，日本第一次选举议会，有选举权者不过全国人口总数百分之一，但积四十年之经验，竟做到男子普遍选举了。我们的第一次国会比日本的议会不过迟二十一年，但是昙花一现之后，我们的聪明人就宣告议会政治是不值得再试的了。又如教育，日本改定学制在六十年前，六十年不断的努力就做到了强迫教育的普及，高等教育也达到了很可惊的成绩。我们的新学堂章程也是三十多年前就有了的，然而因为没有长期计划的可能，普及教育至今还没有影子，高等教育是年年跟着政局变换的，至今没有一个稳定的大学。我们拿北京大学、南洋公学的跟着政局变换的历史，来比较庆应大学和东京帝大的历史，真可以使我们惭愧不能自容了。

我开始做一篇纪念"九一八"的文字，写了半天，好像是跑野马跑的去题万里了。然而这都是我在纪念"九一八"的情感里的回忆与反省。我今天读了一部《请缨日记》，是唐景崧的日记，记的是他在一八八二年自己告奋勇去运动刘永福（当时的"义勇军"）出兵援救安南的故事。我看了真有无限的感慨！五十年前，我们想倚靠刘永福的"义勇军"去抵抗法兰西。五十年后，我们有了二百多万的新式军队了，依旧还得倚靠东北的义勇军去抵抗日本。五十年了！把戏还是一样！这不是很值得我们追忆与反省的吗？我们要御外侮，要救国，要复兴中华民族，这都不是在这个一盘散沙的社会组织上所能做到的事业。我们的敌人公开的讥笑我们是一个没有现代组织的国家，我们听了一定很生气，但是生气有什么用处？我们应该反省：我们所以缺乏现代国家的组织，是不是因为我们至今还不曾建立起我们的社会重心？如果这个解释是不错的，我们应该怎样努力方才可以早日建立这么一个重心？这个重心应该向那里去寻求呢？

为什么六七十年的历史演变不曾变出一个社会重心来呢？这不是可以使我们深思的吗？我们的社会组织和日本和德国和英国都不相同。我们一则离开封建时代太远了，二则对于君主政体的信念已被那太不像样的清朝末期完全毁坏了，三则科举盛行以后社会的阶级已太平等化了，四则人民太贫穷了，没有一个有势力的资产阶级，五则教育太不普及又太幼稚了，没有一个有势力的智识阶级：有这五个原因，我们可以说是没有一个天然候补的社会重心。既然没有天然的重心，所以只可以用人功创造一个出来。这个可以用人功建立的社会重心，依我看来，必须具有这些条件：

第一，必不是任何个人，而是一个大的团结。

第二，必不是一个阶级，而是拥有各种社会阶级的同情的团体。

第三，必须能吸收容纳国中的优秀人才。

第四，必须有一个能号召全国多数人民的感情与意志的大目标：他的目标必须是全国的福利。

第五，必须有事功上的成绩使人民信任。

第六，必须有制度化的组织使他可以有持续性。

我们环顾国内，还不曾发现有这样的一个团结。凡是自命为一个阶级谋特殊利益的，固然不够作社会的新重心；凡是把一党的私利放在国家的福利之上的，也不够资格。至于那些拥护私人作老板的利害结合，更不消说了。

我们此时应该自觉的讨论这种社会重心的需要，也许从这种自觉心里可以产生一两个候补的重心出来。这种说法似乎很迂缓。但是我曾说过，最迂缓的路也许倒是最快捷的路。

二十一，九，十一夜

赠与今年的大学毕业生

这一两个星期里，各地的大学都有毕业的班次，都有很多的毕业生离开学校去开始他们的成人事业。学生的生活是一种享有特殊优待的生活，不妨幼稚点，不妨吵吵闹闹，社会都能纵容他们，不肯严格的要他们负行为的责任。现在他们要撑起自己的肩膀来挑他们自己的担子了。在这个国难最紧急的年头，他们的担子真不轻！我们祝他们的成功，同时也不忍不依据我们自己的经验，赠与他们几句送行的赠言，虽未必是救命毫毛，也许作个防身的锦囊罢！

你们毕业之后，可走的路不出这几条：绝少数的人还可以在国内或国外的研究院继续作学术研究；少数的人可以寻着相当的职业；此外还有做官，办党，革命三条路；此外就是在家享福或者失业闲居了。第一条继续求学之路，我们可以不讨论。走其余几条路的人，都不能没有堕落的危险。堕落的方式很多，总括起来，约有这两大类：

第一是容易抛弃学生时代的求知识的欲望。你们到了实际社会里，往往所用非所学，往往所学全无用处，往往可以完全用不着学问，而一样可以胡乱混饭吃，混官做。在这种环境里，即使向来抱有求知识学问的决心的人，也不免心灰意懒，把求知的欲望渐渐冷淡下去。况且学问是要有相当的设备的：书籍，试验室，师友的切磋指导，闲暇的工夫，都不是一个平常要糊口养家的人所能容易办到的。没有做学问的环境，又谁能怪我们抛弃学问呢？

第二是容易抛弃学生时代的理想的人生的追求。少年人初次与冷酷的社会接触，容易感觉理想与事实相去太远，容易发生悲观和失望。多年怀抱的人生理想，改造的热诚，奋斗的勇气，到此时候，好像全不是那么一回事，渺小的个人在那强烈的社会炉火里，往往经不起长时期的烤炼就熔化了，一点高尚的理想不久就幻灭了。抱着改造社会的梦想而来，往往是弃甲曳兵而走，或者做了恶势力的俘虏，你在那俘虏牢狱里，回想那少年气壮时代的种种理想主义，好像都成了自误误人的迷梦！从此以后，你就甘心放弃理想的人生的追求，甘心做现成社会的顺民了。

要防御这两方面的堕落，一面要保持我们求知识的欲望，一面要保持我们对于理想人生的追求。有什么好法子呢？依我个人的观察和经验，有三种防身的药方是值得一试的。

第一个方子只有一句话："总得时时寻一两个值得研究的问题！"问题是知识学问的老祖宗，古今来一切知识的产生与积聚，都是因为要解答问题，要解答实用上的困难或理论上的疑难。所谓"为知识而求知识"，其实也只是一种好奇心追求某种问题的解答，不过因为那种问题的性质不必是直接应用的，人们就觉得这是"无所为"的求知识了。我们出学校之后，离开了做学问的环境，如果没有一个两个值得解答的疑难问题在脑子里盘旋，就很难继续保持追求学问的热心。可是，如果你有了一个真有趣的问题天天逗你去想他，天天引诱你去解决他，天天对你挑衅，笑你无可奈何他，这时候，你就会同恋爱一个女子发疯了一样，坐也坐不下，睡也睡不安，没工夫也得偷出工夫去陪她，没钱也得撙衣节食去巴结她。没有书，你自会变卖家私去买书；没有仪器，你自会典押衣服去置办仪器；没有师友，你自会不远千里去寻师访友。你只要能时时有疑难问题来逼你用脑子，你自然会保持发展你对学问的兴趣，即使在最贫乏的智识环境中，你也会慢慢的聚起一个小图书馆来，或者设置起一所小试验室来。所以我说：第一要寻问题。脑子里没有问题之日，就是你的智识生活寿终正寝之时！古人说"待文王而兴者，凡民也。若夫豪杰之士，虽无文王犹兴。"试想伽利略（Calileo）和牛顿（Newton）有多少藏书？有多少仪器？他们不过是有问题而已。有了问题而后，他们自会造出仪器来解答他们的问题。没有问题的人们，关在图书馆里也不会用书，锁在试验室里也不会有什么发现。

第二个方子也只有一句话："总得多发展一点非职业的兴趣。"离开学校之后，大家总得寻个吃饭的职业。可是你寻得的职业未必就是你所学的，或者未必是你所心喜的，或者是你所学而实在和你的性情不相近的。在这种状况之下，工作就往往成了苦工，就不感觉兴趣了。为糊口而作那种非"性之所近而力之所能勉"的工作，就很难保持求知的兴趣和生活的理想主义。最好的救济方法只有多多发展职业以外的正当兴趣与活动。一个人应该有他的职业，又应该有他的非职业的玩艺儿，可以叫做业余活动。凡一个人用他的闲暇来做的事业，都是他的业余活动。往往他的业余活动比他的职业还更重要，因为一个人的前程往往全靠他怎样用他的闲暇时间。他用他的闲暇来打麻将，他就成个赌徒；你用你的闲暇来做社会服务，你也许成个社会改革者；或者你用你的闲暇去研究历史，你也许成个史学家。你的闲暇往往定你的终身。英国十九世纪的两个哲人，弥儿（J. s. Mill）终身做东印度公司的秘书①，然而他的业余工作使他在哲学上，经济学上，政治思想史上都占一个很高的位置；斯宾塞（Spencer）是一个测量工程师②，然而他的业余工作使他成为前世纪晚期世界思想界的一个重镇。古来成大学问的人，几乎没有一个不是善用他的闲暇时间的。特别在这个组织不健全的中国社会，职业不容易适合我们性情，我们要想生活不苦痛或不堕落，只有多方发展业余的兴趣，使我们的精神有所寄托，使我们的剩余精力有所施展。有了这种心爱的玩艺儿，你就做六个钟头的抹桌子工夫也不会感觉烦闷了，因为你知道，抹了六点钟的桌子之后，你可以回家去做你的化学研究，或画完你的大幅山水，或写你的小说戏曲，或继续你的历史考据，或做你的社会改革事业。你有了这种称心如意的活动，生活就不枯寂了，精神也就不会烦闷了。

第三个方子也只有一句话："你总得有一点信心。"我们生在这个不幸的时代，眼中所见，耳中所闻，无非是叫我们悲观失望的。特别是在这个年头毕业的你们，眼见自己的国家民族沉沦到这步田地，眼看世界只是强权的世界，望极天边好像看不见一线的光明，在这个年头不发狂自杀，已算是万幸了，怎么还能够希望保持一点内心的镇定和理想的信任呢？我要对你们说，这时候正是我们要培养我们的信心的时候！只要我们有信心，我们还有救。古人说"信心"（Faith）可以移山"，又说"只要工夫深，生

---

① 弥儿：通译约翰·穆勒（1806—1873），英国思想家。著有《论自由》等。
② 斯宾塞（1552—1599）：英国思想家、诗人。

铁磨成绣花针"。你不信吗？当拿破仑的军队征服普鲁士占据柏林的时候，有一位穷教授叫做菲希特（Fichte）的①，天天在讲堂上劝他的国人要有信心，要信仰他们的民族是有世界的特殊使命的，是必定要复兴的。菲希特死的时候（一八一四），谁也不能预料德意志统一帝国何时可以实现，然而不满五十年，新的统一的德意志帝国居然实现了。

一个国家的强弱盛衰，都不是偶然的，都不能逃出因果的铁律的。我们今日所受的苦痛和耻辱，都只是过去种种恶因种下的恶果。我们要收将来的善果，必须努力种现在的新因。一粒一粒的种，必有满仓满屋的收，这是我们今日应该有的信心。

我们要深信：今日的失败，都由于过去的不努力。

我们要深信：今日的努力，必定有将来的大收成。

佛典里有一句话"福不唐捐"！唐捐就是白白的丢了。我们也应该说："功不唐捐！"没有一点努力是会白白的丢了的。在我们看不见想不到的时候，在我们看不见想不到的方向，你瞧！你下的种子早已生根发叶开花结果了！

你不信吗？法国被普鲁士打败之后，割了两省地，赔了五十万万法郎的赔款。这时候有一位刻苦的科学家巴斯德（Pasteur）终日埋头在他的试验室里做他的化学试验和微菌学研究。他是一个最爱国的人，然而他深信只有科学可以救国。他用一生的精力证明了三个科学问题：（一）每一种发酵作用都是由于一种微菌的发展；（二）每一种传染病都是由于一种微菌在生物体中的发展；（三）传染病的微菌，在特殊的培养之下，可以减轻毒力，

---

① 菲希特（Fichte）：通译费希特（1762—1814），德国哲学家。著有《自然法学基础》等。

使它从病菌变成防病的药苗。这三个问题，在表面上似乎都和救国大事业没有多大的关系。然而从第一个问题的证明，巴斯德定出做醋酿酒的新法，使全国的酒醋业每年减除极大的损失。从第二个问题的证明，巴斯德教全国的蚕丝业怎样选种防病，教全国的畜牧农家怎样防止牛羊瘟疫，又教全世界的医学界怎样注重消毒以减除外科手术的死亡率。从第三个问题的证明，巴斯德发明了牲畜的脾热瘟的治疗药苗，每年替法国农家减除了二千万法郎的大损失，又发明了疯狗咬毒的治疗法，救济了无数的生命。所以英国的科学家赫胥黎（Huxley）在皇家学会里称颂巴斯德的功绩道："法国给了德国五十万万法郎的赔款，巴斯德先生一个人研究科学的成绩足够还清这一笔赔款了。"

巴斯德对于科学有绝大的信心，所以他在国家蒙奇辱大难的时候，终不肯抛弃他的显微镜与试验室。他绝不想他的显微镜底下能偿还五十万万法郎的赔款，然而在他看不见想不到的时候，他已收获了科学救国的奇迹了。

朋友们，在你最悲观最失望的时候，那正是你必须鼓起坚强的信心的时候。你要深信：天下没有白费的努力。成功不必在我，而功力必不唐捐。

二十一，六，二十七夜

（原刊 1932 年 7 月 3 日《独立评论》第 7 号）

领袖人才的来源

北京大学教授孟森先生前天寄了一篇文字来，题目是论"士大夫"（见《独立》第十二期）。他下的定义是：

> "士大夫"者，以自然人为国负责，行事有权，败事有罪，无神圣之保障，为诛殛所可加者也。

虽然孟先生说的"士大夫"，从狭义上说，好像是限于政治上负大责任的领袖，然而他又包括孟子说的"天民"一级不得位而有绝大影响的人物，所以我们可以说，若用现在的名词，孟先生文中所谓"士大夫"应该可以叫做"领袖人物"，省称为"领袖"。孟先生的文章是他和我的一席谈话引出来的，我读了忍不住想引申他的意思，讨论这个领袖人才的问题。

孟先生此文的言外之意是叹息近世居领袖地位的人缺乏真领袖的人格风度，既抛弃了古代"士大夫"的风范，又不知道外国的"士大夫"的流风遗韵，所以成了一种不足表率人群的领袖。他发愿要搜集中国古来的士大夫人格可以做后人模范的，做一部

《士大夫集传》；他又希望有人搜集外国士大夫的精华，做一部《外国模范人物集传》。这都是很应该做的工作，也许是很有效用的教育材料。我们知道《新约》里的几种耶稣传记影响了无数人的人格；我们知道布鲁达克（Plutarch）的英雄传影响了后世许多的人物。欧洲的传记文学发达的最完备，历史上重要人物都有很详细的传记，往往有一篇传记长至几十万言的，也往往有一个人的传记多至几十种的。这种传记的翻译，倘使有审慎的选择和忠实明畅的译笔，应该可以使我们多知道一点西洋的领袖人物的嘉言懿行，间接的可以使我们对于西方民族的生活方式得一点具体的了解。

中国的传记文学太不发达了，所以中国的历史人物往往只靠一些干燥枯窘的碑版文字或史家列传流传下来；很少的传记材料是可信的，可读的已狠①少了；至于可歌可泣的传记，可说是绝对没有。我们对于古代大人物的认识，往往只全靠一些很零碎的轶事琐闻。然而我至今还记得我做小孩子时代读的朱子《小学》里面记载的几个可爱的人物，如汲黯、陶渊明之流。朱子记陶渊明，只记他做县令时送一个长工给他儿子，附去一封家信，说："此亦人子也，可善遇之。"这寥寥九个字的家书，印在脑子里，也颇有很深刻的效力，使我三十年来不敢轻用一句暴戾的辞气对待那帮我做事的人。这一个小小例子可以使我承认模范人物的传记，无论如何不详细，只须剪裁的得当，描写的生动，也未尝不可以做少年人的良好教育材料，也未尝不可介绍一点做人的风范。

---

① 此处"狠"字疑似笔误，似应为"很"。本书后文中也可见，同此注。——编者注。

但是传记文学的贫乏与忽略，都不够解释为什么近世中国的领袖人物这样稀少而又不高明。领袖的人才决不是光靠几本《士大夫集传》就能铸造成功的。"士大夫"的稀少，只是因为"士大夫"在古代社会里自成一个阶级，而这个阶级久已不存在了。在南北朝的晚期，颜之推说：

> 吾观《礼经》，圣人之教，箕帚匕箸，咳唾唯诺，执烛沃盥，皆有节文，亦为至矣。但《礼经》既残缺非复全书，其有所不载，及世事变改者，学达君子自为节度，相承行之。故世号"士大夫风操"。而家门颇有不同，所见互称长短。然其阡陌亦自可知（《颜氏家训·风操》第六）。

在那个时代，虽然经过了魏、晋旷达风气的解放，虽然经过了多少战祸的摧毁，"士大夫"的阶级还没有完全毁灭，一些名门望族都竭力维持他们的门阀。帝王的威权，外族的压迫。终不能完全消灭这门阀自卫的阶级观念。门阀的争存不全靠声势的煊赫，子孙的贵盛。他们所倚靠的是那"士大夫风操"，即是那个士大夫阶级所用来律己律人的生活典型。即如颜氏一家，遭遇亡国之祸，流徙异地，然而颜之推所最关心的还是"整齐门内，提撕子孙"，所以他著作家训，留作他家子孙的典则。隋、唐以后，门阀的自尊还能维持这"士大夫风操"至几百年之久。我们看唐朝柳氏和宋朝吕氏、司马氏的家训，还可以想见当日士大夫的风范的保存是全靠那种整齐严肃的士大夫阶级的教育的。

然而这士大夫阶级终于被科举制度和别种政治和经济的势力打破了。元、明以后，三家村的小儿只消读几部刻板书，念几百篇科举时文，就可以有登科做官的机会；一朝得了科第，像《红鸳禧》戏文里的丐头女婿，自然有送钱投靠的人来拥戴他去走马上任。他从小学的是科举时文，从来没有梦见过什么古来门阀里的"士大夫风操"的教育与训练，我们如何能期望他居士大夫之位要维持士大夫的人品呢？

以上我说的话，并不是追悼那个士大夫阶级的崩坏，更不是希冀那种门阀训练的复活。我要指出的是一种历史事实。凡成为领袖人物的，固然必须有过人的天资做底子，可是他们的知识见地，做人的风度，总得靠他们的教育训练。一个时代有一个时代的"士大夫"，一个国家有一个国家的范型式的领袖人物。他们的高下优劣，总都逃不出他们所受的教育训练的势力。某种范型的训育自然产生某种范型的领袖。

这种领袖人物的训育的来源，在古代差不多全靠特殊阶级（如中国古代的士大夫门阀，如日本的贵族门阀，如欧洲的贵族阶级及教会）的特殊训练。在近代的欧洲则差不多全靠那些训练领袖人才的大学。欧洲之有今日的灿烂文化，差不多全是中古时代留下的几十个大学的功劳。近代文明有四个基本源头：一是文艺复兴，二是十六七世纪的新科学，三是宗教革新，四是工业革命。这四个大运动的领袖人物，没有一个不是大学的产儿。中古时代的大学诚然是幼稚的可怜，然而意大利有几个大学都有一千年的历史；巴黎、牛津、康桥都有八九百年的历史；欧洲的有名大学，多数是有几百年的历史的；最新的大学，如莫斯科大学也有一百八十多年了，柏林大学是一百二十岁了。有了这样长期的存在，才有积聚的图书设备，才有集中的人才，才有继长增高的学问，才有那使人依恋崇敬的"学风"。至于今日，西方国家的领袖人物，那一个不是从大学出来的？即使偶有三五个例外，也没有一个不是直接间接受大学教育的深刻影响的。

在我们这个不幸的国家，一千年来，差不多没有一个训练领袖人才的机关。贵族门阀是崩坏了，又没有一个高等教育的书院是有持久性的，也没有一种教育是训练"有为有守"的人才的。五千年的古国，没有一个三十年的大学！八股试帖是不能造领袖人才的，做书院课卷是不能造领袖人才的，当日最高的教育——理学与经学考据，也是不能造领袖人才的。现在这些东西都快成了历史陈迹了，然而这些新起的"大学"，东抄西袭的课程，朝三暮四的学制，七零八落的设备，四成五成的经费，朝秦暮楚的校长，东家宿而西家餐的教员，十日一雨五日一风的学潮，也都还没有造就领袖人才的资格。

丁文江先生在《中国政治的出路》（《独立》第十一期）里曾指出"中国的军事教育比任何其他的教育都要落后"，所以多数的军人都"因为缺乏最低的近代知识和训练，不足以担任国家的艰巨"。其实他太恭维"任何其他的教育"了！茫茫的中国，何处是训练大政治家的所在？何处是养成执法不阿的伟大法官的所在？何处是训练财政经济专家学者的所在？何处是训练我们的思想大师或教育大师的所在？

领袖人物的资格在今日已不比古代的容易了。在古代还可以有刘邦、刘裕一流的枭雄出来平定天下，还可以像赵普那样的人妄想用"半部《论语》治天下"。在今日的中国，领袖人物必须具备充分的现代见识，必须有充分的现代训练，必须有足以引起多数人信仰的人格。这种资格的养成，在今日的社会，除了学校，别无他途。

我们到今日才感觉整顿教育的需要，真有点像"临渴掘井"了。然而治七年之病，终须努力求三年之艾。国家与民族的生命是千万年的。我们在今日如果真感觉到全国无领袖的苦痛，如果真感觉到"盲人骑瞎马"的危机，我们应当深刻的认清只有咬定牙根来彻底整顿教育，稳定教育，提高教育的一条狭路可走。如果这条路上的荆棘不扫除，虎狼不驱逐，奠基不稳固；如果我们还想让这条路去长久埋没在淤泥水潦之中，那么，我们这个国家也只好长久被一班无知识无操守的浑人领导到沉沦的无底地狱里去了。

《四十自述》自序（节选）

我在这十几年中，因为深深的感觉中国最缺乏传记的文学，所以到处劝我的老辈朋友写他们的自传。不幸的很，这班老辈朋友虽然都答应了，终不肯下笔。最可悲的一个例子是林长民先生，他答应了写他的五十自述作他五十岁生日的纪念；到了生日那一天，他对我说："适之，今年实在太忙了，自述写不成了；明年生日我一定补写出来。"不幸他庆祝了五十岁的生日之后，不上半年，他就死在郭松龄的战役里，他那富于浪漫意味的一生就成了一部人间永不能读的逸书了！

梁启超先生也曾同样的允许我。他自信他的体力精力都很强，所以他不肯开始写他的自传。谁也不料那样一位生龙活虎一般的中年作家只活了五十五岁！虽然他的信札和诗文留下了绝多的传记材料，但谁能有他那样"笔锋常带情感"的健笔来写他那五十五年最关重要又最有趣味的生活呢！中国近世历史与中国现代文学就都因此受了一桩无法补救的绝大损失了。

我有一次见着梁士诒先生，我很诚恳的劝他写一部自叙，因为我知道他在中国政治史与财政史上都曾扮演过很重要的角色，所以我希望他替将来的史家留下一点史料。我也知道他写的自传也许是要替他自己洗刷他的罪恶；但这是不妨事的，有训练的史家自有防弊的方法；最要紧的是要他自己写他心理上的动机，黑幕里的线索，和他站在特殊地位的观察。前两个月，我读了梁士诒先生的讣告，他的自叙或年谱大概也就成了我的梦想了。

此外，我还劝告过蔡元培先生，张元济先生，高梦旦先生，陈独秀先生，熊希龄先生，叶景葵先生。我盼望他们都不要叫我失望。

前几年，我的一位女朋友忽然发愤写了一部六七万字的自传，我读了很感动，认为中国妇女的自传文学的破天荒的写实创作。但不幸她在一种精神病态中把这部稿本全烧了。当初她每写成一篇寄给我看时，我因为尊重她的意思，不曾替她留一个副本，至今引为憾事。

我的《四十自述》，只是我的"传记热"的一个小小的表现。这四十年的生活可分作三个阶段，留学以前为一段，留学的七年（一九一○——一九一七）为一段，归国以后（一九一七——一九三一）为一段。我本想一气写成，但因为种种打断，只写成了这第一段的六章。现在我又出国去了，归期还不能确定，所以我接受了亚东图书馆的朋友们的劝告，先印行这几章。这几章都先在《新月》月刊上发表过，现在我都从头校改过，事实上的小错误和文字上的疏忽，都改正了。我的朋友周作人先生、葛祖兰先生，和族叔董人先生，都曾矫正我的错误，都是我最感谢的。

关于这书的体例，我要声明一点。我本想从这四十年中挑出十来个比较有趣味的题目，用每个题目来写一篇小说式的文字，略如第一篇写我的父母的结婚。这个计量曾经得死友徐志摩的热烈的赞许，我自己也很高兴，因为这个方法是自传文学上的一条新路子，并且可以让我（遇必要时）用假的人名地名描写一些太亲切的情绪方面的生活。但我究竟是一个受史学训练深于文学训练的人，写完了第一篇，写到了自己的幼年生活，就不知不觉的抛弃了小说的体裁，回到了谨严的历史叙述的老路上去了。这一变颇使志摩失望，但他读了那写家庭和乡村教育的一章，也曾表示赞许；还有许多朋友写信来说这一章比前一章更动人。从此以后，我就爽性这样写下去了。因为第一章只是用小说体追写一个传说，其中写那太子会颇有用想像补充的部分，虽经董人叔来信指出，我也不去更动了。但因为传闻究竟与我自己的亲见亲闻有别，所以我把这一章提出，称为"序幕"①。

我的这部《自述》虽然至今没写成，几位旧友的自传，如郭沫若先生的，如李季先生的，都早已出版了。自传的风气似乎已开了。我很盼望我们这几个三四十岁的人的自传的出世可以引起一班老年朋友的兴趣，可以使我们的文学里添出无数的可读而又可信的传记来。我们抛出几块砖瓦，只是希望能引出许多块美玉宝石来；我们赤裸裸的叙述我们少年时代的琐碎生活，为的是希望社会上做过一番事业的人也会赤裸裸的记载他们的生活，给史家做材料，给文学开生路。

二二·六·二七　在太平洋上
（选自《四十自述》初版，1933 年 9 月，
上海亚东图书局）

---

① 这里说的"序幕"即指下文《我的母亲的订婚》。

信心与反省

　　这一期（《独立》一〇三期）里有寿生先生的一篇文章，题为《我们要有信心》。在这文里，他提出一个大问题：中华民族真不行吗？他自己的答案是：我们是还有生存权的。

　　我很高兴我们的青年在这种恶劣空气里还能保持他们对于国家民族前途的绝大信心。这种信心是一个民族生存的基础，我们当然是完全同情的。

　　可是我们要补充一点：这种信心本身要建筑在稳固的基础之上，不可站在散沙之上。如果信仰的根据不稳固，一朝根基动摇了，信仰也就完了。

　　寿生先生不赞成那些旧人"拿什么五千年的古国哟，精神文明哟，地大物博哟，来遮丑"，这是不错的。然而他自己提出的民族信心的根据，依我看来，文字上虽然和他们不同，实质上还是和他们同样的站在散沙之上，同样的挡不住风吹雨打。例如他说：

　　　　我们今日之改进不如日本之速者，就是因为我们的固有文化太丰富了。富于创造性的人，个性必强，接受性就较缓。

　　这种思想在实质上和那五千年古国精神文明的迷梦是同样的无稽的夸大。第一，他的原则"富于创造性的人，个性必强，接受性就较缓"，这个大前提就是完全无稽之谈，就是懒惰的中国士大夫捏造出来替自己遮丑的胡说。事实上恰是相反的：凡富于创造性的人必敏于模仿，凡不善模仿的人决不能创造。创造是一个最误人的名词，其实创造只是模仿到十足时的一点点新花样。古人说的最好："太阳之下，没有新的东西"，一切所谓创造都从模仿出来。我们不要被新名词骗了。新名词的模仿就是旧名词的"学"字；"学之为言效也"是一句不磨的老话。例如学琴，必须先模仿琴师弹琴；学画必须先模仿画师作画；就是画自然界的景物，也是模仿。模仿熟了，就是学会了，工具用的熟了，方法练的细密了，有天才的人自然会"熟能生巧"，这一点工夫到时的奇巧新花样就叫做创造。凡不肯模仿，就是不肯学人的长处。个肯学如何能创造？葛理略（Galileo）听说荷兰有个磨镜匠人做成了一座望远镜，他就依他听说的造法，自己制造了一座望远镜。这就是模仿，也就是创造。从十七世纪初年到如今，望远镜和显微镜都年年有进步，可是这三百年的进步，步步是模仿，也步步是创造。一切进步都是如此：没有一件创造不是先从模仿下手的。孔子说的好：

　　三人行，必有我师焉：择其善者而从之，其不善者而改之。

这就是一个圣人的模仿。懒人不肯模仿，所以决不会创造。一个民族也和个人一样，最肯学人的时代就是那个民族最伟大的时代，等到他不肯学人的时候，他的盛世已过去了，他已走上衰老僵化的时期了。我们中国民族最伟大的时代正是我们最肯模仿四邻的时代：从汉到唐、宋，一切建筑、绘画、雕刻、音乐、宗教、思想、算学、天文、工艺，那一件里没有模仿外国的重要成分？佛教和他带来的美术建筑，不用说了。从汉朝到今日，我们的历法改革，无一次不是采用外国的新法；最近三百年的历法是完全学西洋的，更不用说了。到了我们不肯学人家的好处的时候，我们的文化也就不进步了。我们到了民族中衰的时代，只有懒劲学印度人的吸食鸦片，却没有精力学满族人的不缠脚，那就是我们自杀的法门了。

第二，我们不可轻视日本人的模仿。寿生先生也犯了一般人轻视日本的恶习惯，抹杀日本人善于模仿的绝大长处。日本的成功，正可以证明我在上文说的"一切创造都从模仿出来"的原则。寿生说：

> 从唐以至日本明治维新，千数百年间，日本有一件事足为中国取镜者吗？中国的学术思想在她手里去发展改进过吗？我们实无法说有。

这又是无稽的诬告了。三百年前，朱舜水到日本；他居留久了，能了解那个岛国民族的优点，所以他写信给中国的朋友说，日本的政治虽不能上比唐、虞，可以说比得上三代盛世。这一个中国大学者在长期寄居之后下的考语，是值得我们的注意的。日本民族的长处全在他们肯一心一意的学别人的好处。他们学了中国的无数好处，但始终不曾学我们的小脚、八股文、鸦片烟。这不够"为中国取镜"吗？他们学别国的文化，无论在那一方面，凡是学到家的，都能有创造的贡献。这是必然的道理。浅见的人都说日本的山水人物画是模仿中国的，其实日本画自有他的特点，在人物方面的成绩远胜过中国画，在山水方面也没有走上四王的笨路。在文学方面，他们也有很大的创造。近年已有人赏识日本的小诗了。我且举一个大家不甚留意的例子。文学史家往往说日本的《源氏物语》等作品是模仿中国唐人的小说《游仙窟》等书的。现今《游仙窟》已从日本翻印回中国来了，《源氏物语》也有了英国人卫来先生（Arthur Waley）的五巨册的译本。我们若比较这两部书，就不能不惊叹日本人创造力的伟大。如果"源氏"真是从模仿《游仙窟》出来的，那真是徒弟胜过师傅千万倍了！寿生先生原文里批评日本的工商业，也是中了成见的毒。日本今日工商业的长脚发展，虽然也受了生活程度比人低和货币低落的恩惠，但他的根基实在是全靠科学与工商业的进步。今日大阪与兰肯歇的竞争，骨子里还是新式工业与旧式工业的竞争。日本今日自造的纺织器是世界各国公认为最新、最良的。今日英国纺织业也不能不购买日本的新机器了，这是从模仿到创造的最好的例子。不然，我们工人的工资比日本更低，货币平常也比日本钱更贱，为什么我们不能"与他国资本家抢商场"呢？我们到了今日，若还要抹煞事实，笑人模仿，而自居于"富于创造性者"的不屑模仿，那真是盲目的夸大狂了。

　　第三，再看看"我们的固有文化"是不是真的"太丰富了"。寿生和其他夸大本国固有文化的人们，如果真肯平心想想，必然也会明白这句话也是无根的乱谈。这个问题太大，不是这篇短文里所能详细讨论的，我只能指出这个比较重要之点，使人明白我们的固有文化实在是很贫乏的，谈不到"太丰富"的梦话。近代的科学文化、工业文化，我们可以撇开不谈，因为在那些方面，我们的贫乏未免太丢人了。我们且谈谈老远的过去时代罢。我们的周、秦时代当然可以和希腊、罗马相提比论，然而我们如果平心研究希腊、罗马的文学、雕刻、科学、政治，单是这四项就不能不使我们感觉我们的文化的贫乏了。尤其是造形美术与算学的两方面，我们真不能不低头愧汗。我们试想想，"几何原本"的作者欧几里得（Euclid）正和孟子先后同时，在那么早的时代，在二千多年前，我们在科学上早已太落后了！（**少年爱国的人何不试拿《墨子·经上》篇里的三五条几何学界说来比较"几何原本"**?）从此以后，我们所有的，欧洲也都有；我们所没有的，人家所独有的，人家都比我们强。试举一个例子：欧洲有三个一千年的大学，有许多个五百年以上的大学，至今继续存在，继续发展，我们有没有？至于我们所独有的宝贝，骈文、律诗、八股、小脚、太监、姨太太、五世同居的大家庭、贞节牌坊、地狱活现的监狱、廷杖、板子夹棍的法庭……虽然"丰富"，虽然"在这世界无不足以单独成一系统"，究竟都是使我们抬不起头来的文物制度。即如寿生先生指出的"那更光辉万丈"的宋、明理学，说起来也真正可怜！讲了七八百年的理学，没有一个理学圣贤起来指出裹小脚是不人道的野蛮行为，只见大家崇信"饿死事极小，失节事极大"的吃人礼教：请问那万丈光辉究竟照耀到那里去了？

以上说的，都只是略略指出寿生先生代表的民族信心是建筑在散沙上面，禁不起风吹草动，就会倒塌下来的。信心是我们需要的，但无根据的信心是没有力量的。

可靠的民族信心，必须建筑在一个坚固的基础之上，祖宗的光荣自是祖宗之光荣，不能救我们的痛苦羞辱，何况祖宗所建的基业不全是光荣呢？我们要指出：我们的民族信心必须站在"反省"的唯一基础之上。反省就是要闭门思过，要诚心诚意的想，我们祖宗的罪孽深重，我们自己的罪孽深重；要认清了罪孽所在，然后我们可以用全副精力去消灾灭罪。寿生先生引了一句"中国不亡是无天理"的悲叹词句，他也许不知道这句伤心的话是我十三四年前在中央公园后面柏树下对孙伏园先生说的，第二天被他记在《晨报》上，就流传至今。我说出那句话的目的，不是要人消极，是要人反省；不是要人灰心，是要人起信心，发下大弘誓来忏悔，来替祖宗忏悔，替我们自己忏悔；要发愿造新因来替代旧日种下的恶因。

今日的大患在于全国人不知耻。所以不知耻者，只是因为不曾反省。一个国家兵力不如人，被人打败了，被人抢夺了一大块土地去，这不算是最大的耻辱。一个国家在今日还容许整个的省分遍种鸦片烟，一个政府在今日还要依靠鸦片烟的税收——公卖税、吸户税、烟苗税、过境税——来做政府的收入的一部分，这是最大的耻辱。一个现代民族在今日还容许他们的最高官吏公然提倡什么"时轮金刚法会"、"息灾利民法会"，这是最大的耻辱。一个国家有五千年的历史，而没有一个四十年的大学，甚至于没有一个真正完备的大学，这是最大的耻辱。一个国家能养三百万不能捍卫国家的兵，而至今不肯计划任何区域的国民义务教育，这是最大的耻辱。

真诚的反省自然发生与真诚的愧耻。孟子说的好："不耻不若人，何若人有？"真诚的愧耻自然引起向上的努力，要发弘愿努力学人家的好处，铲除自家的罪恶。经过这种反省与忏悔之后，然后可以起新的信心：要信仰我们自己正是拨乱反正的人，这个担子必须我们自己来挑起。三四十年的天足运动已经差不多完全铲除了小脚的风气：从前大脚的女人要装小脚，现在小脚的女人要装大脚了。风气转移的这样快，这不够坚定我们的自信心吗？

历史的反省自然使我们明了今日的失败都因为过去的不努力，同时也可以使我们格外明了"种瓜得瓜，种豆得豆"的因果铁律。铲除过去的罪孽只是割断已往种下的果。我们要收新果，必须努力造新因。祖宗生在过去的时代，他们没有我们今日的新工具，也居然能给我们留下了不少的遗产。我们今日有了祖宗不曾梦见的种种新工具，当然应该有比祖宗高明千百倍的成绩，才对得起这个新鲜的世界。日本一个小岛国，那么贫瘠的土地，那么少的人民，只因为伊藤博文、大久保利通、西乡隆盛等几十个人的努力，只因为他们肯拼命的学人家，肯拼命的用这个世界的新工具，居然在半个世纪之内一跃而为世界三五大强国之一。这不够鼓舞我们的信心吗？

反省的结果应该使我们明白那五千年的精神文明，那"光辉万丈"的宋、明理学，那并不太丰富的固有文化，都是无济于事的银样蜡枪头。我们的前途在我们自己的手里。我们的信心应该望在我们的将来。我们的将来全靠我们下什么种，出多少力。"播了种一定会有收获，用了力决不至于白费"：这是翁文灏先生要我们有的信心。

二十三，五，二十八

今日思想界的一个大弊病

现在有一些写文字的人最爱用整串的抽象名词，翻来覆去，就像变戏法的人搬弄他的"一个郎当，一个郎当，郎当一郎当"一样。他们有时候用一个抽象名词来替代许多事实，有时候又用一大串抽象名词来替代思想，有时候同一个名词用在一篇文章里可以有无数的不同的意义。我们这些受过一点严格的思想训练的人，每读这一类的文字，总觉得无法抓住作者说的是什么话，走的是什么思路，用的是什么证据。老实说，我们看不懂他们变的什么掩眼法。

我试从我平日最敬爱的一个朋友，陶希圣先生的"为什么否认现在的中国"一篇里，引一些例子。

（1）在先，资本主义的支配还不大厉害的时候，中国人便想自己也来一番资本主义，去追上欧美列强。

我们试想"也来一番资本主义"这句话是不是可以替代庚子拳祸以前的一切变法维新的企图？设船厂、兴海军、兴教育、改科举、立制造局、翻译格致书籍，派遣留学生等等，这都可以用"也来一番资本主义"包括了！这不是用抽象名词代替许多事实吗？

（2）胡先生在过去与封建主义争斗的光荣，是我们最崇拜最愿崇拜的。

这里说的是我自己了。然而我搜索我半生的历史，我就不知道我曾有过"与封建主义争斗的光荣"。压根儿我就不知道这四十年的中国"封建主义"是个什么样子。所以陶先生如果说我曾提倡白话文，我没法子抵赖。他恭维我曾与封建主义争斗，我只好对他说"小人无罪"。如果我做过什么"争斗"，我打的是骈文律诗古文，是死的文字，是某种某种混沌的思想，是某些某些不科学的信仰，是某个某个不人道的制度。这些东西各有很长的历史，各有他的历史演变的事实，都是最具体的东西，都不能用一个抽象名词（如"封建主义"）来解释他们，形容他们，或概括他们。即如骈文律诗，在中国古代封建制度的的确确存在的时代，何尝有骈文律诗的影子？骈文律诗起于比较很晚的时代，与封建主义何干？那个道地的封建制度之下，人们歌唱的（如国风）是白话，写的（如论语）也是白话。后来在一个统一的帝国之下，前一个时代的活文字渐渐僵死了，变成古文，被保留作统一帝国的交通工具，这与封建主义何干？又如我们所攻击的许多传统思想和信仰，绝大部分是两千年的长期印度化的产物，都不是中国古代封建制度之下原有的东西。把这些东西都归罪到"封建主义"一个名词，其错误等于说痨病由于痨病鬼，天花由于天花娘娘，自缢寻死由于吊死鬼寻替身！

以上的例子都是用一个抽象名词来替代许多具体的历史事实。这毛病是笼统，是混沌，是抹煞事实。

（3）没有殖民地，我们想象不到欧美的灿烂光华。他们的灿烂光华是向殖民地推销商品和投下资本赚下来的。

（4）没有殖民地，资本主义便不能存在。

这样的推理，只是武断的把一串名词排成一个先后次序，把名词的先后次序替代了因果的关系。"没有殖民地，就没有了资本主义；没有了资本主义，就没有了欧美的灿烂光华。"多么简单干脆的推论！中国没有殖民地（?），中国就没有资本主义。德国的殖民地全被巴黎和约剥夺了，德国也就没有资本主义了，也就不会有灿烂光华了。明明美国让菲律宾独立了，或者菲律宾和夏威夷群岛都被日本抢去了，美国的资本主义也就不能存在了。况且在三十六年前，美国压根儿就不曾有过一块殖民地，美国大概就没有资本主义了吧？大概也就没有什么"灿烂光华"了吧？这是史实吗？

以上的例子是用连串名词的排列来替代思想的层次，来冒充推理的程序。这毛病是懒惰、是武断。

（5）灿烂的个人自由的经济经营时代，至少是不能在中国再见的了。自由的旗帜高张起来也是空的。有组织有计划的生产，自然与自由主义的思想不相容。不过，民主或自由的思想在中国虽然空的很，却有一些重大的使命。这是因为封建主义还存在。在对抗封建主义的阵容一点上，民主与自由主义是能够叫动社会同情的。如果误解这种同情的到来，是说中国的文化必走上民主自由的十九世纪欧美式上，那便推论得太远了一点了。

这一段文章里用"自由"一个名词，凡有六次。第一个"自由"是经济的，是自由竞争的经济经营。第二个"自由"好像是指民国七八年以来我们一班朋友主张的自由主义的人生观和要求思想言论自由的政治主张。第三个"自由"就不好懂了：明明说的是"自由主义的思想"，却又是和"有组织有计划的生产"不相容，又好像是指自由竞争的经济经营了。我们愚笨的很，只知道"自由主义的思想"和专制政治不相容，和野蛮黑暗的恶势力不相容，我们就没听见过它和"有组织有计划的生产"不相容。姑且不说大规模集中生产的资本主义也是"有组织有计划"的。试看看丹麦和其他北欧各国的各种生产合作制度，何尝不是"有组织有计划的生产"？又何尝与自由主义的思想不相容？所以这第三个"自由"当然还是第一次提到的自由竞争的经济经营。第四个"自由"又是指我们的思想言论自由的民治主张了。第五个"自由"也是如此。第六个"自由"的意义又特别扩大了，扩大到"十九世纪欧美式"的文化，这当然要包括自由竞争的经济制度和思想言论自由的政治要求等等了。

这里用"自由"六次，至少有三个不同的意义：（1）自由竞争的经济经营；（2）我们一班朋友要求思想言论自由的民治主张；（3）"十九世纪欧美式"的自由主义的文化。这三个广狭不同的意义，颠来倒去，忽下忽上，如变戏法的人抛起三个球，滚上滚下，使人眼睛都迷眩了，究竟看不清是一个球，还是三个球，还是五六个球。这样费大气力，变大花头，为的是什么呢？难道真是要叫读者眼光迷眩了，好相信胡适之不赞成"中国本位的文化建设"就是要"回转十九世纪欧美自由主义的路"，而"回转十九世纪欧美自由主义的路"就等于犯了主张资本主义的大罪恶！

这样的例子是滥用一个意义可广可狭的名词，忽而用其广义，忽而用其狭义，忽而又用其最广义。近人用"资本主义"，"封建主义"等等名词，往往犯这种毛病。这毛病，无心犯的是粗心疏忽，有心犯的是舞文弄法。

这些例子所表示的，总名为"滥用名词"的思想作文方法。在思想上，它造成懒惰笼统的思想习惯：在文字上，它造成铿锵空洞的八股文章。这都是中国几千年的文字障的遗毒。古人的文字，谈空说有，说性谈天，主静主一，小部分都是"囊风橐雾""捕风捉影"的名词变戏法。"色不异空，空不异色；色即是空，空即是色。"这是人人皆知的模范文体。"用而不有，即有真空，空而不无，玄知妙有。妙有则摩诃般若，真空则清静涅槃。般若无照，能照涅槃，涅槃无生，能生槃若。"我们现在读这样的文字，当然会感觉这是用名词变戏法了。但我们现在读某位某位大师的名著，高谈着"封建主义时期"，"商业资本主义时期"，"落后资本主义时期"，"亚细亚生产方式时期"，"资本主义文化"，"社会主义文化"，"中国本位文化建设"，"创造的综合"，"奥伏赫变"，"迎头赶上"，……我们就不认得这也是搬弄名词的把戏了。

这种文字障，名词障，不是可以忽视的毛病。这是思想上的绝大障碍。名词是思想的一个重要工具。要使这个工具确当，用的有效，我们必须严格的戒约自己：第一，切不可乱用一个意义不曾分析清楚的抽象名词。（例如用"资本主义"，你得先告诉我，你心里想象的是你贵处的每月三分的高利贷，还是伦敦纽约的年息二厘五的银行放款。）第二，与其用抽象名词，宁可多列举具体的事实：事实容易使人明白，名词容易使人糊涂。第三，名词连串的排列，不能替代推理：推理是拿出证据来，不是搬出名词来。第四，凡用一个意义有广狭的名词，不可随时变换它的涵义。第五，我们要记得唐朝庞居士临死时的两句格言："但愿空诸所有，不可实诸所无。"本没有鬼，因为有了"大头鬼""长脚鬼"等等鬼名词，就好像真有鬼了。滥造鬼名词的人自己必定遭鬼迷，不可不戒！

二十四，五，二十七夜

原载 1935 年 6 月 2 日《独立评论》153 号）

大众语在那儿

自从一些作家提出了"大众语"的问题，常有朋友问我对这问题有什么意见。我对于这个问题只有一个小意见：请大家先做点大众语的作品出来，给我们看看。

在民国八年的八月里，我的朋友李辛自先生来对我说："你们办的报是为大学、中学的学生看的，你们说的话是老百姓看不懂的。我现在要办个报给老百姓看，名字就叫做《新生活》。今天来找你，是要你给我的报做一篇短文章。老实说，这一篇是借你的名字来做广告的。以后我就不再请你做文章了：你们做的文章，老百姓看不懂。"

李辛白从前办过《安徽白话报》，他一生最喜欢办通俗小报。最近几年中，他在南京办了一个《老百姓》，现在不知道怎样了。

且说那一天，我答应了辛白的要求，就动手写一篇要给老百姓看的短文章。题目也是辛白出的："新生活是什么？"我拿起笔来，才知道这个题目不好做，才知道这篇文章不容易写（十五年后，我才得读国内贤豪的无数讲新生活的大文章，可惜都不能救济我十五年前的枯窘！）。我勉强写成了一篇短文，删了又删，改了又改，足足费了我一个整天的工夫，才写定了一千多字，登在《新生活》的创刊号上。

这篇短文（《胡适文存》，页一〇一七；《胡适文选》，页五一）后来跑进了各种小学国语教科书里，初中国语教科书第一册也有选他的，要算是我的文章传播最广的一篇了。

我写了那篇文章之后，《新生活》杂志上就没有我的文字了。过了一年多，有一天我见着李辛白，我对他说："我看了这一年的《新生活》，只觉得你们的文章越写越深了。你们当初嫌我不能做老百姓看的文章，所以我很想看看你们的文章，我好学学老百姓看得懂的文章应该怎么做。可是我等了一年，还没有看到一篇老百姓看得懂的文章。"辛白回答道："糟极了！这一年之中，恐怕还只有你那篇文章是老百姓看得懂的！"

李辛白是提倡大众语文学的老祖宗。可是他办的报，尽管叫做"老百姓"，看的仍旧是中学堂里的学生，始终不会跑到老百姓的手里去。

那一次的一点经验，给了我不少的教训。后来又有一次经验，也是我忘记不了的。

民国二十二年的冬天，我在武汉大学讲演，同时在那边的客人有唐擘黄、杨金甫，还有几位，我记不清了。有一天，武汉大学的朋友说，山上的小学和幼稚园的小孩子要招待我们喝茶。我们很高兴的走到了那边，才知道那班小主人还要每个客人"说几句话"。这大概是武汉大学的朋友们布置下的促狭计策，要考考我们能不能向小孩子说话，能不能说幼稚园里的"大众语"！

提到演说，我可以算是久经大敌的老将了。我曾在加拿大和美国的联合广播台上向整个北美洲的人演说过，毫不觉得心慌。可是这一天我考落第了！那天我们都想用全副力量来说几句小孩子听得懂的话：想他们懂得我们的话和话里的意思。我说了一个故事，话是可以懂的，话里的意思（因为故事太深了）是他们不能完全了解的。我失败了。那一天只有杨金甫说的一个故事是全体小主人都听得懂，又都喜欢听的。别的客人都考了个不及格。

我说了这两次的经验，为的是要说明一个小小的意思。大众语不是在白话之外的一种特别语言文字。大众语只是一种技术，一种本领，只是那能够把白话做到最大多数人懂得的本领。

这种技术不光靠挑用单简明显的字眼语句，也不光靠能剿窃一两句方言土话。同是苏州人说苏州话，一样有个好懂和不好懂的分别。这种技术的高低，全看我们对于所谓"大众"的同情心的厚薄。凡是说话作文能叫人了解的人，都是富于同情心，能细心体贴他的听众（或读者）的。"体贴"就是艳词里说的"换我心为你心"；就是时时刻刻想到对面听话的人那一个字听不懂，那一句话不容易明白。能这样体贴人，自然能说听众懂得的话，自然能做读者懂得的文。

英国科学大家赫胥黎最会作通俗的科学讲演，他能对一大群工人作科学讲演。他自己说他最得力于科学前辈法拉第的一句话。有人问法拉第："你讲演科学的时候，你能假定听众对于你讲的题目先有了多少知识？"法拉第回答："我假定他们全不知道。"这就是体贴的态度。我们必须先想像这班听众全不知道我要对他们说的题目，方才能够细心体会用什么法子，选什么字句，才可以叫那些最没有根柢的人也能明白我要说的话。能够体贴到听众里面程度最低的一个人，然后能说大众全听得懂的话。

现在许多空谈大众语的人，自己就不会说大众的话，不会做大众的文，偏要怪白话不大众化，这真是不会写字怪笔秃了。白话本来是大众的话，决没有不可以回到大众去的道理。时下文人做的文字所以不能大众化，只是因为他们从来就没有想到大众的存在。因为他们心里眼里全没有大众，所以他们乱用文言的成语套语，滥用许多不曾分析过的新名词；文法是不中不西的，语气是不文不白的；翻译是硬译，做文章是懒做。他们本来就没有学会说白话，做白话，怪不得白话到了他们的手里就不肯听他们的指挥了。这样嘴里有大众而心里从来不肯体贴大众的人，就是真肯"到民间去"，他们也学不会说大众话的。

所以我说：大众语不是一个语言文字的问题，只是一个技术的问题。提倡大众语的人，都应该先训练自己做一种最大多数人看得懂、听得懂的文章。"看得懂"是为识字的大众着想的；"听得懂"是为不识字的大众着想的。我们如果真有心做大众语的文章，最好的训练是时时想像自己站在无线电发音机面前，向那绝大多数的农村老百姓说话，要字字句句他们都听得懂。用一个字，不要忘了大众；造一句句子，不要忘了大众；说一个比喻，不要忘了大众。这样训练的结果，自然是大众语了。

二十三，九，四

悲观声浪里的乐观

双十节的前一日，我在燕京大学讲演"究竟我们在这二十三年里干了些什么？"各报的记录，都不免有错误。我今天把那天说的话的大意写出来，做一篇应时节的星期论文。

我们在这个双十节的前后，总不免要想想，究竟辛亥革命至今二十三年中我们干了些什么？究竟有没有成绩值得纪念？在这个最危急的国难时期里，我们最容易走上悲观的路，最容易灰心短气，只觉得革命革了二十三个整年，到头来还是一事无成，文不能对世界文化有任何的贡献，武不能抵御一个强邻的侵暴，我们还有什么兴致年年做这样照例的纪念？这是很普遍的国庆日的感想。所以我觉得我们不肯灰心的人应该用公平的态度和历史的眼光，来重新估计这二十三年中的总成绩，来替中华民国盘一盘账。

今日最悲观的人，实在都是当初太乐观了的人。他们当初就根本没有了解他们所期望的东西的性质，他们梦想一个自由平等、繁荣强盛的国家，以为可以在短时期中就做到那种梦想的境界。他妄想一个"奇迹"的降临，想了二十三年，那"奇迹"还没有影子，于是他们的信心动摇了，他们的极度乐观变成极度悲观了。

换句话说：悲观的人的病根在于缺乏历史的眼光。因为缺乏历史的眼光，所以第一不明白我们的问题是多么艰难，第二不了解我们应付艰难的凭借是多么薄弱，第三不懂得我们开始工作的时间是多么迟晚，第四不想想二十三年是多么短的一个时期，第五不认得我们在这样短的时期里居然也做到了一点很可观的成绩。

如果大家能有一点历史的眼光，大家就可以明白这二十多年来，"奇迹"虽然没有光临，至少也有了一点很可以引起我们的自信心的进步。进步都是比较的。必须要有历史的比较，方才可以明白那一点是进步，那一点是退化。我们要计算这二十三年的成绩，必须要拿现在的成绩来比较二十三年前的状态，然后可以下判断。这是历史眼光的最浅近的说法。

上星期教育部长王世杰先生在他的广播演说里，谈到这二十三年里的教育进步，他说：拿民国二十三年来比民国元年，小学生增多了四倍，中学生增加了十倍，大学及专科学校学生增加了差不多一百倍。这三级的数量的太不相称，是很不应该的，是必须努力补救纠正的。但这个历史统计的比较，至少可以使我们明白这二十三年中，尽管在贫穷纷乱之中，也不是没有惊人的进步。

二十三年中教育上的进步，不仅仅是王世杰先生指出的数量上的增加而已，还有统计数字不能表现出来的各种进步。我们四十岁以上的人，试回头想想二十多年前的中国学校是个什么样子。二十五六年前，当我在上海做中学生的时代，中学堂的博物，用器画、三角、解析几何、高等代数，往往都是请日本教员来教的。北京、天津、南京、苏州、上海、武昌、成都、广州，各地的官立中学师范的理科工课，甚至于图画手工，都是请日本人教的。外国文与外国地理历史也都是请青年会或圣约翰出身的教员来教的。我记得我们学堂里的西洋历史课本是美国十九世纪前期一个托名 "Peter Parley" 的《世界通史》，开卷就说上帝七日创造世界，接着就说"洪水"，卷末有两页说中国，插了半页的图，刻着孔夫子戴着红缨大帽，拖着一条辫子！这是二十五年前的中国学堂的现状！现在我们有了一百十一所大学与学院了，这里面，除了极少数之外，一切学系都是中国人做主任做教员了；其中有好几个学系是可以在世界大学里立得住脚的；其中也有许多学者的科学成绩是世界学术界公认的。这不能不算是二十三年中的大进步吧？

试再看看二十五年前中国小学堂里读的什么书，用的什么文字。我在上海（**最开通的上海！**）做小学生的时候，读的是古文，一位先生用浦东话逐字逐句的解释，其实是翻译！做的是"孝弟说"，"今之为关也将以为暴义"，"汉文帝、唐太宗优劣论"。后来新编的教科书出来了，也还是用古文写的，字字句句都还要翻译讲解。民六以后，始有白话文的运动。民九以后，北京教育部始命令初小第一二年改用国语。民十一以后，小学与中学始改用国语教本。我们姑且不谈这十六七年中的新文学的积极的绝大成绩。我们试想想，每年一千一百万小学儿童避免了的苦痛，节省了的脑力，总不能不说这是二十年来的一大进步吧？

试再举科学研究来作个例。辛亥革命的时候，全国没有一个科学研究的机关，这是历史的事实，国内现在所有的科学研究机关——从最早成立的北京地质调查所，到最近成立的中央研究院——都是这二十年中的产儿。二十年是很短的时间，何况许多科学研究所与各大学的科学试验室又都只有四五年的历史呢？然而在这短时间内，在经费困难与时局不安定之下，我们居然发展了不少方面的科学。在自然科学的方面，地质学与古生物学的成绩是无疑的赶过日本的六十年的成绩了；生物学、生理学、药物化学、气象学，也都有了很显著的成绩。在历史科学与社会科学的方面，中央研究院的历史语言研究所在考古学上的工作，地质调查所在先史考古学上的工作，北平社会调查所与南开经济学院在经济社会方面的调查工作，也都在短时期中做出了很大的成绩，得到了世界学人的承认。二十年中有了这些方面的科学发展，比起民国初元的贫乏状态来，真好像在荒野里建造起了一些琼楼玉宇，这不可以算是这二十年的大进步吗？

这样的历史比较，是打破悲观、鼓舞信心最有效的方法。即如那二十年中好像最不争气的交通事业，如果用历史眼光去评量，这里那里也未尝没有一点进步。我们从徽州山里出来的人，从徽州到杭州从前要走六七天，现在只消六点钟了，这就是二十四倍的进步。前十年，一个甘肃朋友来到北京，走了一百〇四天；上星期有人从甘肃来，只消走十四天了；今年年底，陇海路通到了西安，时间更可以缩短了。

但这二十三年中最伟大而又最容易被人忽略的进步，要算各方面的社会改革。最明显的当然是女子的解放。在身体的方面，现在二十岁左右的中国女子不但恢复了健全的人样，并且渐渐的要变成世界上最美的女性了。在教育的方面，男女同学的实行不过十多年，现在不但社会默认为当然，在校的男女学生也都渐渐消除了从前男女之间那种种不自然的丑态。此外如女子的经济地位与法律地位的抬高，如女子参加职业和社会政治事业的人数的加多，如婚姻习惯的逐渐变更，如离婚妇女与再嫁妇女在社会上的地位的改善，这都是二十年来中国社会的大进步。

我记得在民九的前后，四川有一个十九岁的女子杀了她的"十不全"的残废丈夫，她在法庭上的自辩是："我没有别的法子可以避开他！"四川的法院判了她十五年的监禁。这个案子详到司法部，部里的大官认为判得太轻了，把原审法官交付惩戒。有一天，在一个席上，一位有名的法学家（**那时是法官惩戒委员会的会长**）大骂我们北京大学的教授，说我们提倡打倒礼教，所以影响到四川的法官，使他们故意宽纵这样谋杀亲夫的女人！然而十年之后，国民政府颁布的新刑律与新民法，有许多方面比我们在民八九年所梦想的还要激进的多了。时代变了，法学家也只好跟着走了。

总而言之，这二十三年中固然有许多不能满人意的现状，其中也有许多真正有价值的大进步。革命到底是革命，总不免造成一些无忌惮的恶势力，但同时也总会打倒一些应该打倒的旧制度与旧势力。有许多不满人意的事，当然是革命后的纷乱时期所造成的，所以我们也赞成"革命尚未成功"的名言。但我们如果平心估量这二十多年的盘账单，终不能不承认我们在这个民国时期确然有很大的进步，也不能不承认那些进步的一大部分都受了辛亥以来的革命潮流的解放作用的恩惠。明白承认了这二十年努力的成绩，这可以打破我们的悲观，鼓励我们的前进。事实明告我们，这点成绩还不够抵抗强暴，还不够复兴国家，这也不应该叫我们灰心，只应该勉励我们鼓起更大的信心来，要在这将来的十年二十年中做到更大什佰倍的成绩。古代哲人曾说："士不可以不弘毅，任重而道远"。悲观与灰心永远不能帮助我们挑那重担，走那长路！

二十三年双十节后二日

纪念"五四"

"五四"是十六年前的一个可纪念的日子。民国八年五月四日（星期日）下午，北京的十几个学校的几千学生集会在天安门，人人手里拿着一面白旗，写着"还我青岛"，"诛卖国贼曹汝霖、陆宗舆、章宗祥"，"日本人之孝子贤孙四大金刚三上将"等等字样。他们整队出中华门，前面两面很大的国旗，中间夹着一副挽联，上款是"曹汝霖、陆宗舆、章宗祥遗臭千古"。下款是"北京学界泪挽"。他们沿路散了许多传单，其中最重要的一张传单是这样写的：

北京学界全体宣言

现在日本在万国和会要求并吞青岛①，管理山东一切权利，就要成功！他们的外交大胜利了！我们的外交大失败了！山东大势一去，就是破坏中国的领土！中国的领土破坏，中国就亡了！所以我们学界今天排队到各国公使馆去要

---

① 万国和会：即巴黎和会。

求各国出来维持公理。务望全国工商各界一律起来设法开国民大会，外争主权，内除国贼。中国存亡，就在此一举了！

今与全国同胞立两个信条道：

中国的土地可以征服而不可以断送！

中国的人民可以杀戮而不可以低头！

国亡了！同胞起来呀！

他们到东交民巷西口，被使馆界巡警阻止不得通过，他们只能到美国使馆递了一个说帖，又举了六个代表到英法意三国使馆去递说帖。因为是星期日，各国公使都不在使馆，只有参赞出来接见，表示同情。

大队退出东交民巷，经过户部街，东长安街，东单牌楼，石大人胡同，一直到赵家楼的曹汝霖住宅。曹家的大门紧闭，大家齐喊"卖国贼呀！"曹宅周围有一两百警察，都站着不动。有些学生用旗杆捣下房上的瓦片，有几个学生爬上墙去，跳进屋去，把大门打开，大家就拥进去了。这一天，曹汝霖和章宗祥都在这屋里，群众人太多了，反寻不着这两个人。他们捉到曹汝霖的爹，小儿子，小老婆，都放了出去。他们打毁了不少的家具。后来他们捉到了章宗祥（驻日公使），打了他一顿，打的头破血流。这时候，有人放了火，火势大了，学生才跑出去。警察总监吴炳湘带队赶到，大众已散去了，只捉去了在路上落后的三十三个人。

这是"五四"那天的经过。（那时我在上海，以上的记载是根据《每周评论》第二十一期的材料。）

这一天的怒潮引起了全国的波动。北京政府最初采用压迫的手段，拘捕学生，封禁《益世报》，监视《晨报》《国民公报》，下令褒奖曹陆章三人的功绩。学生被拘禁了四天，由各校校长保释了。北京各校的学生天天组织露天讲演队，劝买国货，宣传对日本的经济抵制。全国各地的学生也纷纷响应。日本政府来了几次抗议，使中国青年格外愤慨。这样闹了一个多月，到六月三日，北京政府决心作大规模的压迫，开始捉拿满街讲演的学生。六月四日，各校学生联合会也决议更大规模的爱国讲演。六月三四两日被捉的学生约有两千多人，都被拘禁在北河沿北京大学法科。越捉越多，北大法科容不下了，马神庙的北大理科也被围作临时监狱了。五日的下午，各校派大队出发讲演，合计三千多人，分做三个大纵队：从顺治门到崇文门，从东单牌楼到西单牌楼，都有讲演队，捉也无从捉起了。政府才改变办法：只赶跑听众，不拘捕学生了。

那两天，两千多学生被关在北大法科理科两处，北河沿一带扎了二十个帐棚，有陆军第九师、步兵一营和第十五团驻扎围守，从东华门直到北大法科，全是兵士帐棚。我们看六月四日警察厅致北京大学的公函，可以想象当日的情状：

径启者：昨夜及本日迭有各学校学生一二千人在各街市游行演说，当经本厅遵照五月二十五日大总统命令，派出员警尽力制止，百般劝解，该学生等终不服从，犹复强行演说。当时地方秩序颇形扰乱，本厅商承警备总司令部，为维持公安计，不得已将各校学生分送北京大学法科及理科，酌派军警监护，另案呈请政府，听候解决。惟各该校人数众多，所有饮食用具，应请贵校速予筹备，以资应用。除函达教育部外，相应函达查照办理。此致北京大学。八年六月四日。

六月四日上海天津得着北京大拘捕学生的电报，各地人民都很愤激，学生都罢课了，上海商人一致宣布罢市三天。天津商人也宣布罢市了。上海罢市消息转到北京，政府才惊慌了，五日下午，北河沿的军队悄悄的撤退了，二十个帐棚也撤掉了。

这回学生奋斗一个月的结果，最重要的有两点：一是曹汝霖、陆宗舆、章宗祥的免职，二是中国出席和会的代表不敢在断送山东的和约上签字。政府屈服了，青年胜利了。（以上记载参用《每周评论》第二十五期的记事。）

"五四运动"一个名词，最早见于八年五月二十六日的《每周评论》（第二十三期）。一位署名"毅"的作者，——我不记得是谁的笔名了，——在那一期里写了一篇《五四运动的精神》，那篇文章是值得摘抄在这里的：

什么叫做"五四运动"呢？

民国八年五月四日北京学生几千人，因山东问题失败，在政府高压的底下，居然列队示威，作正当民意的表示。这是中国学生的创举，是中国教育界的创举，也是中国国民的创举。大家不可忘了！……这次运动里有三种真精神，可以关系中国民族的存亡。

第一，这次运动是学生牺牲的精神。……一班青年学生奋空拳，扬白手，和黑暗势力相斗，……这样的牺牲精神不磨灭，真是再造中国的元素。

第二，是社会裁制的精神。……这次学生虽然没有把他们（卖国贼）一个一个的打死，但是把他们在社会上的偶像打破了！以后的社会裁制更要多哩！……

第三，是民族自决的精神。……这次学生不问政府，直接向公使团表示，是中国民族对外自决的第一声。不求政府，直接惩办卖国贼，是对内自决的第一声。……

这篇文章发表在"五四运动"收到实际政治的效果之前，这里的三个评判是很公道的估计。

现在这个壮烈的运动已成了十六年前的史迹了。我们现在追叙这个运动的起源，当然不能不回想到那个在蔡元培先生领导之下的北京大学。蔡先生到北大，是在六年一月。在那两年之中，北大吸收了一班青年的教授，造成了一点研究学术和自由思想的风气。在现在看来，那种风气原算不得什么可惊异的东西。但在民国七八年之间，北大竟成了守旧势力和黑暗势力最仇视的中心。那个时代是安福俱乐部最得意的时代①；那一班短见的政客和日本军阀财阀合作，成立了西原借款和中日军事协定。在那强邻的势力和金钱的庇护之下，黑暗的政治势力好像是安如泰山的了。当时在北方的新势力中心只有一个北京大学。蔡先生初到北大，第一天就提出"研究学术"的宗旨，这是不致引起政府疑忌的。稍稍引起社会注意的是陈独秀先生主办的《新青年》杂志，最初反对孔教，后来提倡白话文学，公然主张文学革命，渐渐向旧礼教旧文化挑战了。当时安福政权的护法大神是段祺瑞，而段祺瑞的脑筋是徐树铮。徐树铮是林纾的门生，颇自居于"卫道君子"之流。《新青年》的同人攻击旧文学与旧礼教，引起了林纾的反攻；林纾著了几篇短篇小说，登在上海新《申报》上，其中

---

① 安福俱乐部：北洋皖系军阀的政客集团，1918 年由皖系政客徐树铮、王揖唐等在北京安福胡同成立，先后拥徐世昌、段祺瑞为总统。1926 年段祺瑞下台后瓦解。

《荆生》一篇，很明显的攻击陈独秀、胡适、钱玄同三人，并且希望有个伟丈夫荆生出来，用重十八斤的铜简，来制伏书痴。那篇小说的末尾有一唱三欢的论赞，中有云：

> 如此混浊世界，亦但有田生（陈）狄生（胡）足以自豪耳！安有荆生！

这是反激荆生的话，大家都很明白荆生暗射小徐将军[①]，——荆徐都是州名。所以在八年的春初，北京早已闹起"新旧思潮之争"，北大早已被认为新思想的大本营了。

但单有文学礼教的争论，也许还不至于和政治势力作直接冲突。七年的《新青年》杂志是有意不谈政治的。不谈政治而专注意文艺思想的革新，那是我的主张居多。陈独秀、李大钊、高一涵诸先生都很注意政治的问题。蔡先生也是关心政治的改善的。这种政治兴趣的爆发是在欧战终了（七年十一月十一）的消息传来的时候。停战的电报传出之夜，全世界都发狂了，中国也传染着了一点狂热。北京各学校，十一月十四日到十六，放了三天假，庆祝协约国的战胜。那几天，"旌旗满街，电彩照耀，鼓乐喧阗，好不热闹！东交民巷以及天安门左近，游人拥挤不堪"。（用陈独秀的《克林德碑》文中的话。）这时候，蔡先生（他本是主张参战的）的兴致最高，他在那三天庆祝之后，还向教育部借了天安门的露天讲台，约我们一班教授做了一天的对民众的"演说大会"。（演说辞散见《新青年》五卷五号及六号。）他老人家也演说了好几次。

---

① 小徐将军：即前文徐树铮。

这样热烈的庆祝协约国的胜利，难道蔡先生和我们真相信"公理战胜强权"了吗？现在回想起来，我们在当时都不免有点"借他人之酒杯，浇自己之块磊"。我们大家都不满意于国内的政治和国际的现状，都渴望起一种变化，都渴望有一个推动现状的机会。那年十一月的世界狂热，我们认作一个世界大变局的起点，也想抓住它作为推动中国社会政治的起点，同时我们也不免都受了威尔逊大总统的"十四原则"的麻醉，也都期望这个新世界可以使民主政治过平安日子。蔡先生最热心，也最乐观，他在那演说大会上演说《黑暗与光明的消长》（《蔡先生言行录》页八四—九十），他说：

> 我们为什么开这个演说大会？因为大学职员的责任并不是专教几个学生，更要设法给人人都受一点大学教育。在外国叫做平民大学。这一回的演说大会就是我国平民大学的起点。

这几话可以显出蔡老先生的伟大精神。这是他第一次借机会把北京大学的使命扩大到研究学术的范围以外。他老人家忍了两年，此时他真忍不住了！他说：

> 但我们的演说大会何以开在这个时候呢？现在正是协约国战胜德国的消息传来，北京的人都高兴的了不得。请教为什么要这样高兴？
>
> 诸君不记得波斯拜火教吗？他用黑暗来比一切有害于人类的事，用光明来比一切有益于人类的事。所以说世界上有黑暗的神与光明的神相斗，光明必占胜利。这真是世界进化

的状态。……距今一百三十年前的法国大革命，把国内政治上一切不平等黑暗主义都消灭了。现在世界大战争的结果，协约国占了胜利，定要把国际间一切不平等的黑暗主义都消灭了，别用光明主义来代他。

第一是黑暗的强权论消灭，光明的互助论发展。

第二是阴谋派消灭，正义派发展。

第三是武断（独裁）主义消灭，平民主义发展。

第四是种族偏见消灭，大同主义发展。

我们在十六七年后回头重读这篇伟大的演说，我们不承认蔡先生的乐观完全失败了。但我们不要忘记：第一，蔡先生当日的乐观是根据于他的哲学信仰上的乐观，他是诚意的信仰互助论必能战胜强权论的，所以他的乐观是有热力的，能感动人的。第二，他的乐观是当日（七年十一月）全世界渴望光明的人们同心一致的乐观，那"普天同庆"的乐观是有感动人的热力与传染性的。这种乐观是民国八年以后中国忽然呈现生气的一个根苗，而蔡先生就是那散布那根苗的伟大领袖。若没有那种乐观，青年不会有信心，也决不会有"五四""六三"的壮烈运动起来。"五四"的事件固然是因为四月底巴黎和会的恶消息传来，威尔逊总统的理想主义完全被现实政治的妥协主义打消了[①]，大家都深刻的感觉那六个月的乐观的幻灭。然而正因为有了那六个月的乐观与奢望，所以那四五月间的大失望能引起有热力的反动。况且我们看那几千学生五月四日在美国使馆门口高喊着"大美国万岁！威尔逊大总统万岁！大中华民国万岁！世界永久和平万岁！"我

---

① 威尔逊（1856—1924），美国第28任总统。

们不能不承认那引起全世界人类乐观的威尔逊主义在当日确是"五四"运动的一种原动力。蔡先生和当日的几个开明的政治家（如林长民、汪大燮）都是宣传威尔逊主义最出力的人。

蔡先生这篇演说的结语也是最值得注意的。他说：

> 世界的大势已到这个程度，我们不能逃在这个世界以外，自然随大势而趋了。我希望国内持强权论的，崇拜武断（独裁）主义的，好弄阴谋的，执著偏见想用一派势力统治全国的，都快快抛弃了这种黑暗主义，向光明方面去呵！

这是很明显的向当日的黑暗政治势力公开宣战了！从这一天起，北京大学就走上了干涉政治的路子，蔡先生带着我们都不能脱离政治的努力了。

天安门演说之后，不多几天，我因母亲死了，奔丧南下。我走之后，独秀、守常先生更忍不住要谈政治了，他们就发起《每周评论》，用白话来做政治的评论。《每周评论》十二月二十二日出版，它的发刊词也可以使我们看出那个狂热的乐观时代的大影响：

> 自从德国打了败仗，"公理战胜强权"这句话几乎成了人人的口头禅。……凡合乎平等自由的，就是公理；倚仗自家强力侵害他人的平等自由的，就是强权。……这"公理战胜强权"的结果，世界各国的人都应该明白，无论对内对外，强权是靠不住的，公理是万万不能不讲的了。美国大总统威尔逊屡次的演说都是光明正大，可算得现在世界上第一个好人。他说的话很多，其中顶要紧的是两个主义：第一不

许各国拿强权来侵害他国的平等自由，第二不许各国政府拿强权来侵害百姓的平等自由。这两个主义不正是讲公理不讲强权吗？……我们发行这《每周评论》的宗旨也就是"主张公理，反对强权"八个大字。

这里固然有借题发挥的话，但独秀和蔡先生在那时候都是威尔逊主义麻醉之下的乐观者，他们天天渴望那"公理战胜强权"的奇迹的实现，一般天真烂漫的青年学生也跟着他们渴望那奇迹的来临。八年四月底，巴黎的电报传来，威尔逊的理想失败了，屈服了！克里蒙梭和牧野的强权主义终于胜利了①！日本人自由支配山东半岛的要求居然到手了！这个大打击是青年人受不住的。他们的热血喷涌了，他们赤手空拳的做出一个壮烈的爱国运动，替国家民族争回了不少的权利。因为如果没有他们的"五四运动"，我们的代表团必然要签字的。签了字，我们后来就不配再说话了。三年之后，华盛顿会议的结果，使我们收回山东的失地，其中的首功还得算"五四运动"的几千个青年学生。

最后，我们要引孙中山先生评论"五四运动"的话来做这篇纪念文字的结论。孙先生说：

自北京大学学生发生五四运动以来，一般爱国青年无不以新思想为将来革新事业之预备，于是蓬蓬勃勃，发抒言论，国内各界舆论一致同倡。各种新出版物为热心青年所举办者，纷纷应时而出，扬葩吐艳，各极其致。社会遂蒙绝大

---

① 克里蒙梭和牧野：二人分别是巴黎和会中"十人会议"法国和日本的代表。牧野全名牧野伸显。

之影响。虽以顽劣之伪政府，犹且不敢撄其锋。此种新文化
运动在我国今日诚思想界空前之大变动。推原其始，不过由
于出版界一二觉悟者从事提倡，遂至舆论放大异彩，学潮弥
漫全国，人皆激发天良，誓死为爱国之运动。倘能继长增
高，其将来收效之伟大且久远者，可以无疑也。吾党欲收革
命之成功，必有赖于思想之变化。兵法攻心，语曰革心，皆
此之故。故此种新文化运动实为最有价值之事。（九年一月
二十九日，《与海外同志书》）

中山先生的话是"五四"之后七个多月写的。他的评判，我
们认为很公允。他的结论"吾党欲收革命之成功，必有赖于思想
之变化"，这是不可磨灭的名言。我们在这纪念"五四"的日子，
不可不细细想想今日是否还是"必有赖于思想的变化"。因为当
年若没有思想的变化，决不会有"五四运动"。

二十四，四，二十九夜。
（原刊 1935 年 4 月 29 日《独立评论》第 149 号）

追忆曾孟朴先生

我在上海做学生的时代，正是东亚病夫的《孽海花》在《小说林》上陆续刊登的时候，我的哥哥绍之曾对我说这位作者就是曾孟朴先生。

隔了近二十年，我才有认识曾先生的机会。我那时在上海住家，曾先生正在发愿努力翻译法国文学大家嚣俄[①]的戏剧全集。我们相见的次数很少，但他的谦逊虚心，他的奖掖后进的热心，他的勤奋工作，都使我永远不能忘记。

我在民国六年七年之间，曾在《新青年》上和钱玄同先生通信讨论中国新旧的小说，在那些讨论里我们当然提到《孽海花》，但我曾很老实的批评《孽海花》的短处。十年后我见着曾孟朴先生，他从不曾向我辩护此书，也不曾因此减少他待我的好意。

他对我的好意，和他对于我的文学革命主张的热烈的同情，都曾使我十分感动。他给我的信里曾有这样的话：

---

① 指法国文学家维克多·雨果（1802—1885）。

　　您本是……国故田园里培养成熟的强苗，在根本上，环境上，看透了文学有改革的必要，独能不顾一切，在遗传的重重罗网里杀出一条血路来，终究得到了多数的同情，引起了青年的狂热。我不佩服你别的，我只佩服你当初这种勇决的精神，比着托尔斯泰弃爵放农身殉主义的精神，有何多让！

　　这样热烈的同情，从一位自称"时代消磨了色彩的老文人"坦白的表述出来，如何能不使我又感动又感谢呢！

　　我们知道他这样的热情一部分是因为他要鼓励一个年轻的后辈，大部分是因为他自己也曾发过"文学狂"，也曾发下宏愿要把外国文学的重要作品翻译成中国文，也曾有过"扩大我们文学的旧领域"的雄心。正因为他自己是一个梦想改革中国文学的老文人，所以他对于我们一班少年人都抱着热烈的同情，存着绝大的期望。

　　我最感谢的一件事是我们的短短交谊居然引起了他写给我的那封六千字的自叙传的长信（胡适文存三集，页一一二五——一一三八）。在那信里，他叙述他自己从光绪乙未（一八九五）开始学法文，到戊戌（一八九八）认识了陈季同将军，方才知道西洋文学的源流派别和重要作家的杰作。后来他开办了小说林和宏文馆书店，——我那时候每次走过棋盘街，总感觉这个书店的双名有点奇怪，——他告诉我们，他的原意是要"先就小说上做成个有统系的译述，逐渐推广范围，所以店名定了两个"。他又告诉我们，他曾劝林琴南先生（林纾）用白话翻译外国的"重要名作"，但林先生听不懂他的劝告。他说：

我在畏卢先生（林纾）身上不能满足我的希望后，从此便不愿和人再谈文学了。

他对于我们的文学革命论十分同情，正是因为我们的主张是比较能够"满足他的希望"的。

但是他的冷眼观察使他对于那个开创时期的新文学"总觉得不十分满足"。他说：

> 我们在这新辟的文艺之园里巡游了一周，敢说一句话：精致的作品是发现了，只缺少了伟大。

这真是他的老眼无花，一针见血！他指出中国新文艺所以缺乏伟大，不外两个原因：一是懒惰，一是欲速。因为懒惰，所以多数少年作家只肯做那些"用力少而成功易"的小品文和短篇小说。因为欲速，所以他们"一开手便轻蔑了翻译，全力提倡创作"。他很严厉的对我们说，现在要完成新文学的事业，非力防这两样毛病不可；欲除这两样毛病，非注重翻译不可。他自己创办真美善书店，用意只是要替中国新文艺补偏救弊，要替它医病，要我们少年人看看他老人家的榜样，不可轻蔑翻译事业，应该努力"把世界已造成的作品，做培养我们创造的源泉"。

我们今日追悼这一位中国新文坛的老先觉，不要忘了他留给我们的遗训！

一九三五，九，十一夜半，在上海新亚饭店

（原载 1935 年 10 月 1 日《宇宙风》2 期）